Wolfgang Teltscher

DeisterKreisel

Wolfgang Teltscher

DeisterKreisel

Kriminalroman

zu Klampen!

Herausgegeben von Susanne Mischke

2. Auflage

info@zuklampen.de · www.zuklampen.de

Umschlag: Angelika Konietzny (www.izwd.de), Hannover
Satz: thielenVERLAGSBÜRO, Hannover
Druck und Bindung: CPI - Clausen & Bosse, Leck

ISBN 978-3-86674-048-8

Bibliografische Information Der Deutschen Bibliothek
Die Deutsche Bibliothek verzeichnet diese Publikation in der Deutschen Nationalbibliografie; detaillierte bibliografische Daten sind im Internet über ‹http://dnb.ddb.de› abrufbar.

Vorwort

Barsinghausen am Deister gibt es tatsächlich. Ich lebe dort gern und kann den Lesern dieses Romans einen Besuch in unserer Stadt empfehlen. Bei der Beschreibung des Ortes habe ich mir alle Freiheiten genommen, die mir für Ablauf der Handlung nötig erschienen. Sollten Sie auch in Barsinghausen leben, können Sie versichert sein, dass keine einzelne Person als Vorbild für die Menschen in dieser Geschichte gedient hat. Alle Akteure sind vollständig meiner Fantasie entsprungen. Als Leser haben Sie trotzdem die Freiheit, sich über mich oder den Roman zu ärgern.

Wolfgang Teltscher

1

Er warf die Zeit ins Wasser. Sie versank zwischen den Enten, gefangen in der Uhr, die er von seinem Arm genommen hatte. Die digitale Anzeige hatte ihm mitgeteilt, dass es 9.53 Uhr am ersten Tag im November war – aber Zeit bedeutete ihm nichts mehr, sie war eine Last geworden. Er würde die Uhr nicht vermissen. Seine Kollegen hatten sie ihm zum Abschied geschenkt, das war gestern gewesen, der letzte Tag, an dem Zeit eine Rolle spielte. Zuerst hatte er sie nicht annehmen wollen, aber Brenner und die anderen sahen ihn mit fordernden Blicken an und er hatte nicht die Energie, dieses Geschenk abzulehnen. Als er die Uhr um sein Handgelenk gebunden hatte, um eine unnötige Diskussion zu vermeiden, dachte er: So müssen sich die Täter gefühlt haben, wenn ich ihnen Handschellen angelegt habe.

Alfred Matuschek, der ehemalige Leiter der Kriminalpolizei in Barsinghausen, saß auf einer Bank am Teich im Stadtpark. Die Bäume trugen ihre Herbstblätter. Sie wirkten müde und schienen sich mit letzter Kraft an die Zweige zu klammern. Matuschek kam in den Sinn, dass jetzt der Moment für die zweite Tasse Kaffee des Vormittags war, die ihm normalerweise, jedenfalls bis gestern, seine Sekretärin, Fräulein Heinsen, Hildegard, lächelnd ins Zimmer brachte, mit Tadel im Blick, weil er zu viel und zu starken Kaffee trank. Fräulein Heinsen trank nie Kaffee, gelegentlich eine heiße Schokolade, die sie im »Dritte-Welt-Laden« kaufte, weil sie etwas für die Menschen in den unterentwickelten Ländern tun wollte.

Matuschek starrte vor sich hin. An diesem Morgen war er wie an jedem Tag seit vierzig Jahren kurz vor sieben aufgewacht, war ins Badezimmer geschlurft, hatte sich den Schlaf aus den Augen gewaschen, sich mit Gesichtswasser eingerieben, seine Zähne geputzt, horizontal und senkrecht, wie es sein Zahnarzt empfahl, dann hatte er sich die Zunge im Spiegel entgegengestreckt und festgestellt, dass nichts daran auf eine kommende Erkältung hinwies. Wenn das der Fall gewesen wäre, es hätte ihn nicht beunruhigt. Er zog danach seinen dunklen Anzug an und machte sich auf den Weg ins Büro, sogar seine Aktentasche nahm er wie gewöhnlich mit.

Unterwegs war ihm eingefallen, dass er kein Ziel hatte. Niemand erwartete ihn im Büro, sein Schreibtisch war nicht mehr sein Schreibtisch. Seine Frau hatte ihn nicht aufgehalten, als er die Wohnung verließ – wahrscheinlich hatte sie gar nicht mitbekommen, dass es in seinem Leben keine sinnvollen Tage mehr gab. Vermutlich war sie froh über einen letzten Tag, an dem sie das Haus für sich allein hatte. Vera und er hatten gestern kaum miteinander gesprochen, das unterschied den Tag nicht von anderen. Sie fragte abends nicht nach seinem Abschied im Büro, und er hatte nichts davon erzählt.

Alfred Matuschek registrierte die Tauben, die zu seinen Füßen hin und her trippelten und aufgeregt gurrten, als missbilligten sie, dass er auf der Bank saß, ohne ihnen etwas mitgebracht zu haben. Er öffnete seine Aktentasche und fand das Mittagsbrot vom Tag zuvor, seinem letzten Arbeitstag. Er selbst hatte es mit den Resten einer Leberwurst belegt, in Folie gewickelt und in die Tasche gesteckt, war aber nicht dazu gekommen, es zu essen. Seine Kollegen lauerten ihm mittags mit ein paar Schnittchen und der Rentneruhr auf. »Die Henkersmahlzeit«, dachte er, ohne es auszusprechen. Das Brot in der Tasche hatte er darüber vergessen. Er zerriss es in kleine Stücke und warf es zwischen die Vögel. Ihm fiel auf, dass es selbst unter Tauben eine Hackordnung gab. Egal, wo die Häppchen auf die Erde fielen, es waren stets die feistesten Tiere, die als Erste darauf einpickten – die niedrigeren Ränge warteten, ob etwas übrig blieb, bevor sie sich zögernd bedienten.

Er dachte noch einmal an die Uhr. Die Kollegen hatten augenzwinkernd gescherzt, sie solle ihm helfen, seine Zeit einzuteilen – es sei ja bekannt, dass Ruheständler stets unter Zeitnot litten. Sie wiederholten diese ewig gleiche alberne Bemerkung über den »Unruhestand« der Pensionäre und Rentner. Keiner von ihnen machte sich die Mühe, sich etwas Originelles einfallen zu lassen. Keiner von ihnen würde ihm nachtrauern. Er selbst erkannte in der Uhr ihre Erleichterung darüber, dass seine Zeit als Polizist im Dezernat abgelaufen war.

Matuschek wurde sich bewusst, dass er in seinem förmlichen Anzug und der Aktentasche auf den Knien für andere Besucher des Parks wie eine verlorene, lächerliche Figur wirken musste. Die Tasche aus schwarzem Leder passte nicht zu einem alten Mann im Park, der Tauben füttert und zusieht, ob die Zeit vergeht, langsam, ohne dass etwas passiert, was das Warten lohnt. Niemand außer ihm war zu dieser trostlosen Jahreszeit auf die Idee gekommen, den Vormittag an dem Teich zu verbringen.

Mehr als zwanzig Jahre hatte er in dieser Aktentasche seine Fälle, zuweilen auch Morde, mit sich herumgetragen, manchmal auch die Täter, die noch nicht wussten, dass er sie aufgespürt hatte und er lediglich noch die Beweise suchte, mit denen er sie vor Gericht und ins Gefängnis bringen würde.

Mörder, die ihre Tat kaltblütig planen, tun es in der Überzeugung, den perfekten Mord begehen zu können. Solche Fälle waren ihm am liebsten gewesen. Wenn er die Täter zur Strecke gebracht hatte und in seiner Tasche spazieren trug, hatte er große Befriedigung empfunden. Er hielt es für ein Zeichen von Dummheit, wenn Menschen glaubten, einen perfekten Mord begehen zu können. Die waren zu aufgeregt, um Fehler zu vermeiden, auch wenn sie das Verbrechen bis ins kleinste Detail vorausgeplant hatten. Als Kommissar hatte er die Geduld gehabt, Spuren solange nachzugehen, bis sie ihn zu dem Schuldigen führten.

Bei Verbrechen, die aus Leidenschaft – Liebe, Hass, Eifersucht – geschahen, waren die Täter am schnellsten aufzuspüren. Sie waren gleichzeitig Täter und Opfer, sie hatten meistens weder den Willen, sich zu verstecken, noch die Kraft dazu.

Er hatte bei seinen Ermittlungen in viele Seelen geblickt, ohne dabei etwas von seiner eigenen preiszugeben. Darin sah er seine Stärke und seinen Vorteil. Einen perfekten Mord zu begehen, wäre nur für jemanden möglich, der genau wusste, wie die Kriminalpolizei arbeitete, ihre Schwächen und Stärken kannte. Er war fest überzeugt, dass er selbst dazu in der Lage wäre. Dieser Gedanke kam ihm heute zum ersten Mal, vielleicht weil er nun nicht mehr zur Polizei gehörte.

Matuschek war stolz darauf, im Dienst keiner von den hektischen Beamten gewesen zu sein, die mit Blaulicht und Tatütata durch das Land rasen, wahllos Zeugen vernehmen und in den Sackgassen von Lügen und Misstrauen landen. Er zog es vor, an seinem Schreibtisch über seine Fälle und die Motive der Verdächtigen nachzudenken. Oft löste sich ein Verbrechen dabei fast von allein. Das war kein spektakulärer Arbeitsstil, aber er passte zu ihm, weil er kein spektakulärer Typ war. Es reichte ihm, dass die Ergebnisse seiner Untersuchungen von der Presse gelegentlich als »spektakulär« bezeichnet wurden. Einigen Kollegen passte diese Art der Ermittlungen nicht, weil Matuschek sie damit in ihrer Aufgeregtheit lächerlich machte. Sie meinten, es sei oft nur das Glück, das ihm bei der Lösung eines Verbrechens half, und sagten das auch laut, sogar dann, wenn er es hören konnte.

Matuschek hatte ein halbes Jahr vor seinem Ruhestand einen Antrag auf Verlängerung seiner Dienstzeit gestellt. Der Antrag war abgelehnt worden, ohne dass er einen Grund dafür erkennen konnte. Zwei oder drei Jahre zusätzlicher Dienst wären bei gutem Willen seiner Vorgesetzten und wohlwollender Auslegung der Regeln möglich gewesen; vor allem bei dem Mangel an Personal in der Dienststelle, über den unter den Kollegen ständig geklagt wurde. Er vermutete, dass man froh war, ihn loszuwerden, und ihm war klar, dass es sinnlos war, gegen diese Entscheidung anzugehen.

Er hatte den geheuchelten Worten zum Abschied entgehen wollen, hatte ausdrücklich auf eine Verabschiedungsfeier verzichtet und alle Anfragen wegen eines Geschenks abgewimmelt. Er beabsichtigte, den letzten Tag im Büro wie jeden Tag zu beenden. Er wollte die noch nicht abgeschlossenen Fälle in der Aktentasche an seinen Nachfolger übergeben und zum Feierabend still nach Hause gehen. Die belegten Brote, welche die Kollegen als Abschiedsimbiss hingestellt hatten, empfand er als Hohn. Die Armbanduhr, die man ihm aufgedrängt hatte, würde den Rest seines Lebens nicht bereichern.

Fast vier Wochen später, am 27. November, ließ sich Sabine Engelmann auf der Bank am Teich, auf der Alfred Matuschek am Anfang des Monats gesessen hatte, zum ersten Mal von ihrem neuen Freund küssen. Es war nicht so aufregend wie sie gehofft hatte, aber sie versuchte trotzdem, sich darauf zu konzentrieren. Als sie zufällig über die Schulter des jungen Mannes blickte, sah sie ein Krokodil im Wasser treiben. Das kam ihr für einen Teich am Rande des Deisters ungewöhnlich vor, und sie schaute genauer hin. Sie stellte fest, dass sie sich geirrt hatte. Es war der Körper eines Menschen, der im Wasser lag.

2

»Die Augen auf den Ball halten und beim Schlagen in die Knie gehen«, sagte Vera zwischen den Ballwechseln immer wieder zu sich selbst. Jedes Mal, wenn der kleine gelbe Ball über das Netz auf sie zuflog, ergriff sie eine innere Erregung und Freude. Dann hieb sie überhastet auf ihn ein. Wieder hatte sie ihn wegen mangelhafter Hand-Augen-Koordination unsauber getroffen. Vera konnte nicht verhindern, dass ihre Blicke zu früh auf die andere Seite des Platzes wanderten und dem Gegner verrieten, wohin sie den Ball spielen würde.

Vera war ehrgeizig. Sie war eine gute Spielerin, besser als die meisten Frauen, mit denen sie sich auf dem Tennisplatz maß. Für Vera war jedes Spiel ein Kampf. Ihr Ziel war immer der Sieg, und sie lächelte während des Spieles nur wenig, das hätte ihre Konzentration gestört. Vera fiel es schwer, ein Spiel nicht ernst zu nehmen, bei dem es Sieger und Verlierer gab.

Heute war Vera die Ersatzspielerin in einem Quartett, das normalerweise nur aus Herren bestand. Einer von ihnen hatte kurzfristig abgesagt. Mit Männern zu spielen, gab ihr große Genugtuung, sie zog Männer als Partner oder Gegner weiblichen Spielern vor. Sie merkte, dass Männer ebenfalls gern mit ihr spielten, weil sie keine Rücksicht darauf nehmen mussten, dass sie »nur« eine Frau war. Sogar am Netz, wo Männer die Bälle mit Potenz und Überheblichkeit ins gegnerische Feld schmettern, stand sie ihre Frau. Ihre Volleys waren ebenso dynamisch und entschlossen wie die ihrer männlichen Mitspieler.

Außer ihrem kraftvollen Spiel hatte Vera nichts Männliches an sich. Sie legte Wert darauf, dass die Partner ihre Weiblichkeit bemerkten. Dennoch hatte sie nichts für die extrem kurzen Röckchen übrig, mit denen manche Frauen auf dem Platz erschienen, obwohl deren füllige Beine nach dem Sichtschutz einer Trainingshose geradezu bettelten. Vera kleidete sich nach dem letzten Chic der Saison, der ihren Körper zur Geltung brachte, ohne aufdringlich zu wirken.

Vera steckte ihre Ziele grundsätzlich hoch, nicht nur auf dem Tennisplatz. Das Verlangen nach Perfektion, das ein wesentlicher Teil ihres Charakters war, erwartete sie auch von den Menschen, mit denen sie zusammenlebte.

Ein wichtiger Aspekt in Veras Leben war ihre Ehe mit Alfred – er gab ihr finanzielle Sicherheit, wenn auch nicht den Luxus, den sie sich immer gewünscht hatte. Am Anfang suchten sie Bekanntschaften mit anderen Ehepaaren, die jedoch oft nicht länger als ein paar gemeinsame Abende gedauert hatten. Sie versuchte, zu ergründen, woran das liegen konnte, ohne zu einem Ergebnis zu kommen. Sie fand bei sich selbst keine Schuld. Als ihre Gefühle für Alfred schwächer geworden waren, lernte Vera im Tennisverein oder auf Reisen andere Männer kennen. Zu einigen der Männer, die sich für sie interessierten, fühlte sie sich anfangs hingezogen, aber beim dritten Hinschauen war keiner dabei, den sie im Schlafanzug und beim Frühstücks-Müsli neben sich haben wollte.

Vera und Alfred hatten sich trotz ihrer schwindenden Liebe füreinander bemüht, ihren Kindern gute Eltern zu sein. Solange Bertram und Anja klein waren, war das nicht besonders schwierig gewesen. Ihre gemeinsame Absicht, den Kindern ein normales Familienleben zu bieten, hatte sie diszipliniert und war Motivation genug, miteinander ohne ständigen Streit auszukommen. Gelegentlich hatten Bekannte sie sogar als Vorbild für andere Eltern hingestellt.

Den Mangel an Ehrgeiz ihrer Kinder hätte Vera besser ertragen, wenn ihr Mann auf der Karriereleiter höher geklettert wäre. In den ersten Jahren bei der Polizei war er in akzeptablen Abständen von Rang zu Rang aufgestiegen, bis er Hauptkommissar geworden war. Weiter wollte er nicht, denn er war der Meinung, dies sei die letzte Position, in der er sich konkret mit der Lösung einzelner Fälle beschäftigen könne. Alles was danach käme, verpflichte in erster Linie zu Papierarbeit und Bürokratie, das läge ihm nicht, das wäre zu weit weg von den Tätern, die er mit Leidenschaft jagte und die er meistens früher oder später zur Strecke brachte.

Alfred hatte nie seine Gleichgültigkeit in Bezug auf seine Kleidung ablegen können. Er trug jahrelang den gleichen dunklen Anzug im Büro, der dem Up-to-date-Stil der Mode um Jahre hinterher hing. Vera hatte am Beginn ihrer Ehe versucht, ihm modischere Kleidung aufzudrängen, damit der optische Unterschied zwischen ihm und seinen Chefs in der Hierarchie der Kriminalpolizei nicht zu deutlich wurde. Sie mochte kaum hinschauen, wenn Alfred an der Seite eines Vorgesetzten auf dem Bildschirm erschien, um den Journalisten der örtlichen Presse und des lokalen Fernsehens den Erfolg bei der Suche nach einem Verbrecher mitzuteilen.

Altmodisch fand sie auch seine Angewohnheit, belegte Brote ins Büro mitzunehmen, anstatt sich mit Kollegen in der Kantine zum Mittagessen zu treffen. Er schlang seine Schnitten am liebsten einsam am Schreibtisch hinunter, während er sich mit Krümeln in den Mundwinkeln mit abscheulichen Verbrechen befasste.

Vera packte ihre Tennistasche zusammen. Sie hatte mit ihrem Partner das Spiel nach drei Sätzen und erbitterter Gegenwehr verloren. Sie musste bis zum nächsten Gefecht gegen Männer unbedingt an ihrem Service arbeiten, vor allem ihr zweiter Aufschlag war nicht hart genug und bot den Gegnern die Chance für einen schnellen Punktgewinn.

Für den Rest des Tages stellte sie sich auf einen ereignislosen Abend zu Hause ein. Dann fiel ihr ein, dass heute eigentlich ein besonderer Tag war. Es war der erste Tag im November und gleichzeitig der erste Tag, an dem Alfred nicht mehr zum Dienst gehen musste. Das hatte sie ganz vergessen.

Vera verspürte im Moment keine Lust, über ihren Mann nachzugrübeln. Ihre Gedanken kreisten um den Tennispartner, mit dem sie gerade das Spiel verloren hatte. Er hatte sich als Christian Neuberger vorgestellt, sah attraktiv aus und hatte anerkennend Beifall geäußert, wenn ihr ein guter Passierball, Lob oder Volley geglückt war. Seinen Namen wollte sie sich auf jeden Fall merken.

Martin Strecker saß am Abend des 27. November vor dem Fernseher in der Notrufzentrale und ärgerte sich über den VfB Stuttgart. Kurz vor Ende der ersten Halbzeit begingen die Schwaben wieder einmal einen ihrer typischen Fehler, wenn die Abwehr unter Druck geriet. Statt den Ball zielstrebig aus der eigenen Hälfte zu klären, schoben sie ihn vor dem eigenen Strafraum auf der Suche nach dem genialen Steilpass hin und her, bis ein Stürmer des FC Bologna dazwischen gesprintet war und ihnen den Ball wegnahm. Dann schoss er ihn aus kurzer Entfernung am Torwart, aber leider nicht am

Tor vorbei. Mit dieser leichtsinnigen Spielweise würden die Stuttgarter nie die Hauptrunde der Champions League erreichen.

Stuttgart war sein Verein und würde es immer bleiben. Als er vierzehn Jahre alt war, war sein Vater nach Hannover versetzt worden, weil die Aufträge für seine Firma von Mercedes immer magerer und die von Volkswagen immer fetter wurden. Vor dem Umzug nach Norddeutschland war Martin gerade in Leidenschaft für den VfB entbrannt und er entschloss sich, diesem Verein niemals untreu zu werden.

Zwei Minuten nach dem Halbzeitpfiff schrillte das Telefon. Ein junger Mann meldete sich aufgeregt von seinem Handy aus. Er und seine Freundin hätten im Ziegenteich einen Körper gefunden, der eine Leiche sei, jedenfalls würde »der Typ nicht mehr atmen«, wie sich der Anrufer ausdrückte. Martin fragte nach ihren Namen und die genaue Stelle, an der sie sich befanden. Dann alarmierte er sofort Polizei, Notarzt und Feuerwehr. Danach wandte er sich wieder dem Fernseher zu, um nicht zu verpassen, was Günther Netzer und Gerhard Delling über die erste Halbzeit zu sagen hatten.

3

Nachdem er zweihundert Meter gelaufen war, atmete er schwer und spürte deutlich, wie sein Herz schneller schlug. Das passierte jedes Mal, wenn er mit dem Joggen anfing, denn die Straße von seinem Haus bis zum Waldrand war der steilste Teil seiner Laufstrecke. Selbst wenn ich jetzt wieder nach Hause zurückgehe, dachte er, hätte ich schon etwas für meine Gesundheit getan. Das sagte er sich immer nach den ersten fünf Minuten, die ihm beim Laufen besonders schwer fielen und während deren er am liebsten wieder umgekehrt wäre. Ihm war bewusst, dass dieser Gedanke Selbstbetrug war, deshalb lief er weiter.

Bertram Matuschek lief in den Waldweg hinein, der am Hang entlang leicht aufwärts führte, bis er sich kurz unterhalb des Kammes des Deisters zwischen den Bäumen auflösen würde. Er überquerte die erste Kuppe des Weges, nun ging es für eine Weile weniger steil bergauf. Links standen junge Birken und Erlen, die vor ein paar Jahren, als er hier zum ersten Mal gejoggt war, gerade neu gepflanzt worden waren. Auf der anderen Seite lag eine freie Fläche. Hier war vor zwei Jahren im Herbst eine Windhose über den Deisterkamm eingefallen und hatte die alten Bäume platt gewalzt. Nun spross das Unterholz und die ersten Bäumchen trauten sich wieder ans Licht. Sie waren jetzt, Anfang November, kaum auszumachen. Ihre dürren Stämme und die blattlosen Äste verloren sich zwischen dem trockenen Gestrüpp. Der Wald hat sich über Jahrhunderte immer wieder mühsam selbst erneuert, dachte er. Heute sorgen wir Forstwirte dafür, dass es schneller geht. Aber kaum jemand dankt es uns, die Leute denken, wir gehen nur zum Zeitvertreib im Wald spazieren.

Der Nadelwald, der nun begann, war düster, ungastlich, beinahe unheimlich. Er war ein Vermächtnis des letzten Weltkrieges und der Nachkriegszeit, als erst die Einheimischen große Teile des Laubwalds zum Heizen abholzten und danach die Engländer den Rest, als Wiedergutmachung für den Schaden, den die deutschen Raketen in ihrem Land angerichtet hatten. Das hatte ihm ein alter Mann erzählt, den er beim Spazierengehen im Wald getroffen hatte. Ob das mit den Engländern wirklich stimmte, wollte er immer schon mal im Archiv des Forstamts nachprüfen, war aber bisher noch nicht dazu gekommen. Als das Wirtschaftswunder in Gang kam, und damit auch die Forstwirtschaft, hatte man große Flächen mit schnell wachsenden Nadelbäumen bepflanzt, doch als sie 40 Jahre später zum Ernten reif waren, gab es für ihr Holz kaum Bedarf. Sie dämmerten nun als trostlose Waldflächen im Halbdunkel vor sich hin. Glücklicherweise standen vereinzelte Laubbäume zwischen den schnurgeraden Reihen der Fichten und Tannen, dort wo Stürme Lücken in die Monokulturen gerissen hatten. Sie waren die fruchtbaren Oasen in der Wüste der Nadelbäume. Den Rest des Waldes würde die Zeit heilen und Forstbeamte wie er selbst, die überall, wo es freie Flächen gab, Laubbäume pflanzten.

Eine junge Frau mit zwei kleinen feisten Hunden an der Leine kam ihm entgegen. Er nickte ihr schwer atmend zu, sie grüßte freundlich zurück. Die Leute im Ort können dankbar dafür sein, fand er, dass sie den Wald direkt vor ihrer Haustür haben. Nicht in vielen Städten können die Hundebesitzer mit ihren Lieblingen gleich um die Ecke im Wald Gassi gehen.

Inzwischen hatte er die letzte Kurve vor dem Ende seiner Laufstrecke erreicht. Vor zwei Tagen lagen hier noch geschälte Holzstämme. Sie mussten gestern abgeholt worden sein. Davon hätte er, entsprechend der Wald-, Holz- und Forstordnung, eigentlich unterrichtet werden müssen, aber wie sooft funktionierte die Kommunikation zwischen dem Forstamt und den Unternehmen der Holzwirtschaft nicht. Nach einem kurzen letzten Anstieg erreichte er den höchsten Punkt der Strecke. Hier war der Wendeplatz für die Fahrzeuge, die das Holz aus dem Wald holten. Mit ihrem Gewicht hatten sie den Waldboden aufgerissen, der Platz wirkte wie eine offene Wunde. Ein paar Opfer sind unvermeidlich, bedauerte Bertram, wenn wir die Natur für uns nutzen wollen. Die Erde kann nicht als ein paradiesischer Garten erhalten werden, wenn sich sechs Milliarden Menschen von ihr ernähren.

Als Bertram sein Studium zum Forstwirt beendet hatte, war er aus dem Haus seiner Eltern ausgezogen und hatte eine eigene Wohnung am Waldrand gemietet. Er hätte es gern früher getan, aber das konnte er sich nicht leisten. Dazu hätte er sich unmittelbar nach dem Abitur eine Arbeitsstelle suchen müssen, und seine Mühen für eine gute Abiturnote wären sinnlos gewesen.

Als er ein kleiner Junge war und noch Wünsche frei hatte, hatte Bertram davon geträumt, Bauer zu werden. Er hätte Weizen, Rüben und Mais angebaut, auf Feldern, die von einem großen Wald umgeben waren – und nebenher noch Rinder und Schweine gezüchtet. Als er das Leben später realistischer betrachtete, musste er feststellen, dass er keine Aussicht hatte, einen Bauernhof zu erben. Da hatte er sich entschlossen, Forstwirtschaft zu studieren. Der Wald hatte ihn immer fasziniert.

Seine Schwester Anja war zwei Jahre jünger als er, auch sie wohnte nicht mehr zu Hause, seit sie mit ihrer Ausbildung fertig war. Sie war Krankenschwester und lebte allein in einer kleinen Wohnung, wenn sie nicht gerade einen festen Freund hatte. Bertram sah sie nicht oft, ihre Gefühle füreinander waren nicht so tief wie bei anderen Geschwisterpaaren, die er kannte. Sie hatten sich nicht viel zu sagen – das war schon früher, als sie noch bei den Eltern lebten, so gewesen.

Bertram war das Familienleben während der letzten Jahre zu Hause manchmal wie ein Bühnenstück vorgekommen. Bei dem tragischen Stück für vier Personen, das sie aufführten, fiel kein Vorhang nach der Vorstellung, sondern die Bühne war ihre Realität, der sie nicht entkommen konnten. Gespräche zwischen den Mitspielern waren oft wie Texte, in denen jeder sagte, was für den Fortgang des Dramas notwendig erschien, und nicht das, was er wirklich dachte. Zu dem Spiel gehörte auch, dass er und seine Schwester nie über ihre Rollen sprachen. Das war wahrscheinlich der Grund, dass er und Anja so wenig Gefühl füreinander entwickelt hatten.

Als Bertram über seine Familie nachdachte, fiel ihm ein, dass sein Vater heute in den Ruhestand gegangen sein müsste. Er überlegte sich, ob er ihn deswegen anrufen sollte, sah jedoch keinen Grund, warum er mit ihm darüber sprechen wollte.

Claus Biederstaedt war gerade dabei, Karin Dor für alle Zeiten aus seinem Herzen zu reißen. Das hatte er gestern bereits in Hameln gemacht, würde es morgen in Wunstorf wieder tun und nächste Woche noch zweimal im Theater am Aegi in Hannover.

Dr. Helmut Schnitzler genoss mit gutem Gewissen die Vorstellung des Tournee-Theaters in der Aula des lokalen Gymnasiums, obwohl er heute Abend der Notarzt im Einsatz für die Rettungsdienste der Stadt Barsinghausen war. Er verstieß damit nicht gegen die Regeln, solange er jederzeit telefonisch zu erreichen war. Handys waren eine tolle Erfindung. Es wäre ihm allerdings peinlich, wenn es gerade jetzt klingelte. Er musste in diesem Fall mit einer witzigen oder abfälligen Bemerkung von den Schauspielern auf der Bühne rechnen. Sie konnten ja nicht wissen, dass er bei einem Anruf vermutlich ein Menschenleben zu retten hatte.

Er konzentrierte sich wieder ganz auf die Probleme der beiden verliebten Stars auf der Bühne, als sich sein Handy mit den ersten Takten einer Symphonie von Beethoven meldete. Hastig sprang Dr. Schnitzler auf und rannte ins Foyer, bevor ein Schauspieler ironisch reagieren konnte.

»Schnitzler hier. Was gibt es?«

»Herr Doktor, wir hatten gerade einen Anruf, dass ein Körper im Teich im Stadtpark gefunden wurde, vermutlich ist der Mann schon tot. Sie müssen sofort dorthin, vielleicht können Sie noch etwas ausrichten.«

Wenige Minuten später kam Helmut Schnitzler am See an. Der Körper eines älteren Mannes lag auf dem Rasen. Ein Sanitäter war über ihn gebeugt und drückte rhythmisch mit seinen Handflächen auf den Brustkorb. Schnitzler suchte den Pulsschlag des Mannes, zog dessen Augenlider nach oben und leuchtete mit einer Taschenlampe in seine Pupillen. Er wusste sofort, dass es für ihn hier nichts mehr zu tun gab. Er untersuchte die Leiche, um zu sehen, ob er eine offensichtliche

Todesursache entdecken konnte. Er kam zu dem Schluss, dass der Mann ertrunken war. Wie das geschehen war, musste die Polizei klären.

4

Die Hände der Friseurin wanderten von der Stirn zum Hinterkopf, griffen nach einem Haarbüschel, zogen ihn zwischen Zeigefinger und Mittelfinger nach oben und schnitten die Haarspitzen mit einer Schere ab. Anja empfand den Druck der Hände auf der Kopfhaut angenehm, wie eine Massage. Sie genoss die Stunde auf dem Friseurstuhl, während sie zusah, wie sich ihre Haare von Chaos in Ordnung verwandelten. Wenn man jemanden zum ersten Mal trifft, dann bestimmen das Gesicht und die Frisur den ersten Eindruck, den man voneinander hat, wusste sie. Wenn mir der Kopf eines Menschen nicht gefällt, lässt sich mit dem Rest des Körpers oder mit guten Worten später nicht mehr viel reparieren.

Anja trug ihre Haare am liebsten halblang, locker, wie zufällig um den Kopf drapiert, nicht zu verspielt, nicht zu streng. Sie war überzeugt, dass Frauen mit ganz kurzen Haaren, die nur kunstlose Frisuren zuließen, keinen Wert darauf legten, attraktiv auszusehen. Anja fielen Igel und Kakteen ein, wenn sie solche Frisuren sah. Vielleicht ist es für Frauen nicht mehr zeitgemäß, so zu denken, dachte sie, aber Männer beurteilen Frauen nun einmal zuerst danach, wie sie aussehen. Sie fand, dass schöne Frisuren mehr als Eitelkeit waren, vor allem für Frauen, die noch einen Mann suchten. Haare sind eine wichtige Waffe bei der Jagd nach dem richtigen Mann. Geld, das man für eine gute Frisur ausgibt, macht sich bezahlt.

Sie hatte einmal mit dem Gedanken gespielt, ihre Haare färben zu lassen, aber inzwischen meinte sie, dass das nicht nötig war. Die Natur hatte für sie die Haarfarbe ausgewählt, für die sie sich selbst entschieden hätte: Braun mit einem Schuss ins Rötliche. Sie fand, dieser Ton brauchte nicht verbessert oder verändert zu werden. Wenig Verständnis hatte sie auch für Frauen mit langen Haaren, die strähnig ohne sichtbare Ordnung herunterhingen. Die Idee, sie könnte so ungepflegt herumlaufen, war ihr ein Gräuel. Es leuchtete ihr ein, dass Menschen in früheren Jahrhunderten lieber Perücken trugen, als sich mit schlampiger Haartracht zu zeigen, auch wenn es darunter juckte. Adel verpflichtete eben, damals so wie heute. Sie würde gern in der Gesellschaft von Adligen oder Prominenten leben, das waren Leute nach ihrem Geschmack.

Anja atmete das Aroma von Shampoo und den Dunst von Haarspray ein, dabei betrachtete sie den Friseursalon hinter sich im Spiegel. Der Raum war modern eingerichtet. Von der Welt der gemütlichen Barbiere, die sie in alten Filmen gesehen hatte, war nichts übrig geblieben.

Anja dachte an ihre Eltern, die sich jedes Mal aufregten, wenn sie zum Friseur gingen und die Preise von heute mit denen in ihrer Kindheit verglichen.

Wie war wohl das Leben gewesen, als ihre Eltern so alt waren wie sie heute? Sie glaubte nicht, dass damals alles einfacher und deshalb schöner gewesen war, wie es die alten Leute oft behaupteten. Die Welt hatte sich weitergedreht, und denen, die sich nicht mitbewegen wollten oder konnten, war halt schwindlig geworden.

Vor allem ihr Vater konnte sich dem Fortschritt in der Welt schlecht anpassen. Er verheimlichte seine altmodischen Ansichten nicht und versuchte auch nie, sie zu verteidigen oder zu rechtfertigen. Es war höchste Zeit, dass er in den Ruhestand ging.

Gestern war sein letzter Arbeitstag gewesen. Das hatte er während ihres letzten Besuchs bei den Eltern, vor ungefähr zwei Wochen, nebenbei erwähnt. Sie bedauerte, dass er keine Feier zu seiner Verabschiedung im Büro erlaubt hatte, zu der dann auch seine Familie eingeladen worden wäre.

Ihre Mutter hatte sich besser auf die heutige Zeit eingestellt als ihr Vater. Anja sah in ihr eine Frau, die man seinen Freunden vorstellen konnte, ohne sich gleich schämen zu müssen. Kein Wunder, dass das Verhältnis zwischen den Eltern angespannt war. Trotzdem war es zu Hause relativ friedlich zugegangen, obwohl die Eltern wenig miteinander sprachen, oder vielleicht gerade deswegen.

Mit ihrem Bruder Bertram hatte sie wenig gemeinsam, er war nicht der Typ von Bruder, den sie sich selbst ausgesucht hätte. Sie wusste nie, worüber Bertram nachgrübelte oder was er fühlte, wenn er sich schweigend durch das Haus bewegte. Anja hatte sich, seit sie ein Teenager war, auf ihr eigenes Leben konzentriert. Nach dem Abitur drängte ihre Mutter sie, Medizin zu studieren, aber Anja hatte sich dagegen gewehrt. Sie wollte nicht jahrelang zur Uni gehen und von Prüfung zu Prüfung büffeln, sie wollte ihr Leben genießen, solange sie jung war. Außerdem wurde im Fernsehen von zu vielen und schlecht bezahlten Ärzten berichtet, die endlose Überstunden leisten mussten. Das wurde in dem Krankenhaus, in dem sie inzwischen als Krankenschwester arbeitete, bestätigt. Sie war mit ihrem Dasein als Krankenschwester zufrieden: Die Arbeitszeiten waren geregelt, die Verantwortung bei weitem nicht so groß wie bei den Ärzten. Der einzige Nachteil war, dass ihre Bezahlung am Monatsende nicht den Gehältern der Doktoren entsprach.

Nach ihrer Ausbildung bekam sie eine Anstellung im Krankenhaus in Gehrden, wo sie in das Wohnheim für Schwestern eingezogen war. Sie hatte dort fast drei Jahre gelebt, es aber immer nur als Notunterkunft für eine begrenzte Zeit betrachtet. Im vorigen Jahr konnte sie es sich endlich leisten, eine kleine Wohnung in einem großen Wohnblock in Barsinghausen zu mieten. Aber dort wollte sie nicht ewig bleiben. Sie hoffte, einen Mann zu finden, der ihr ein Leben bieten konnte, wie sie es sich in ihren Träumen vorstellte. Natürlich wollte sie diesen Mann lieben – was sie bei einigen Männern bereits versucht hatte. Natürlich wollte sie auch von ihm geliebt werden – was bisher noch keinem für längere Zeit gelungen war.

Das Wetter war am 27. November in Barsinghausen nicht besonders freundlich, das wäre zu dieser Jahreszeit auch eher die Ausnahme gewesen. Es hatte nicht geregnet, aber am Himmel hingen statt Geigen graue Wolken, die sich in rascher Folge aus Westen über den Deister schoben. Die Sonne ließ sich nur für kurze Momente blicken, und als sie hinter die Hügel gekrochen war, war es schnell dunkel geworden. Die nächtliche Wolkendecke brach nur selten auf, dann kitzelten dünne Mondstrahlen die Erde. Die Lampen um den Ziegenteich schufen helle Flecken in ihrem unmittelbaren Umkreis, in die meisten Bereiche fiel jedoch kaum Licht.

Der Person, die in einer dunklen Ecke stand, war das recht. Sie konnte sehen, ohne gesehen zu werden. Als sie zu dem kleinen See gekommen war, war hier eine Szene im Gang, die ihr aus den Tatort-Folgen im Fernsehen vertraut war: Blinkende rote und blaue Lichter, Einsatzwagen der Feuerwehr, Polizeiautos, eine Notarzt-Ambulanz. Die Polizei hatte den

Bereich, in dem man den Körper gefunden hatte, abgesperrt. Außer den Beamten der verschiedenen Rettungsdienste in ihren Uniformen und einem Arzt krochen ein halbes Dutzend Personen in Schutzanzügen aus weißem Plastik über den Boden. Das waren die Leute von der Spurensicherung. Die Person im Schatten wusste, dass sie nach Spuren suchten, die den Tod des Mannes im Wasser erklären sollten.

Sie sah, wie der Körper auf eine Bahre und in den Leichenwagen geschoben wurde. Die Männer verriegelten sorgfältig die Tür hinter dem Toten, als befürchteten sie, er könnte während der Fahrt verloren gehen. Alles geschah ohne besondere Eile, das ließ den Schluss zu, dass man auf dem Weg in die pathologische Abteilung war. Es ging nur noch darum, festzustellen, wie der Mann gestorben war. Die Person war unsicher, ob sie traurig oder erleichtert sein sollte.

5

So hatte er sich den Friesenmarkt nicht vorgestellt.

Das war er also, seit langem angekündigt, und nun in die Stadt gekommen. Die Atmosphäre von Küste, Schiffen und Watt hinter dem Deich sollte er bringen. Eine frische Brise aus salziger Luft wie an der Nordseeküste würde über die Hügel des Weserberglandes wehen, man würde das Rauschen der Brandung hinter den Bäumen hören, Krabbenpulen und Folklore von der Waterkant würden die Fußgängerzone in eine Hafenmole verwandeln. So jedenfalls war es in den Vorberichten der lokalen Presse beschrieben worden. Burt Brenner war darauf hereingefallen.

Er hatte sich der Fußgängerzone voller Erwartung genähert. Der erste Verkaufsstand war gleich die erste Enttäuschung: Statt Friesischem wurden billige Lederwaren – Gürtel, Handtaschen, Mützen – angeboten, dazu Socken, drei Paar für einen Euro. Nun, dachte er, solche Stände gibt es auf jedem Markt, das muss nichts bedeuten. Auch am nächsten gab es nichts von der Waterkant zu kaufen; dafür Lakritze in zwölf verschieden Formen und Farben, in ebenso vielen Geschmacksrichtungen. Haribo macht eben Friesenkinder froh, dachte er. Der Nachbar pries ein sensationelles Putzmittel für alle Dinge des Haushalts, von der Lese- bis zur Klobrille, zu einem Super-Spezialpreis an: »Nur hier und nur heute und nur solange der Vorrat reicht.«

Brenner fragte sich, warum man diesen Freiluftmarkt auf einen so späten Termin im Jahr – heute war der 31.Oktober

– gelegt hatte. Das war eher die Zeit, in der man sich schon allmählich auf Weihnachtsmärkte freute. Die Antwort drängte sich auf: Der Friesenmarkt war eine ausschließlich kommerzielle Veranstaltung, ein »Verkaufs-Event«, der als Wanderzirkus von Ort zu Ort zog. Die attraktiveren, warmen Monate waren für größere Städte reserviert, in der kühleren Nebensaison wurden die Kleinstädte abgegrast. Brenner schlängelte sich durch die Besucher. Es sind erstaunlich viele Leute hier, dachte er. Ob wohl alle so enttäuscht sind wie ich.

Er hatte nicht geplant, sich lange auf dem Markt aufzuhalten. Er war auf dem Weg, zwei Platten mit belegten Broten von einem Feinkostladen am Ende der Fußgängerzone abzuholen. Die Schnittchen waren für den Abschied von Alfred Matuschek gedacht, der heute seinen letzten Arbeitstag hatte.

Kommissar Matuscheks letzter Tag bei der Kriminalpolizei stand seit langem fest. Er hatte seine Kollegen wissen lassen, dass er keinen Wert auf eine Abschiedsfeier legte. Er wollte ohne jedes Aufsehen in den Ruhestand verschwinden. Brenner fand, dass sich das nicht gehörte, und überzeugte die Kollegen, dass man den Kommissar nicht stillschweigend in das Abendrot seines Lebens reiten lassen konnte. Sie stimmten seinem Vorschlag mit den belegten Broten und einer Uhr als Abschiedsgeschenk zu und würden mit einem Gläschen Sekt auf Matuscheks Zukunft anstoßen.

Dass Brenner heute Geburtstag hatte, wusste keiner. Es war Sitte im Büro, die Geburtstage der Kollegen zu ignorieren, deswegen würde auch er über seinen Ehrentag kein Wort verlieren.

Burt Brenner hatte seit Jahren seinen Geburtstag nicht gefeiert. Mit wem hätte er feiern sollen? Es gab keine Verwandtschaft, die ihm sympathisch genug war, um mit ihr gemeinsame Festtage zu verbringen, und seine Freunde aus der Jugend waren in ihre eigenen Familien eingesponnen. Meistens kam an diesem Tag sein Vater vorbei, und sie tranken dann ohne große Begeisterung eine oder zwei Flaschen Bier. Dazu öffneten sie eine Tüte Kartoffelchips.

»Happy Birthday, Burt«, pflegte sein Vater als Höhepunkt der Party zu sagen.

»Greif zu bei den Potatochips«, fügte er noch hinzu. Seine Vorliebe für die englische Sprache war nicht zu überhören. Der Vater hatte seit seiner Jugend ein Faible für amerikanische Western-Filme.

In seiner Kindheit hatte sich Brenner durch seinen Vornamen »Burt« irritiert gefühlt. Wie hatten seine Eltern so gedankenlos sein können, ihn nach ihrem Lieblingsschauspieler Burt Lancaster zu nennen? Dieser Name passte in die Weiten der Prärie oder an die Hänge der Rocky Mountains, nicht in die Hügel des Deisters. Seine Klassenkameraden zogen ihn mit seinem amerikanischen Namen manchmal auf, es war nicht böse gemeint, aber es reichte, dass er sich darüber ärgerte. Als er noch zur Schule ging, versuchte er, sich als »Bert« auszugeben, aber »Burt« war hängen geblieben. Vielleicht war das gut so, sonst müsste er heute stattdessen Witzbolden ständig die Frage beantworten, wo denn »Ernie« sei.

Auf der Ladefläche eines Lastwagens stopfte ein junger Mann Orangen und Bananen in weiße Plastikbeutel. »Alles für nur sieben Euro fünfzig, weil ihr die schönsten Frauen nördlich der Alpen seid«, rief er über die Köpfe der Zuschauer. Südfrüchte aus Friesland?, dachte Brenner, die Erderwärmung muss weiter sein, als ich geglaubt habe. Das Geschäft mit den Früchten schien gut zu laufen, vor allem ältere

Damen ließen sich von den plumpen Komplimenten des Verkäufers zum Kaufen animieren.

Ein Händler pries mit heiserer Stimme frische Fische an. Jetzt nähern wir uns der Küste, freute sich Brenner, aber das Angebot an Meeresfrüchten war nicht einmal so reichhaltig wie das am Fischwagen, der jeden Sonnabend vor dem Supermarkt im Gewerbegebiet parkte. Brenner traute sich nicht zu fragen, ob die Fische wirklich vor der friesischen Küste gefangen worden waren.

Ein zweiter Fischverkäufer in einem Matrosenhemd nötigte von einem strandfarbenen Lastwagen den Besuchern geräucherten Fisch auf. Der Mann steckte die Leckereien in Einkaufstüten und schrie ein älteres Ehepaar an, dass sie das alles für nur acht Euro haben könnten, denn bei ihm sei der Euro kein Teuro. Die beiden zuckten erschrocken zusammen und zogen ohne Räucherfisch weiter.

Fischbrötchen rundeten an einem Imbisswagen das kulinarische Angebot von der Küste ab. Der Wagen und die dicke Frau hinter der Theke kamen Brenner vertraut vor. Sie standen jeden Donnerstag auf dem Wochenmarkt in der Fußgängerzone, immer auf dem gleichen Platz vor dem Geschäft mit den Importwaren aus Ostasien. Dann, für eine Sekunde, glaubte Brenner, doch noch die Brandung des Ozeans zu hören, aber als er näher kam, stellte er fest, es war nur das Brutzeln von Thüringer Bratwürsten in einer Grillbude.

Er musste sich nun beeilen. Die Mittagspause würde bald anfangen und er wollte wieder im Büro sein, bevor Matuschek seine Schnitten oder Brötchen auspackte, um sie an seinem Schreibtisch in sich hineinzukauen. Dabei würde der alte Kommissar die Akten seiner Fälle zum letzten Mal durchblättern, um sich von ihnen zu verabschieden. Es war Zeit, dass Matuschek in den Ruhestand ging. Ein Mann von gestern, dachte Brenner, ein alter Mann, der sich gegen neue Methoden in der Kriminalistik und gegen den Fortschritt im Allgemeinen sträubt. Trotzdem musste Brenner zugeben, dass Matuschek dem Staatsanwalt ab und zu Täter präsentierte, die den anderen Kollegen durch die Lappen gegangen waren.

Zum Glück kümmerte sich Matuschek im Detail wenig darum, wie Brenner, der sein nächster Mitarbeiter war, seine Aufgaben erledigte. Bei wichtigen Entscheidungen konnte Brenner seinen Chef jedoch nicht umgehen. Wenn es um Investitionen in moderne Technik ging, die Matuschek als Dienststellenleiter genehmigen musste, zögerte er meistens länger, als es Brenner lieb war. Das wurde von den Vorgesetzten in der Landeshauptstadt gern akzeptiert, weil auch ohne diese teuren Neuerungen die Aufklärungsquote von Verbrechen in Barsinghausen nicht wesentlich unter dem Durchschnitt des Landes lag. Brenner hingegen war überzeugt, dass er mehr Erfolge aufzuweisen hätte, wenn er in der Lage gewesen wäre, die modernsten Methoden bei der Verbrechensaufklärung anzuwenden. Dann wäre man auf ihn und seine Fähigkeiten längst aufmerksam geworden.

Matuschek erzählte im Büro nie etwas über seine Familie, dazu ergab sich kaum Gelegenheit. Er nahm nicht an den gemeinsamen Mahlzeiten in der Kantine teil, und niemand hatte ihn je dort vermisst.

Brenner hatte mehrere Jahre mit Matuschek zusammengearbeitet. In dieser Zeit hatte er von der Familie des Kommissars lediglich dessen Tochter Anja kennen gelernt. Das war anlässlich eines *Open House* im Dezernat vor zwei Jahren gewesen. Anja hatte als einziges Mitglied der Familie im Büro der Kriminalpolizei vorbeigeschaut, und Alfred war nichts anderes übrig geblieben, als sie Brenner vorzustellen. Sie plauderten eine Weile, er konnte sich jedoch hinterher nicht an die Einzelheiten erinnern, weil er sich wegen ihres Aussehens nicht auf die Unterhaltung konzentrieren konnte. Er fand, sie sah richtig toll aus, und das hatte ihn vergessen lassen, worüber sie sich unterhielten. Er hatte oft an sie denken müssen und rief sie nach ein paar Wochen wieder an.

Brenner erreichte das Ende des Friesenmarktes. Er ließ die ostdeutschen Grillspezialitäten links und den Käse aus Holland rechts liegen und stand vor dem Feinkostgeschäft, das die Platten mit den belegten Broten vorbereitet hatte. Im Schaufenster des Ladens hing ein Hinweis auf friesische Spezialitäten als Sonderangebot der Woche. Hier gab es auf den ersten Blick mehr Waren, die ihm friesisch vorkamen, als auf allen Ständen des Friesenmarktes zusammen.

»Ricardo, kannst du bitte helfen, den Tatort von Spaziergängern freizuhalten? Wir sind mit der Spurensicherung noch nicht fertig.«

Ricardo war ein gewissenhafter Polizist, ein Mann voller Leidenschaft für seine Frau Petra und sein noch nicht geborenes Kind. Meistens war er auch ein verständnisvoller Sohn, wenn er mit seinem Vater und seiner Mutter zusammen war. Vor dreißig Jahren hatten sie Spanien verlassen, um sich in Barsinghausen anzusiedeln, wo man die Gastarbeiter aus dem Süden Europas wegen des damaligen Mangels an lokalen Arbeitskräften wohlwollend aufnahm.

Im Gegensatz zu seinen Eltern sprach Ricardo das reine Hochdeutsch der Region Hannover, und die meisten seiner Freunde hatten keine spanischen Namen. Er fühlte sich mit dem Ort verbunden, in dem er zuerst in den Kindergarten und später in die Schule gegangen war. Manchmal glaubte er, er kenne alle Menschen hier persönlich. Das war eine gute Basis für seine Arbeit als Polizist.

Ihm wurde leichtherzig vor Glück, wenn er an Petra und das Kind dachte. Petra war eine der ersten weiblichen Polizistinnen in Barsinghausen gewesen. Sie waren früher gemeinsam im Streifenwagen gefahren und eines Nachts waren ihre Uniformen in dem grünweißen Auto gegen jede Vorschrift in Unordnung geraten. Auf dem Standesamt brachten sie dann alles wieder in Ordnung.

Ricardo schaute dem Auto hinterher, das den leblosen Körper des Ertrunkenen abtransportierte. Ein Kollege sprach ihn an.

»Hast du mal in seine Taschen geschaut, ob er einen Ausweis bei sich hatte?«

»Das war nicht nötig«, antwortete Ricardo. »Den kenn ich auch so, der hat bis vor vier Wochen im gleichen Haus gearbeitet wie wir.«

6

Er war die Vierundachtzig – im Moment war die Neunundfünfzig an der Reihe. Fünfunddreißig Leute waren noch vor ihm. Er rechnete noch einmal nach, Kopfrechnen war nie seine Stärke gewesen: Es waren doch nur fünfundzwanzig, die vor ihm an der Reihe waren, aber das waren immer noch fünfundzwanzig zu viel. Ewigkeiten schienen zu vergehen, bis ein leises »Ping« ertönte und auf der Tafel an der Wand die nächste Nummer aufleuchtete. Es konnte eine Stunde oder länger dauern, bis seine Nummer aufgerufen werden würde. Kein Wunder, dachte er, die Beamten der Stadt arbeiten langsamer als eine Schnecke fliegt, sitzen auf ihren Hintern und warten auf ihre Rente, leben von unseren Steuern und haben keine Ahnung, wie unsereins sich für sein täglich Brot abplagen muss.

In seinem ganzen Leben war Knut eine derart würdelose Warterei noch nicht vorgekommen. Sein Pils-Bauch zitterte vor Entrüstung. (Ping: »60«) Knut war kein besonders gepflegter Mann: Frisur, Bartwuchs, Fingernägel, Kleidung, alles an ihm hatte nicht ganz die Klasse, die man von einem Mann erwarten durfte, der ein Restaurant betreibt.

Mein Gott, dachte er, noch vierundzwanzig vor mir. Wenn es wenigstens ehrliche Deutsche wären, aber mindestens die Hälfte sind Ausländer, die nehmen uns die Arbeitsplätze weg, und ich muss wegen denen ewig anstehen, um meinen Führerschein zurückzukriegen. Es war ohnehin ungerecht gewesen, mir wegen so einer Lappalie den Schein für sechs Monate wegzunehmen, dazu noch die Punkte in Flensburg. Die Monate, in denen er kein Auto fahren durfte, waren ihm endlos vorgekommen und jetzt endlich, Anfang November, durfte er ihn wieder abholen. Es war doch nicht meine Schuld, dass der Junge plötzlich mit seinem Roller auf die Straße gefahren war. Außer einer kleinen Schramme ist ihm ja auch nichts passiert. Sechzig soll ich in der Dreißigerzone gefahren sein. Dass ich nicht lache, die Zeugen haben natürlich alle gesagt, dass ich schuld gewesen sei, die würden doch ein Kind aus der Nachbarschaft immer in Schutz nehmen. (Ping: »61«)

Knut hatte richtig schlechte Laune. In der letzten Zeit war ihm einiges daneben gegangen, vor allem die Situation mit seinem Restaurant beunruhigte ihn. Er hatte die Gaststätte vor drei Jahren eröffnet und sie *Knuts Gute Stube* genannt. Er bot seinen Gästen ausschließlich ehrliche bodenständige Küche. Auf der Speisekarte gab es Schnitzel in allen möglichen Variationen, dazu leckere Sachen wie Wildschweinbraten, Rindsgulasch mit Rahmsoße – alles erstklassige Fleischgerichte, die man im Calenberger Land von einem Gastwirt erwarten durfte. (Ping: »62«) Als Beilage gab es Gemüse von den Feldern und Gärten der Gegend, je nach Jahreszeit.

Er war überzeugt gewesen, dass die Menschen in der Stadt auf ein Restaurant wie *Knuts Gute Stube* gewartet hatten und sich um die Plätze an seinen Tischen raufen würden. Es ärgerte ihn schon lange, dass in Barsinghausen kaum ein Lokal mit einem ehrlichen deutschen Angebot zu finden war. Exotisches aus allen Ländern dominierte die Speisekarten: Italien, China, Argentinien, Griechenland, Spanien, die Türkei, dazu noch Jugoslawien, das sich nach seiner Auflösung in eine endlose Zahl von Staaten aufgeteilt hatte, alle mit ihrer eigenen Esskultur und alle bereit zum Kampf um die Gäste und ihr

Geld. Dazu noch französische Bistros, amerikanisches Fastfood, irische Pubs. Er glaubte fest daran, dass sich die Mehrheit seiner Mitbürger inmitten dieser internationalen Speiseflut nach einem einheimischen Angebot sehnte. Diese Marktlücke wollte er mit seinem Restaurant besetzen.

Seine Frau war nicht seiner Meinung gewesen, sie hatte genörgelt, er müsse anbieten, was die Gäste essen wollten, und nicht das, was ihm selbst schmecke. Die Zeit, in der ein Restaurant ausschließlich von deutscher Küche leben könne, sei vorbei, sagte sie, die Leute wollen Abwechslung auf ihren Tellern. Er könne natürlich auch ein paar einheimische Gerichte auf der Karte haben, aber nicht ausschließlich. Der Appetit auf die alten Rezepte werde bei der global denkenden jungen Generation immer kleiner. (Ping: »63«)

Er hatte sich über ihre Bedenken hinweggesetzt. Sein Plan schien zu funktionieren, in den ersten Wochen nach der Eröffnung war sein Restaurant gut besucht. Einige Gäste lobten ihn für den Mut, der Welle fremdländischer Gaststätten eine Bastion lokaler Delikatessen entgegenzustellen. Doch nach einer Weile kamen selbst diese Kunden immer seltener, auch sie konnten der Verführung durch Lasagne, Gyros, Pekingente, Enchilladas, Coque au Vin oder Souflaki auf die Dauer nicht widerstehen. Wenn sie nach längerer Abwesenheit wieder einmal bei ihm einkehrten, konnte er seinen Unwillen über ihre Untreue nicht verbergen. Einige von ihnen sah er dann nie wieder.

Jetzt war die Dreiundsechzig an der Reihe. Knut sah mürrisch auf die Kinder, die zwischen den Wartenden herumtollten. Er wünschte sich, die Mütter würden ihre Kleinen zu Hause lassen, wenn sie etwas auf dem Amt zu erledigen hatten, das Geschrei und Getobe konnte einen verrückt machen.

Und die alten Leute, die hier herumsitzen, das sind doch nur Rentner, die den ganzen Tag nichts zu tun haben, als mir die Zeit zu stehlen, dachte er. (Ping: »64«) Die sollten ganz zum Schluss drankommen, damit Leute wie ich an ihren Arbeitsplatz zurück können. Aber dieses schwachsinnige Nummernsystem an der Wand kann nicht zwischen produktiven und unproduktiven Mitgliedern der Gesellschaft unterscheiden.

Knuts Ungeduld verwandelte sich in Wut. Das Kärtchen mit der Vierundachtzig zwang ihn, weiter zu warten.

Seine Probleme ließen ihn nicht in Ruhe. Alfred Matuschek kam ihm in den Sinn. Er kannte Alfred seit über zwanzig Jahren, sie waren beide bei der Feuerwehr gewesen. Als Knut in die Freiwillige Feuerwahr eintrat, war Alfred bereits seit Jahren dabei. Knuts Motivation für diesen Beitritt war nicht so sehr der Wunsch, gegen Brände zu kämpfen, sondern er litt unter einem Mangel an Freunden. Er hatte gehört, dass bei den Männern mit den roten Autos alle willkommen waren, die Kameradschaft suchten. Alfred, als erfahrener Feuerwehrmann, nahm ihn unter seine Fittiche und brachte ihm die Grundbegriffe des Kampfes gegen das Feuer bei. Bei einem Einsatz in einer brennenden Scheune rettete Knut seinen Mentor aus einer gefährlichen Situation, die schlimmstenfalls mit Alfreds Tod hätte enden können. (Ping: »65«) Seit diesem Vorfall hatte sich zwischen ihnen eine kameradschaftliche Beziehung entwickelt, ohne dass sie echte Freunde geworden wären. Dazu hatten sie zu wenig gemeinsame Interessen.

Während Knut über seine Beziehung zu Alfred Matuschek grübelte, huschten verunsicherte Blicke zwischen den Wartenden im Rathaus hin und her: Die Nummernanlage war ausgefallen. Niemand war sicher, wer als Nächster an der Reihe war, denn niemand hatte darauf geachtet, wer vor ihm und wer nach ihm gekommen war. Knut ging selbstbewusst an den ersten freien Schalter. Er sagte sich, dass man sich selbst der Nächste ist, und zum ersten Mal an diesem Tag war er mit der Welt zufrieden.

Der Kalender auf dem Schreibtisch von Erich Falkenberg zeigte den 28. November. Die Möbel in seinem Arbeitszimmer entsprachen, nach Vorschrift der Möbelverordnung seiner Behörde, seinem Status und Rang in der Hierarchie der Landesbeamten. Die Größe des Raumes bestätigte, dass hier ein wichtiger Mann arbeitete. Die Uhr neben dem Bild des amtierenden Ministerpräsidenten stand auf neunzehn Minuten nach acht. Es war heute später geworden als an den meisten Tagen, aber das war für einen Mann in seiner Position nichts, worüber man sich aufregte.

Erich Falkenberg und zwei andere Herren in dunklen Anzügen saßen um einen Konferenztisch. Sie verfolgten die Tagesschau der ARD mit Interesse. Wie sie es gehofft hatten, war der ertrunkene Kriminalkommissar in Barsinghausen nicht aufregend genug, um einen Platz in den fünfzehn Minuten der wichtigsten Nachrichten des Tages zu finden. Das lag vermutlich daran, dass er schon seit einem Monat im Ruhestand gewesen war und die Polizei in den Mitteilungen an die Medien von einem Toten und nicht von einem Ermordeten sprach.

»Nach allem, was wir wissen, können wir nicht ausschließen, dass der Tod von Matuschek gewaltsam herbeigeführt wurde«, sagte Falkenberg.

»Entweder hat er sich freiwillig in den See gestürzt oder jemand hat ihn hineingestoßen. Einen Unfall halte ich für ausgeschlossen, nicht bei einem so erfahrenen und besonnenen Mann. Die vorläufige pathologische Untersuchung konnte weder das eine noch das andere bestätigen«, ergänzte Abteilungsleiter Friedrichs.

»Auf jeden Fall muss die Kripo den Tod untersuchen«, meinte Referent Meier-Schnellberg, »aber nicht das örtliche Büro in Barsinghausen, damit wäre die notwendige Neutralität nicht gewährleistet, schließlich war Matuschek dort Dienststellenleiter – das geht auf keinen Fall, auch wenn er seit Beginn des Monats im Ruhestand war.«

»Ich weiß, wer der ideale Mann für diese Untersuchung ist«, schloss Falkenberg das Gespräch ab.

7

Es war der 29. November, 17.56 Uhr in Stade.

Manfred Marder stand vor dem Ausbildungszentrum für Arbeitslose. In einigen Monaten – im Frühjahr des nächsten Jahres – würde er in den Ruhestand gehen. Bis es so weit war, bemühte er sich, seine Pflichten als Hauptkommissar bei der Kriminalpolizei so redlich wie möglich und so korrekt wie nötig zu erfüllen. Heute war er hierher gekommen, um sich auf die Zeit nach dem Arbeitsleben vorzubereiten.

Er betrat das Gebäude, in dessen Räumen die Volkshochschule der Stadt ihre Seminare für die Erneuerung von Geist und Körper veranstaltete. Das Angebot war breit gestreut: Qi Gong, Beckenbodentraining, Nordic Walking, Problemzonen-Gymnastik, Latin Aerobic oder Yoga – und das war noch längst nicht alles. Marder hatte sich entschieden, es mit Yoga zu versuchen. Er wollte in seine Seele investieren und hoffte, Neues, vielleicht sogar Überraschendes, über die Bedeutung seiner Existenz zu erfahren. Es sollte ihm helfen, sich selbst zu ertragen, wenn der Sinn seines Lebens nicht mehr darin bestand, das Böse dieser Welt als Kriminalbeamter zu bekämpfen.

Er machte sich keine falschen Hoffnungen. Im besten Fall, dachte er, kann ich meinen Abschied von dieser Welt für kurze Zeit aufschieben und bis es so weit ist, mein Leben freudiger und sinnvoller gestalten. Vielleicht haben die weisen Männer Indiens etwas über die Harmonie von Seele und Körper entdeckt, das uns in Europa verborgen geblieben ist.

Heute war seine zehnte Übungsstunde, dennoch fragte er sich immer noch, ob er mit Yoga die richtige Therapie gegen die drohende Langeweile des Daseins eines Pensionärs gefunden hatte. Vielleicht trieb ihn lediglich die Angst vor dem Altwerden in die Arme der Esoterik.

Als er heute früh aufgestanden war, war er davon ausgegangen, in den nächsten Tagen, Wochen und Monaten einen sanften Übergang vom Arbeitsleben in den Ruhestand genießen zu können. Bis es so weit war, wollte er gern noch helfen, die eine oder andere böse Tat an der unteren Elbe aufzuklären. Zum Ende seiner Laufbahn wünschte er sich eine liebevolle Zeremonie, bei der die Kollegen zusammenkommen würden, die nach vielen Jahren gemeinsamer Erfolge und Misserfolge seine Freunde geworden waren. Danach wollte er für den Rest des Lebens mit gutem Gewissen auf seine Arbeit im Kampf gegen das Verbrechen zurückblicken. Die Misserfolge würde er bald vergessen haben.

Dann kam am Mittag der Anruf von Erich Falkenberg. Nun musste er seine Pläne für eine gemütliche Abschiedszeit bei der Kriminalpolizei verschieben. Einen Mörder, von dem noch nicht einmal feststand, ob es ihn wirklich gab, sollte er noch suchen und finden: In Barsinghausen, einer Stadt am Deister, von der er nicht viel mehr als ihren Namen kannte. Der Ort war ihm deswegen ein vager Begriff, weil dort vor etlichen Jahren die deutsche Fußball-Nationalmannschaft in einem Trainingslager einkaserniert war. Damals, in den Fünfzigern oder Sechzigern, ließen es sich die Spieler noch gefallen, von ihren Frauen oder Freundinnen weggeschlossen zu werden – für die Ehre, den deutschen Fußball vertreten zu dürfen. Außerdem wusste er, dass der Deister der nördlichste Höhenzug des Weserberglands war.

Er kannte seinen Kollegen Alfred Matuschek aus Barsinghausen persönlich. Es gab eine Zeit, in der sie gemeinsam jemanden suchten, der getötet hatte. Nun war Matuschek selbst tot.

Der Saal, in dem die Yoga-Übungen stattfanden, hatte den Charme einer Wartehalle eines Bahnhofs an einer Nebenstrecke. Er ignorierte die Ameisen, die über den Teppich huschten, der vermutlich seit dem Bau dieses Gebäudes nie erneuert worden war. Aus dieser Zeit stammten wahrscheinlich auch die Spinnweben im Raum, ganz oben im Winkel zwischen Decke und Seitenwänden.

Nun war er bereit, seine Yogadecke über seiner Yogamatte auszubreiten, die er zu einem Vorzugspreis von der Leiterin des Seminars erworben hatte. Außerdem hatte er bei ihr einen Übungsgürtel gekauft, dazu noch kleine Sandsäckchen, die man bei den Entspannungsübungen auf die Augen legen sollte. Als er sich auf dem Boden niederlassen wollte, stockte sein Atem: Eine Frau breitete sich auf dem Platz aus, wo er normalerweise seine Decke hinlegte. Er war überzeugt, dass genau dieser Platz von den Göttern für ihn reserviert war. Die Frau musste neu in dem Kurs sein, sonst hätte sie es nicht gewagt, ihm diesen Platz streitig zu machen. Sah sie denn nicht, dass dort sein Name in den Teppich eingebrannt war? Seine Freude an der heutigen Yogastunde hatte deutlich gelitten.

Verstört fand er einen anderen Platz, legte sich auf den Rücken, und versuchte, seinen Ärger zu unterdrücken. Er schloss die Augen und wartete bis die Gespräche über Schwangerschaften, Kindergärten, schlechte Schulnoten oder unfähige Lehrer abflauten. Die meisten Teilnehmer der Yogaklasse waren Frauen, halb so alt, jedoch doppelt so gelenkig wie er. Sie hatten Kinder zu Hause und sorgten sich um Probleme, die er seit langem hinter sich gelassen hatte. Auch die Übungsleiterin war weiblich, jung und ein Wunder an Beweglichkeit; ein Hauch der Gelassenheit des Fernen Osten ging von ihr aus, kein Wunder, wenn sie täglich Yoga-Klassen leitete. Nur Karl-Heinz, drei Matten weiter links, war in seinem Alter und außer ihm der einzige andere männliche Yogaschüler. Sie fanden Trost aneinander, wenn sie sich in der Welt der jungen Frauen verloren vorkamen.

Die Stimme der Meisterin hob an:

»Wir liegen nun ganz ruhig auf dem Rücken und lassen unseren Körper schwer werden.«

Das braucht sie mir nicht zu sagen, dachte er, mein Körper ist schwer genug: Muskelmasse über Jahre aufgebaut. Seine Frau meinte allerdings, das seien eher unnötige Fettreserven. Auf jeden Fall machte ihm diese Übung viel Freude, denn er konnte mitmachen, ohne sich anzustrengen. So vergingen ein paar angenehme Minuten. Es war leider nur ein kurzes Vorspiel zu den schmerzhaften Verrenkungen, die nun folgten.

Yoga-Positionen hatten geheimnisvolle Namen. Sie klangen fremd und exotisch, und wenn Marder es nicht besser gewusst hätte, hätte es sich genauso gut um indische Kochrezepte oder Stellungen aus dem Kamasutra handeln können. Ins Deutsche übersetzt, bedeuteten sie zum Beispiel: »Der große Hund, der betrübt durchhängt«, »Die kleine verbeulte Katze« oder »Das Maultier, das sich bückt«. Die Anweisungen zur korrekten Durchführung dieser Übungen waren sehr explizit. Das einfache Einknicken des Oberkörpers nach vorn, mit der für ihn unrealistischen Wunschvorstellung, die Zehen mit den Händen zu berühren, benötigte in der Yogaliteratur vier Seiten (inklusive Bilder), um die korrekte Haltung aller betroffenen Gelenke zu demonstrieren. In der Yogasprache nannte man diese Übung »Uttanasana«; früher im Turnunterricht hatte sein Lehrer dazu einfach »Vorwärtsbeuge« gesagt.

Auch romantische Bezeichnungen wie »Sonnen-«, »Morgen-« oder »Abendgruß« konnten Marder nicht darüber hinwegtäuschen, dass diese Positionen Schmerzen verursachen – an Körperteilen, von denen er vorher nicht gewusst hatte, dass es dort weh tun konnte. Wenn das Leiden am intensivsten war, folgte unweigerlich die Aufforderung, das Atmen nicht zu vergessen, auch wenn Marder bezweifelte, ob es sich bei diesen Qualen noch lohnte. Hätte er nicht tief in sich den Glauben gespürt, irgendwann für diese Pein belohnt zu werden, hätte er nicht gewusst, warum er sich so etwas Schreckliches antat.

Nach neunzig Minuten hatte die Yogagöttin ein Einsehen. Die Gruppe durfte entspannen, von sanften Worten begleitet. *Entspannung* zu erklären, ist unmöglich, dachte Marder, man muss fühlen, wie sich der Körper in Wohlgefallen auflöst und die Gedanken in freiem Fluss kommen und gehen.

Barsinghausen? Was ist das für eine Stadt, wenn dort selbst die Kripo vor Mord nicht sicher ist?, fragte sich Marder. Aber wahrscheinlich urteile ich voreilig, Falkenberg meinte, es wäre noch nicht geklärt, ob der Tod von Matuschek tatsächlich ein Mord war. Die pathologischen Untersuchungen würden erst in den nächsten Tagen abgeschlossen sein.

Wer könnte ein Motiv haben, einen Kommissar im Ruhestand vorzeitig unter die Erde zu bringen? Vielleicht musste er unter den Tätern suchen, die Matuschek hinter Gitter geschickt hatte? Vielleicht war ein Unschuldiger unter ihnen, der für seine Rache auf den richtigen Moment gewartet hatte? Oder ein Schuldiger, der einen tiefen Hass auf den Mann hatte, der ihn überführt hatte und dem er Jahre hinter Gittern zu verdanken hatte. Wenn Marder an seine eigene Klientel dachte, unter ihnen war bestimmt mehr als einer, der mit Freude helfen würde, seinen Kopf unter die Oberfläche eines Teiches zu drücken.

Drei- oder viermal hatte er Matuschek bei Konferenzen getroffen. Außerdem war Matuschek vor zwei Jahren nach Stade gekommen und hatte gemeinsam mit ihm an zwei Mordfällen gearbeitet. Damals waren innerhalb weniger Wochen zwei Morde in ihren jeweiligen Bereichen verübt worden, die denselben Täter vermuten ließen. Zuerst nervte Matuschek ihn mit seiner ruhigen, fast passiven Art. Er machte den Eindruck, als hätte er kein besonderes Interesse an der Aufklärung der Verbrechen – sinnierte vor sich hin, sagte kaum etwas und schaute ständig in die Akten des Falles, die er sogar noch abends mit ins Hotel nahm. Dabei entdeckte er die Nadel im Heuhaufen, die sie in der Mordkommission in Stade übersehen hatten. Marder erinnerte sich noch daran, wie Matuschek nach einer Mittagspause, die er wie gewöhnlich am Schreibtisch verbracht hatte, in sein Arbeitszimmer kam und ihm ein Vernehmungsprotokoll hinhielt, in dem ihm eine kleine Abweichung von einer früheren Aussage eines Verdächtigen aufgefallen war. Das stellte sich als Schlüssel zur Überführung des Mörders heraus. Leider war Marder damals nicht dazu gekommen, Matuschek seine Anerkennung für diesen Durchbruch bei der Fahndung spüren zu lassen. Er war zu schnell abgereist und vergrub sich wieder in seiner Stadt am Deister. Seitdem hatte Marder sich ein wenig in seiner Schuld gefühlt.

Ich werde es gutmachen, indem ich den finde, der an seinem Tod Schuld hat, nahm sich Marder vor. Wenn es ihn denn gibt.

Marder betrachtete Matuschek als alten Mann. Das war eigentlich nicht gerecht, schließlich war Matuschek nicht viel älter als er selbst. Er hatte auf Marder älter gewirkt, als er es tatsächlich war; so als gehörte er zur Generation seiner Eltern und nicht zu seiner eigenen. Vielleicht, gestand sich Marder ein, bin ich aber nur eitel und sehe mich selbst jünger, als andere mich sehen.

Er fragte sich, wie gut Erich Falkenberg den ehemaligen Hauptkommissar Matuschek wohl kannte und wie sehr es ihn persönlich getroffen hatte, als er vom Tod Matuscheks hörte.

Marder kannte Falkenberg seit mehr als dreißig Jahren, seit sie gemeinsam die ersten Lehrgänge in ihrer Ausbildung bei der Kriminalpolizei besucht hatten. Danach hatten sich ihre Wege getrennt, aber sie waren über die Jahre in Kontakt miteinander geblieben. An runden Geburtstagen, wenn es eine Feier gab, die über den engsten Familien- und Freundeskreis hinausging, luden sie sich gegenseitig ein. Falkenberg war in der Hierarchie der Polizei ganz oben angekommen, allerdings nicht ohne sich hart und zielstrebig durch die unteren Ränge gearbeitet zu haben.

Marder wusste Falkenbergs Fähigkeiten zu schätzen: Seine Freude am Organisieren und Repräsentieren war bekannt. Er suchte Beförderungen und genoss es, wenn sie kamen. Er verstand es, Mitarbeiter zu motivieren, indem er ihnen bei ihrer Arbeit ausreichend Spielraum für eigene Entscheidungen ließ, und nahm ihnen nach der Aufklärung eines spektakulären Falles das Lob der Medien nicht weg.

Marder hatte andere Pläne für sein Leben gehabt. Er liebte die Arbeit vor Ort und am Fall, ging aber nach Feierabend lieber nach Hause als zu Veranstaltungen mit sogenannten »wichtigen« Leuten. Er akzeptierte ohne Wenn und Aber, dass Erich im Gegensatz zu ihm eine wichtige Position im Polizeipräsidium erreicht hatte – er sah sogar einen Vorteil darin, einen Freund in einem hohen Amt zu wissen. Dabei bildete er sich ein, diesen Vorteil nie ausgenutzt zu haben. In den letzten Jahren hatten sie dienstlich nur wenig miteinander zu tun gehabt, dazu war Falkenberg in der Organisation der Kriminalpolizei zu weit nach oben geklettert.

Marder fragte sich, warum Erich glaubte, dass er der richtige Mann sei, diesen Fall zu übernehmen? Er hatte keine Gründe genannt, als er ihn damit beauftragte, und Marder fragte nicht danach. Es konnte natürlich sein, dass seine Wahl nur ein Zufall war. Vielleicht aber dachte Falkenberg, dass er mit Matuschek manches gemeinsam hatte und er sich in das Umfeld des toten Kommissars einfühlen konnte: Matuschek und er waren etwa im gleichen Alter, waren beide verheiratet und hatten erwachsene Kinder. So wie Matuschek wohnte und arbeitete auch Marder in einer Kleinstadt.

Am Ende der Entspannungsphase hörte Marder aus großer Entfernung die Worte: »Nun lasst wieder kleine Bewegungen zu.« Warum eigentlich, fragte er sich, warum muss ich ins richtige Leben zurück? Lasst mich hier liegen, ich störe niemanden und möchte von niemandem gestört werden.

8

»Wenn du von der Nordsee auf der Autobahn in den Süden fährst und den ersten Berg siehst, das ist der Deister«, hatte sein Kollege erklärt, als Marder mit ihm über den Weg nach Barsinghausen gesprochen hatte. Er war auf der Autobahn durch die Lüneburger Heide gefahren, bog kurz vor Hannover auf die A2 nach Dortmund ein, ließ den Flughafen rechts und die Stadt links liegen, dann überquerte er den Mittellandkanal und danach die Leine, die sich wegen starker Regenfälle vor einer Woche über die Wiesen an ihren Ufern ausgebreitet hatte.

Ein fauliger Geruch kroch durch die Öffnungen der Lüftungsanlage in das Innere des Autos, er musste von der Mülldeponie in den Feldern auf der rechten Seite der Autobahn kommen.

In der Ferne stiegen die ersten Anhöhen des Weserberglands aus der ebenen Landschaft empor. Seit seiner Abfahrt von Stade hatte nur der Geestrücken im Süden von Hamburg der Landschaft für eine kurze Weile ein welliges Profil gegeben. Die Hügel des Deisters überraschten ihn, sie waren höher, als er es erwartet hatte. In der flachen Gegend, aus der er kam, waren die Deiche das Höchste, das den Horizont begrenzte. Er liebte dieses offene Land, wo man das Meer riechen konnte. Er verließ es nur, wenn es dienstlich notwendig war oder seine Frau auf einer Urlaubsreise bestand. Sie fuhren seit Jahren im Sommer für ein paar Wochen nach Amrum, seiner Lieblingsinsel, manchmal auch nach Dänemark. In den Bergen könne er sich nicht erholen, die Enge der Täler erdrücke ihn, sagte er zu seiner Frau. Als die Kinder noch klein waren, hatten sie einmal eine Reise mit einem Wohnmobil durch die USA gemacht. Das war ein aufregendes Erlebnis gewesen, von dem Marder immer noch zehrte und es deshalb nicht zu wiederholen brauchte.

Während der Fahrt nach Barsinghausen versuchte er, über den Fall Matuschek nachzudenken.

Erich Falkenberg hatte ihn heute Morgen noch einmal angerufen und ihn wissen lassen, dass die vorläufige Obduktion von Matuschek keine weiteren Erkenntnisse gebracht hatte, als zu bestätigen, dass der Kommissar ertrunken war. Er könne sich aber nach wie vor nicht vorstellen, dass Matuschek Selbstmord begangen hatte, er kenne ihn als einen selbstbewussten und ausgeglichenen Menschen. Deshalb halte er es für richtig, mit der Untersuchung des Todes des ehemaligen Kommissars sofort zu beginnen. Falkenberg hatte dann noch erwähnt, dass in der Zwischenzeit in der Pathologie der Medizinischen Hochschule in Hannover weitere Tests an Haut, Organen, Blut und den anderen Körperflüssigkeiten des Toten vorgenommen würden. Bis die endgültigen Ergebnisse vorlägen, werde es noch einige Tage dauern, er würde ihn anrufen, wenn etwas Wesentliches dabei herauskommen sollte. Der Staatsanwalt habe zugestimmt, diesen rätselhaften Tod durch die Kriminalpolizei untersuchen zu lassen.

»Was hat die Untersuchung des Tatortes ergeben?«, hatte Marder gefragt.

»Tatort? Welcher Tatort?«, hatte Falkenberg geantwortet. »Wir haben keinen Tatort. Wir haben nur die Stelle, an der Matuschek aus dem See gezogen wurde. Wie oder wo er in den See hineingekommen ist, können wir nicht feststellen. Es gibt nirgendwo Spuren, die auf einen Kampf hinweisen, aber das ist kein Wunder, der See ist mit einer Steinmauer eingefasst, und der Weg um ihn herum ist gepflastert. Die Kollegen von der Spurensicherung haben alles abgesucht, jedoch nichts gefunden. Nichts, was uns helfen könnte, den Tod aufzuklären. Nachdem die Rechtsmediziner seine Lunge untersucht haben, sind sie absolut sicher, dass Matuschek durch Ertrinken gestorben ist. Das heißt, er lebte noch, als er in das Wasser ging oder fiel. Er wurde nicht als Leiche in den See geworfen.«

»Kann man in dem Teich überhaupt ertrinken? Ist er tief genug dazu?« hatte Marder gefragt.

»Das ist eine der Fragen, die wir noch klären müssen«, hatte Falkenberg geantwortet. »Nach den Aussagen der örtlichen Polizei ist es eher ein flacher Weiher, aber wir wollen noch einmal überprüfen lassen, ob es nicht doch ein paar Stellen gibt, die tief genug sind, dass jemand darin umkommen kann.«

»Es gibt also keine Anzeichen von Gewaltanwendung?« Marder wollte sicher sein, dass er nichts falsch verstanden hatte.

»Einen Raubüberfall, bei dem er zufällig Opfer geworden ist, können wir mit großer Sicherheit ausschließen«, hatte Falkenberg geantwortet. »Es hat nichts gefehlt: Seine Brieftasche, mit Geld, Kreditkarte und Ausweisen war in seiner Jackentasche, wie es scheint, vollständig. Nur eine Uhr hatte er nicht bei sich, aber es kann ja sein, dass er keine trug.«

»Danke, Erich, das ist nicht viel, was du mir mitgibst, ich werde sehen, was ich in Barsinghausen finden kann«, entgegnete Marder, bevor er das Telefon auflegte.

Marder war nicht sonderlich glücklich darüber, Ermittlungen in einem Todesfall deswegen aufnehmen zu müssen, weil sein Vorgesetzter die ungute Vermutung hatte, es könne sich dabei um ein Verbrechen handeln. Aber wenn sich Erich Falkenberg dazu entschlossen hatte, war es sinnlos, sich dagegen zu wehren. Wenn er sich weigerte, würde ein anderer Kommissar den Fall übernehmen. Das wollte er nicht. Erstens war Falkenberg sein Freund, und zweitens fand auch er den Tod seines Kollegen merkwürdig genug, um neugierig auf die Hintergründe zu sein.

Er näherte sich der Ausfahrt, an der die Bundesstraße 65 die Autobahn kreuzte: In westlicher Richtung nach Bad Nenndorf, in östlicher nach Barsinghausen. Er erinnerte sich, dass er hier vor ein paar Jahren auf einer Fahrt ins Ruhrgebiet schon einmal vorbeigekommen war. Damals war diese Kreuzung ländlich verschlafen gewesen. Auf beiden Seiten der Autobahn waren Felder, auf denen Zuckerrüben und Weizen wuchsen, und erst in der Ferne sah man Häuser, die im Westen den Beginn von Bad Nenndorf und im Osten den von Barsinghausen andeuteten.

Von dieser Idylle war wenig übrig geblieben. Ein kommerzieller Komplex war links und rechts der Autobahn aus dem Ackerboden gestampft worden. Auf der Barsinghausener Seite lockten ein Rasthof mit Tankstelle und Parkplätzen für Lastwagen und ein McDonald's-Restaurant, dahinter befanden sich ein Hotel einer internationalen Hotelkette mit preiswerten Zimmern und mehrere zweckdienliche Gebäude eines wachsenden Gewerbegebietes. Die andere Seite, am Rand von Bad Nenndorf, dominierte ein wuchtiges Einrichtungshaus mit dem Charme eines Kraftwerks. In seinem Schatten hatten sich ein Supermarkt, eine Diskothek und verschiedene Handwerksbetriebe angesiedelt. Die Wiedervereinigung Deutschlands setzte diesen Bauboom in Gang. Sie hatte aus der Autobahn in das vernachlässigte Randgebiet der Bundesrepublik einen wichtigen Verkehrsweg in die neuen Bundesländer gemacht. Die Ost-Erweiterung der EU hatte diesem Aufschwung einen weiteren Schub gegeben, die Lastwagen mit den osteuropäischen Kennzeichen, die er überholte, bezeugten dies.

Marder verließ die Autobahn und bog an der ersten Kreuzung nach der Ausfahrt in die Landstraße nach Barsinghausen ein. Zu seiner Rechten stiegen Wiesen zu den Wäldern des Deisters hinauf, links hatte er freien Blick über die Felder des Calenberger Landes. Es war ein ländliches Idyll, auch wenn er in der Ferne Hannover, die Hauptstadt Niedersachsens, erahnen konnte. Er las auf den Ortsschildern der Dörfer, durch die er fuhr, dass sie bereits zur Stadt Barsinghausen gehörten, auch wenn sie sich offensichtlich als selbständige Ortschaften entwickelt hatten. Das Stadtgebiet war durch die Gebietsreform in den siebziger Jahren vermutlich erheblich vergrößert worden.

Die Landstraße, die nach jedem Ortsteil wieder durch Felder und Wiesen führte, erreichte nun die eigentliche Stadt. Zuerst standen vereinzelte Wohnhäuser am Rand der Landstraße, dann folgte eine Tankstelle, dahinter Wohngebiete mit Ein-, Zwei- und Mehrfamilienhäusern. Der Ort war von seinem alten Kern in die Felder gewachsen, wahrscheinlich abhängig von der Bereitschaft der Bauern, ihr Land zu verkaufen. Es war eine Mischung aus alten und neuen Häusern entstanden, die sich und ihre Gärten hinter Hecken und Sträuchern versteckten.

Hinter dem Ortsschild hielt Marder seinen Wagen an und schaute auf den Stadtplan, den er sich aus dem Internet ausgedruckt hatte. Er suchte die Rosenbachstraße, in der die Pension »Marianne« lag. Dort hatte er ein Zimmer für unbestimmte Zeit gebucht. Die Pension war ihm vom Verkehrsverein der Stadt empfohlen worden, nachdem er am Telefon so exakt wie möglich beschrieben hatte, wie er sich seine Unterkunft in Barsinghausen vorstellte. Auf keinen Fall wollte er in einem Hotel übernachten. Er hoffte, von den Gastgebern etwas über das Leben im Ort zu erfahren, außerdem lag die Pension in der Nähe des Hauses der Familie Matuschek – das konnte unter Umständen ein Vorteil bei seinen Ermittlungen sein.

Er bog in eine Allee ein, die bergauf führte und in die Rosenbachstraße mündete. Sie lief parallel zum Hang, die Gärten hinter den Häusern grenzten direkt an den Wald, der sich von hier bis zu den sanften Gipfeln des Deisters zog. Die Pension »Marianne« lag am oberen Ende der Straße, die wenige Meter dahinter in einen Waldweg überging, um dann zwischen Bäumen zu verschwinden.

»Marianne« gefiel ihm auf den ersten Blick. Es war ein Gebäude im Jugendstil und war in Ehren alt geworden. Im Gegensatz zu den meisten Häusern in der Nachbarschaft waren seine Wände nicht aus roten Ziegelsteinen, sondern hellgrün verputzt. Die weißen Fensterrahmen waren frisch gestrichen. Auf den roten Dachziegeln zeigte sich ein gelbgrüner Schimmer, den die Pollen und Samen des Frühlings und des Sommers dort hinterlassen hatten – die unmittelbare Nähe des Waldes machte sich bemerkbar. Das Haus strahlte Klasse und einen Hauch von Erhabenheit aus, wie eine alte Dame, die zeigen will, dass sie zur besseren Gesellschaft gehört. »*Marianne*« war in silbernen Buchstaben auf einem Schild an der Gartenpforte zu lesen, so als ob es stolz auf seinen Namen wäre.

Ein schwarzer Kater betrachtete Marder herablassend aus seiner Deckung zwischen Blumentöpfen auf der breiten Treppe vor der Haustür. Ein weißer Fleck auf der Brust und ein weißes Ausrufungszeichen über seiner Nase verliehen ihm die Eleganz und Arroganz eines Hotelpagen. Eine Dame, älter als sechzig, aber jünger als siebzig, öffnete nach seinem Klingeln die Haustür.

»Guten Tag. Ich bin Gertrude Thann. Sie sind bestimmt der Kommissar aus Stade.«

»Ja, das ist richtig. Sie haben ein schönes Haus. Ich finde, es ist das schönste in der Straße.«

»Danke, da bin ich ganz Ihrer Meinung. Der Großvater meines Mannes hat es vor ungefähr hundert Jahren gebaut. Aber kommen Sie erst einmal herein.«

Marder stellte seine Koffer in der Eingangsdiele vor der Holztreppe ab, die in den ersten Stock führte.

»Ihr Zimmer ist oben. Den großen Koffer müssen Sie selbst tragen, den kleinen nehme ich. Richten Sie sich in Ihrem Zimmer ein, danach können wir zusammen eine Tasse Kaffee trinken. Eigentlich ist es nur ein Zimmer mit Frühstück, aber eine freie Tasse Kaffee am Nachmittag ist immer drin.«

Sie lächelte ihn freundlich an und Marder war überzeugt, dass er die richtige Entscheidung für seine Unterkunft getroffen hatte.

Sein Zimmer war liebevoll eingerichtet und vermittelte die Absicht, dass Gäste sich darin wohl fühlen sollten. Vor dreißig Jahren hätte man es modern genannt. Auf einem kleinen Schreibtisch stand ein Strauß bunter Blumen, frisch aus dem

Garten, das Badezimmer war hell gekachelt und offensichtlich erst nachträglich eingebaut worden. Damit war der Raum für Bett und Schrank etwas eng geworden, aber Marder nahm das lieber in Kauf, als nachts über Gänge und Treppen eine Gemeinschaftstoilette aufsuchen zu müssen.

Eine halbe Stunde später saß Marder im Wohnzimmer und trank mit seiner Wirtin Kaffee. »Eine« Tasse Kaffee hatte Frau Thann nicht wörtlich gemeint, sie hatte ihm bereits zweimal nachgeschenkt. Die Möbel in der Stube schienen seit vielen Jahren unverändert zu sein, trotzdem konnte er nichts entdecken, was er als verschlissen bezeichnet hätte. Über dem Sofa hing ein Gemälde aus den fünfziger Jahren mit Segelbooten auf dem Steinhuder Meer, das damals als »moderne Kunst« gegolten hatte. Ähnliche Bilder hingen bei ihm zu Hause.

Frau Thann hatte Marder bisher kaum zu Wort kommen lassen und er wehrte sich nicht dagegen.

»Meine Eltern sind erst nach dem Krieg hierher gekommen. Nicht, weil sie unbedingt in Barsinghausen wohnen wollten, sondern weil sie aus ihrer Heimat in Schlesien vertrieben wurden. Die Besatzungsmächte legten damals willkürlich fest, wo die Menschen, die aus dem Osten kamen, nach der Vertreibung angesiedelt wurden. Unsere Endstation lag zufällig hier am Deister. Meine Eltern und ich wurden bei einem Bauern in die leere Altenwohnung eingewiesen. Damals war Barsinghausen noch ein richtig uriges Dorf. Unsere unfreiwilligen Gastgeber verhielten sich uns Flüchtlingen gegenüber nicht so feindselig, wie man es von manchen Flüchtlingen in anderen Teilen Deutschlands hörte.«

Ein Lächeln spielte um die Lippen von Frau Thann. Die Erinnerungen an die schweren Zeiten nach dem Krieg schienen ihr nicht weh zu tun.

»In den fünfziger Jahren, als neue Wohnungen gebaut wurden, normalisierten sich die Beziehungen zwischen den alten und neuen Einwohnern im Ort. Ich habe heute noch freundschaftlichen Kontakt mit der Familie, bei der wir damals untergekommen waren. Wenn wir uns hin und wieder sehen, beklagen wir uns gern gemeinsam über die harte Zeit nach dem Krieg.«

Marder konnte sich die Ankunft der Familie Thann am Deister und ihr Leben in den ersten Jahren gut vorstellen. Seine Familie hatte nach dem Krieg ein ähnliches Schicksal gehabt. Am Ende einer langen Flucht wurden sie in einem Dorf nördlich von Stade in ein Haus einquartiert, in dessen Dachgeschoss ein Zimmer leer stand. Als Marder erwachsen wurde, spielte für ihn die Herkunft seiner Familie keine große Rolle mehr. Stade war seine Heimat geworden.

Er lächelte seine Gastgeberin aufmunternd und verständnisvoll an, was Frau Thann ermutigte, mit der Kurzfassung ihres Lebens fortzufahren.

»Als ich 1959 einen jungen Mann aus dem Ort heiratete, waren solche Mischehen ganz normal. Mein Vater, der ein gelernter Klempner war, hatte einige Jahre in einem Handwerksbetrieb gearbeitet und dann ein eigenes Fachgeschäft für Sanitärbedarf eröffnet. Meine Mutter hat es nach seinem Tod verkauft, aber es existiert heute noch.«

Die schwarzweiße Katze, die ihn vor der Tür beobachtet hatte, strich Frau Thann um die Beine und maunzte fordernd.

»Ja, ja, Brisbane, ich weiß, du hast Hunger, du musst dich noch ein paar Minuten gedulden.«

Frau Thann war noch nicht fertig.

»Der Großvater meines Mannes hat dieses Haus vor mehr als hundert Jahren bauen lassen. Er war Direktor in einem Steinbruch, das waren damals die großen Leute in dieser Gegend. Mein Mann war freiberuflicher Steuerberater und hatte sein Büro hier im Haus. Wir haben diese Pension vor ungefähr zehn Jahren eröffnet, als unsere Kinder ausgezogen waren. Leider wohnen sie jetzt alle in verschiedenen Teilen von Deutschland. Vor drei Jahren ist mein Mann gestorben. Jetzt führe ich die Pension alleine, und die meisten Gäste halten mich für eine Einheimische.«

Frau Thann hatte nun alles berichtet, was sie für einen Pensionsgast am ersten Tag für wissenswert hielt.

»Sie halten mich hoffentlich nicht für geschwätzig, weil ich Ihnen das alles erzählt habe. Aber ich weiß aus Erfahrung, dass Sie mich in den nächsten Tagen nach all diesen Dingen fragen würden, da bringe ich es lieber gleich hinter mich. Was bringt Sie eigentlich hierher?«

Marder hatte diese Frage erwartet, wenn auch nicht so unvermutet, daher ignorierte er sie erst einmal. Er erzählte seiner Wirtin ein bisschen von seiner Familie, gerade so viel, wie in zehn Minuten hineingingen. Er ging davon aus, dass Frau Thann über den Tod von Kommissar Matuschek Bescheid wusste, die lokale Presse hatte bestimmt darüber berichtet. Die Tatsache, dass er deswegen nach Barsinghausen gekommen war, erwähnte er erst ganz zum Schluss.

9

Marder begann nach seiner Plauderstunde mit Frau Thann, die Suche nach der Wahrheit um Matuscheks Tod zu organisieren. Am Vormittag des nächsten Tages wollte er sich bei den Kollegen der örtlichen Kriminalpolizei vorstellen. Er hoffte dabei auf Hinweise, wo er bei der Suche nach einem eventuellen Mörder anfangen sollte.

Er hatte Frau Matuschek angerufen, um ihr mitzuteilen, dass er sie besuchen wolle.

»Herr Kommissar«, sagte sie schluchzend, »ich stehe unter Schock und bin damit beschäftigt, die Beerdigung meines Mannes vorzubereiten. Leider weiß ich nicht, für welchen Tag ich die Trauerfeier arrangieren soll, da der Körper noch nicht für die Einäscherung freigegeben ist. Die Polizei kann oder will mir nicht sagen, wann ich damit rechnen kann. Ich hoffe, Sie können mir helfen, die Freigabe so schnell wie möglich zu bekommen.«

Marder glaubte aus ihrer Stimme eher Erregung als Schock zu hören. Er hatte oft erlebt, dass Familienangehörige von Opfern eines Verbrechens so reagierten, wie es Vera Matuschek tat: Unmittelbar nach der Tat unterdrücken sie ihre Gefühle, und erst nach der Beerdigung setzt die eigentliche Trauer ein. Er hielt es für ein sinnvolles Ritual unserer Gesellschaft, dass sich die Hinterbliebenen nach dem Tod ihrer Lieben erst einmal um die Details der Bestattung kümmern müssen. Das lenkt sie von ihrer Verzweiflung ab und gibt ihnen Zeit, den Verlust zu akzeptieren.

Zwischen Frühstücksei und der letzten Tasse Kaffee schaute Frau Thann in den Frühstücksraum, um sich zu erkundigen, ob er mit allem zufrieden sei. Er hatte nichts zu bemängeln, so üppig wie an diesem Morgen frühstückte er zu Hause selten. Eigentlich nur an Tagen, wenn Freunde als Gäste im Haus waren, oder wenn ihre Kinder mit den Enkeln zu Besuch waren. Bei solchen Gelegenheiten wurde die erste Mahlzeit am Morgen die längste des Tages, während der er sein Soll an Kaffee für den ganzen Tag überzog. Wenn er und Iris alleine zu Hause waren, begnügten sie sich meistens mit Frischkornmüsli, dem Allheilmittel seiner Frau gegen alle Krankheiten, die man mit gesunder Ernährung abwehren konnte.

Er fragte Frau Thann, ob sie die Matuscheks kenne.

»Einerseits ja, andererseits nein«, hatte sie geantwortet.

»Wie meinen Sie das?«

»Man kennt die Leute in der Umgebung vom Sehen, aber die meisten nicht unbedingt mit Namen. Erst seit ich das Bild von Matuschek in der Zeitung gesehen habe und den Bericht über seinen Tod gelesen habe, kann ich Namen und Gesicht zusammenbringen. Wenn ich ihn früher in der Stadt ab und zu gesehen habe, habe ich nur gewusst, dass er in einem Haus hier in der Nähe wohnte, aber, wie gesagt, ich hatte keine Ahnung, wie er hieß oder was er von Beruf war. Seine Frau habe ich nur ganz selten gesehen, ich kann mich nicht daran erinnern, die beiden jemals zusammen gesehen zu haben.«

»Das heißt wohl, dass die Matuscheks bis zu seinem Tod nicht besonders aufgefallen sind?«

»Zumindest nicht durch irgendetwas von allgemeinem Interesse, das hätte sich bestimmt herumgesprochen. Aber wie ich schon gesagt habe, richtig kennt man nur die unmittelbaren Nachbarn und seine Freunde, die anderen grüßt man so im Vorübergehen, aber man spricht selten mit ihnen. Das ist wohl die typische norddeutsche Zurückhaltung.«

In Stade ist es nicht viel anders, dachte Marder. Das ist auch ein Grund, warum ich mich dort wohl fühle.

»Ein bisschen stört mich diese Zurückhaltung schon«, fuhr Frau Thann fort. »Ich will mich ja nicht unbedingt in das Leben von fremden Leuten einmischen, aber ich würde manchmal gerne wissen, was die Leute um mich herum denken.«

Ein guter Schlusssatz für meine Morgenandacht, dachte Marder.

Er machte sich auf den Weg in die Stadt und blickte dabei neugierig über die Gartenzäune. Jedes Haus und jeder Garten in der Rosenbachstraße hatte seinen unverkennbaren Charakter. Die älteren Häuser stammten aus einer Zeit, als Häuser noch nicht die Individualität ihres Besitzers dokumentieren mussten. Rote Ziegelsteine, spitze Dächer, zweiteilige kleine Fenster. Es waren Häuser, in deren Gärten knorrige Apfel- oder Kirschbäume standen. Die Einfamilienhäuser, die in den letzten Jahren dazugekommen waren, waren großzügiger in ihren Grundrissen und eigenwilliger in ihrem Baustil. Sie waren so unterschiedlich wie die Menschen, die darin wohnten. Ihre Gärten sahen aus, als seien sie von Landschaftsgärtnern angelegt.

Die Häuser, die weder richtig alt noch wirklich neu waren, strahlten freundliche Zweckmäßigkeit aus. An einigen von ihnen hatte man an der Seite oder nach hinten Zimmer angebaut, vermutlich wenn Kinder auf die Welt gekommen waren. Bei anderen hatte man die Außenwand mit wasserdichten Schindeln verkleidet, sie waren damit energiesparender geworden. Marder versuchte, sich die Familien vorzustellen, die darin wohnten.

Die Fußgängerzone in der Innenstadt war gepflastert, rot mit dezenten grauen Streifen, wie es vor einigen Jahren in Mode gekommen war. Sie war so belebt, wie Marder es im November an einem Vormittag erwartet hätte, an dem es nicht regnete und es nicht besonders kalt und windig war. Wer unterwegs war, trug Einkaufstasche oder bunte Plastiktüten von Laden zu Laden. Einige ältere Männer machten den Eindruck, als schleppten sie wichtige Akten in den Beuteln durch die Stadt, wie sie es wohl vor ihrem Ruhestand in Aktentaschen getan hatten. Kinder waren kaum unterwegs, sie waren noch in der Schule. Nur die ganz Kleinen wurden von ihren Müttern in Kinderwagen durch die Stadt geschoben. Ein paar Jünglinge und Männer in den mittleren Jahren schauten ohne großes Interesse in die Auslagen der Geschäfte. Die beiden Eiscafés in der Fußgängerzone waren gut besucht, obwohl die Temperaturen in dieser Jahreszeit nicht unbedingt zum Eisessen einluden. Hier saßen vor allem ältere Leute, die ihren Ruhestand genossen.

Marder musste sich beeilen. Er wollte vor seinem Besuch bei den Beamten der Kriminalpolizei den See kennen lernen, in dem Matuschek umgekommen war. Er erwartete nicht, dort etwas zu finden, was ihm im Moment helfen könnte. Er hatte lediglich das Gefühl, seinem toten Kollegen diesen Umweg zu schulden, bevor er sich ernsthaft mit dem Rätsel um sein Ende befasste. Er bog in eine verkehrsberuhigte Straße ein, die vorbei an einem alten Kloster und einer dazu gehörender Kirche den Hang hinaufführte. Gebäude, die mehrere hundert Jahre alt sein mussten und in denen sich vermutlich viel Geschichte und Geschichten ereignet hatten, aber heute hatte er kein Interesse daran, der Fall Matuschek verlangte seine Aufmerksamkeit.

Eine frisch asphaltierte Straße trennte die Stadt von der Natur. Hier begannen die Wälder des Deisters, die sich wie Gletscherzungen von den Hügeln in die Wohngebiete schoben. Marder hatte den kleinen See erreicht. Eigentlich war es nur ein kleiner Teich in einem idyllischen Park abseits des Stadtzentrums. Nur dort, wo der Wasserstand durch einen Abfluss reguliert werden konnte, schien er tief genug zu sein, dass ein Mensch darin ertrinken konnte. Zur Straße hin verdeckten dichte Büsche die Sicht. Sogar jetzt, im November, da sie ihre Blätter verloren hatten, konnte man nicht durch sie hindurchschauen. Marder hielt es für möglich, dass sich im Dunkeln an der hinteren Seite des Wassers ein Drama abspielen konnte, ohne dass ein Spaziergänger auf dem Bürgersteig etwas davon bemerkte. Marder konnte sich trotzdem nur schwer vorstellen, dass an dieser romantischen Stelle in der Stadt ein Verbrechen stattgefunden haben sollte.

Der Weg um den See war mit Sandsteinplatten ausgelegt, wie es Erich Falkenberg beschrieben hatte. Sitzbänke mit Metallfüßen und Holzplanken, wie sie in jedem städtischen Park zu finden sind, standen zwischen Ufer und Büschen. In der Mitte des Teiches schwebte eine Plattform über der Wasseroberfläche, darauf thronte ein kleines Häuschen aus bunten Holzbrettern, das so aussah, wie sich Marder eine skandinavische Hundehütte vorstellte. Es lud Enten und Gänse zum Wohnen ein, einige hatten das Angebot angenommen, auch ein einzelner Schwan ließ sich arrogant zwischen dem niederen Geflügel auf dem Wasser treiben. Am Rande des Teiches trippelten Tauben auf Futtersuche aufgeregt hin und her.

Als Marder sich auf einer Bank niederließ, gurrten die Vögel fordernd und umkreisten ihn, offensichtlich in der Erwartung, er würde sie mit alten Brötchen oder anderen Leckereien verwöhnen. Er hatte ihnen nichts zu bieten, daher verloren sie schnell das Interesse an ihm und konzentrierten sich auf einen alten Mann auf der anderen Seite des Teiches, der sich mit einem Leinenbeutel unter dem Arm dem Ufer des Gewässers näherte. Für eine Sekunde glaubte Marder Matuschek zu erkennen, aber es war nur einer von den Männern, die er bereits in der Fußgängerzone gesehen hatte. Der Mann holte ein halbes Baguette aus dem Einkaufsbeutel und verfütterte es an die Enten. Es waren also doch keine wichtigen Akten, die er mit sich spazieren trug.

Marder prägte sich die Szene am Teich ein, konnte aber, wie nicht anders erwartet, nichts entdecken, was ihm bei der Untersuchung des Todes von Matuschek helfen würde. Trotzdem war er froh, an diesem Ort gewesen zu sein. Jetzt wusste er zumindest, wo Matuschek gestorben war, selbst wenn er sich nicht vorstellen konnte, wie es geschehen war.

Das Büro der Kriminalpolizei war zu Fuß nur Minuten von dem Teich entfernt, es befand sich im zweiten Stock eines streng blickenden Gebäudes aus der Nachkriegszeit. Auf dem Gelände waren die beiden wichtigsten Institutionen untergebracht, die in der Stadt für Recht, Ordnung und Sicherheit sorgten: die Polizei und die Feuerwehr. Auf einem zentralen Platz standen rote Feuerwehrautos und grünweiße Streifenwagen kooperativ nebeneinander. Die Rückseite des Grundstückes grenzte an einen Schrottplatz, der sich auf dem Gelände einer ehemaligen Zeche eingenistet hatte, das seit dem Ende der Kohleförderung auf eine alternative Nutzung wartete. Der Förderturm hatte überlebt, stumm und mahnend, ein Zeuge aus den Boomjahren des Bergbaus. Hier, in diesem Winkel der Stadt, finden die Probleme ihre Lösung, dachte Marder, hier werden sie verhaftet, gelöscht oder verschrottet.

Marder war mit Kommissar Volkert verabredet, der seit der Pensionierung von Matuschek das Kommissariat leitete.

»Ich leite das Kommissariat kommissarisch«, hatte Volkert am Telefon gesagt, als Marder sein Kommen angekündigt hatte, ohne zu merken, wie komisch das klang. Marder hatte eine ironische Bemerkung machen wollen, es aber sein lassen, er wollte seine Beziehungen zu der örtlichen Kriminalpolizei nicht auf dem falschen Fuß beginnen. Volkert hatte sich nicht wie ein humorvoller Mensch angehört.

Am Eingang des Polizeigebäudes saß ein Mann hinter einer Glasscheibe, dessen zufriedenes Gesicht Marder den Eindruck eines glücklichen Menschen vermittelte. Marder hielt dem Beamten seinen Dienstausweis hin. Marders Vermutung wurde bestätigt. Der Mann hinter der Glasscheibe wünschte seinem Kollegen aus Stade einen »schönen guten Morgen« und sagte: »Herzlich willkommen in Barsinghausen, ich hoffe, Sie fühlen sich wohl bei uns. Sie werden bereits erwartet.«

Der Mann ist das reinste Begrüßungskomitee, dachte Marder. Von so viel Freundlichkeit eingeschüchtert, betrat er die Räume der Kriminalpolizei.

Nachdem Marder und Volkert höfliche Floskeln ausgetauscht hatten, erklärte Volkert seinem Besucher, dass er über den Fall Matuschek nicht viel wisse, ja, dass er Matuschek nicht einmal persönlich gekannt habe.

»Ich bin nur vorübergehend von Holzminden nach Barsinghausen versetzt worden, weil die Behörde Zeit braucht, einen Nachfolger für Matuschek zu finden.«

In kollegialem Spott mokierten sich Marder und Volkert darüber, dass es ihren Vorgesetzten nicht gelungen war, diese Angelegenheit im Voraus zu regeln. Es war schließlich seit langem bekannt, wann Matuschek in den Ruhestand gehen würde. Sie waren sich einig, dass die Bürokraten der Personalabteilung in Hannover zu lange trödelten, wenn es um Entscheidungen ging, die die Mitarbeiter an der Front betrafen.

Warum war Volkert nicht mit der Untersuchung des Todes von Matuschek betraut worden? Marder überlegte. Wahrscheinlich sollte es jemand tun, der diesem Fall neutral gegenüberstand, und das traf selbst auf den kommissarischen Kommissar nicht zu, den vorübergehenden Leiter des Dezernats in Barsinghausen. Marder hatte damit gerechnet, dass Volkert ihn fragen würde, warum gerade er aus Stade hierher geschickt worden war, um sich mit dem Fall zu befassen. Als Volkert das Thema nicht anschnitt, sah auch Marder keinen Grund, das Gespräch darauf zu bringen.

»Wer hat am engsten mit Matuschek zusammengearbeitet?«, erkundigte sich Marder.

»Das war Brenner, der bearbeitet jetzt die Fälle, die Matuschek nicht abgeschlossen hatte. Es sind ja nicht besonders viele – Barsinghausen scheint normalerweise eher eine »verbrechensberuhigte Zone« zu sein. Brenner war Matuscheks Assistent oder Stellvertreter, wie immer Sie es sehen wollen, auf jeden Fall hat er vor seinem Ruhestand mit ihm zusammengearbeitet. Er ist im Moment bei einem Fortbildungsseminar, das dauert noch bis Sonntagabend. Wenn Sie Wert darauf legen, kann ich ihn jederzeit zurückholen. Er ist im Schulungsheim der Polizei in Wennigsen, das ist ja nur um die Ecke.«

»Nein, lassen Sie ihn den Lehrgang ruhig fertig machen. Ich möchte sowieso erst noch mit verschiedenen anderen Leuten sprechen, vor allem mit der Familie des Toten. Ich kann mich mit Herrn Brenner genauso gut am Anfang der nächsten Woche unterhalten.«

Volkert nickte zustimmend, er hatte von sich aus offensichtlich kein Interesse daran, in der Sache Matuschek in Hast auszubrechen.

Marder fragte nach: »Wie kommt es, dass ein Seminar über das ganze Wochenende bis Sonntagabend läuft, das war früher bei der Polizei nicht üblich?«

»Die Zeiten haben sich eben geändert. Es ist ein Seminar für zukünftige Führungskräfte. Wenn sich einer von den Teilnehmern beschweren würde, dass es an einem Wochenende stattfindet, würde er damit gleich demonstrieren, dass er für eine Führungsposition nicht geeignet ist. Die Kriminalpolizei ist nicht mehr das, was sie einmal war.«

10

Im Laufe des Tages war es kälter geworden, Marder fröstelte, obwohl die Sonne schien. Es war eine kalte Novembersonne, die kurz davor stand, im Westen hinter den Höhen des Deisters unterzutauchen.

Das Haus der Matuscheks lag im hinteren Teil des Gartens. Marder schloss die Gartenpforte. Er blieb stehen und schaute sich um. Der Garten irritierte ihn. Der Rasen, der fast die Hälfte des Grundstücks einnahm, war trotz der späten Jahreszeit von perfektem Grün. Halm stand neben Halm, stramm wie Grassoldaten, es schien, als wären alle von genau gleicher Länge.

Es gab weder Kräuter noch Blumen, die Fläche erinnerte ihn an die künstlichen Rasenteppiche bei Hallenturnieren der Fußballer im Winter. Die exakt beschnittenen Nadelbäumchen und Sträucher an den Rändern des Gartens kamen ihm wie Friedhofspflanzen vor, immergrün und makellos. Er konnte keine Büsche entdecken, nichts Verdorrtes, nichts Wildes, alles atmete Kontrolle, Ordnung und Disziplin. Es war still, keine Vögel sangen. Für sie gab es keine Verstecke, keine Beeren oder Samen zum Ernten. Keine Insekten summten, und es gab kein Laub, das raschelte. Der Garten hatte keinen Geruch, keinen Duft, nirgends waren Pflanzen, die verwelkten, und nirgends altes Holz, das vermoderte.

Er ging zur Haustür. *Matuschek* stand unter Plastikfolie neben der Klingel. Er hatte einen Gruß erwartet, so einen, wie sie zu Hause an der Haustür angebracht hatten: Herzlich willkommen, hier wohnen Iris und Manfred Marder. An dieser Tür gab es nur ein großes »M« und ein kleines »atuschek«.

Er drückte auf den Klingelknopf. Eine Dame öffnete. Das war sein erster Eindruck von ihr. Sie wirkte unantastbar, gepflegt, ihrer Umgebung überlegen. Sie trug ein schwarzes Kleid, wie es von trauernden Witwen erwartet wurde, das nichts zeigte, aber alles betonte. Ihr Haar war schwarz. Wahrscheinlich unecht, dachte Marder, ihre Augen: grün, sicher echt. Ihr Blick war unruhig, ihre Miene drückte Müdigkeit aus, aber das war zu erwarten, ihr Mann war vor zwei Tagen gestorben.

»Hallo«, sagte sie. »Gut, dass Sie vorher angerufen haben, Herr Kommissar. Sie können sich vorstellen, dass ich im Moment viel zu erledigen habe.«

Marder konnte es sich vorstellen, gab ihr die Hand und trat ein.

Die Wohnung war ein offenes Gelände. Moderne Möbel, wie von Ikea, nur teurer. An den weißen Wänden hing moderne Kunst für die Mittelklasse, nicht ganz Picasso, Impressionisten runderneuert. Der Fußboden war ockergelb, frisch gefliest, Marder hatte Hemmungen, seine Schuhe darauf zu setzen. Im Raum schwebte klassische Musik, es war das Requiem von Mozart, er kannte es von einer CD, die er zu Hause hatte. Er nahm in einer Landschaft aus gepolsterten Sitzflächen Platz.

»Frau Matuschek, ich möchte Ihnen mein Beileid zum Tod Ihres Gatten aussprechen.«

Dasselbe hatte er ihr bereits am Telefon gesagt, aber er hielt es für richtig, es bei ihrer ersten persönlichen Begegnung zu wiederholen. Eine Frau, deren Mann vor wenigen Tagen unerwartet verstorben war, konnte man ohnehin nicht trösten, deswegen zog sich Marder auf diese formellen Worte zurück, um sein Mitgefühl auszudrücken. Er sagte dann, dass er ihr gern mehr Zeit gelassen hätte, den Tod ihres Mannes in Frieden zu betrauern, aber als Frau eines Kriminalbeamten hätte sie sicherlich Verständnis, dass er so schnell wie möglich mit der Untersuchung des Todesfalls beginnen wolle.

»Es war für mich ein großer Schock, als ich erfuhr, dass Ihr Mann ertrunken ist. Ich habe ihn sehr geschätzt, denn ich kannte ihn von einer gemeinsamen Fahndung. Ich weiß nicht, ob Sie das wissen.«

»Nein, das war mir nicht bekannt, mein Mann hat nicht viel von seiner Arbeit erzählt. Es waren ja meistens keine erfreulichen Angelegenheiten, mit denen er sich befassen musste, mit Verbrechen wollte er das Familienleben nicht belasten.«

»Es tut mir leid, dass ich Sie trotzdem befragen muss. Ich will es so kurz wie möglich machen.«

»Bitte fragen Sie.«

»Sie wissen, dass die Polizei nicht ausschließen kann, dass Ihr Mann Selbstmord begangen hat, obwohl wir eher vermuten, dass er das Opfer eines Verbrechens geworden ist.«

Ein Schauer lief durch den Körper von Vera Matuschek. Ihre Hände zuckten, und sie atmete tief. Marder konnte nicht erkennen, ob diese Reaktion eher durch die Erwähnung von *Verbrechen* oder von *Selbstmord* ausgelöst wurde. Ihr muss bekannt sein, dass die Kriminalpolizei beides für möglich hielt, dachte er. Sie war offensichtlich noch nicht so weit, die eine oder die andere Möglichkeit zu akzeptieren. Sie öffnete eine kleine Tür in der Mitte eines großen Bücherschranks. Dahinter war die Hausbar, gut getarnt durch Literatur. Sie nahm verschiedene Flaschen in die Hand, betrachtete sie unschlüssig und stellte sie wieder an ihren Platz zurück. Am Ende entschied sie sich für einen französischen Cognac. Sie setzte sich, trank ihn in kleinen hastigen Schlucken und schien Marder nicht mehr wahrzunehmen. Nach einer Weile des Schweigens, die Marder als Gedenkminute an ihren toten Mann respektierte, kehrte Frau Matuschek in Marders Gegenwart zurück.

»Oh, entschuldigen Sie, Herr Kommissar. Darf ich Ihnen auch etwas anbieten?«

»Nein, danke, ich darf während des Dienstes keinen Alkohol zu mir nehmen. Das ist eine von unseren Dienstvorschriften, die Sinn macht, … denke ich.«

Marder schaute Vera Matuschek an, er versuchte, Sympathie und Verständnis in seinen Blick zu legen. »Ich kann mir vorstellen, dass Sie in den letzten Tagen viel durchgemacht haben.«

»Nein, ich meine ja. Der Gedanke an ein Verbrechen ist für mich so ungeheuerlich und unfassbar, dass ich ihn nicht ertragen kann. Ich kann mir nicht vorstellen, wer so etwas tun sollte. Einen Selbstmord kann ich mir ebenso wenig vorstellen, Alfred war doch so glücklich, endlich im Ruhestand zu sein.«

Vera hatte sich wieder gefangen, zupfte verlegen an ihrem Kleid, das über die Knie gerutscht war, und schaute Marder an. Sie sei bereit, auf weitere Fragen zu antworten, ließ sie ihn wissen.

»Frau Matuschek, wissen Sie, ob Ihr Mann Feinde hatte, die von seinem Tod profitieren könnten? Oder jemanden, der sich vielleicht an ihm rächen wollte?«

»Herr Kommissar, glauben Sie mir, auch wenn mein Mann in seinem Beruf täglich mit Verbrechen und Verbrechern zu tun hatte, im Privatleben war er der friedfertigste Mensch, den Sie sich vorstellen können. Wenn es jemanden gibt, der ihm Übles wollte, dann kann es nur mit seiner Arbeit bei der Kriminalpolizei in Verbindung stehen. Darüber weiß ich aber so gut wie nichts, das können Ihnen nur seine Kollegen erzählen.«

Vera Matuschek hatte stockend gesprochen und nach jedem Satz eine kleine Pause gemacht. Es schien, als würde sie die Einzelheiten über ihr Leben mit ihrem Mann nicht preisgeben wollen. Doch Marder hatte weitere Fragen.

»Hat Ihr Mann in der Zeit vor seinem Tod Andeutungen gemacht, die darauf schließen ließen, dass er mit jemandem im Streit lag?«

»Nein, ganz bestimmt nicht. Alfred war kein Mensch, der sich mit anderen stritt. Er war ausgesprochen friedfertig und hätte eher nachgegeben, als sich auf einen Streit einzulassen.«

Vera schien sich dessen ganz sicher zu sein.

»Hat er sich vielleicht in der letzten Zeit anders verhalten als früher? Oder hat er Dinge gesagt, die Ihnen komisch vorkamen?«

»Nein, überhaupt nicht. Er war, wie gesagt, ein sehr ausgeglichener Mensch, ein guter Vater und Partner, daran hat sich bis zu seinem Ende nichts geändert. Wir haben alles gemeinsam geplant und über alles gesprochen. Da hätte ich merken müssen, falls etwas nicht gestimmt hätte.«

Vera Matuschek schien sich unter Kontrolle zu haben in allem was sie sagte und tat.

»Ich will nicht weiter in Sie dringen als notwendig, Frau Matuschek, aber ich muss noch einige persönliche Fragen an Sie stellen.«

»Ja, selbstverständlich, Herr Marder, so war doch Ihr Name, nicht wahr? Bitte fragen Sie, was Sie möchten.«

»Ich möchte wiederholen, dass wir bisher nicht wissen, wie Ihr Mann umgekommen ist. Aber wenn es ein Mord war, dann muss der Mörder in irgendeiner Verbindung zu ihm gestanden haben. Einen zufälligen Mord, nur weil Ihr Mann zufällig zum falschen Zeitpunkt am falschen Ort war, halten wir für ausgeschlossen.«

Marder beugte sich nach vorn und schaute Vera eindringlich an. Wenn er nicht im Dienst gewesen wäre, hätte er ihre Augen als geheimnisvoll und unergründlich beschrieben. Sie verrieten nichts.

»Was waren Ihre Pläne für die Zukunft, jetzt, da Ihr Mann im Ruhestand war? Vielleicht hat sich die Beziehung zwischen seinem Mörder und Ihrem Mann erst entwickelt, kurz bevor oder nachdem er seinen Dienst bei der Polizei beendet hat. Vielleicht hat das Verbrechen etwas mit seinen Plänen zu tun.«

»Das ist natürlich möglich. Aber um ehrlich zu sein, mein Mann hatte nicht sehr viele Bekanntschaften oder Freunde außerhalb seiner Familie und seinem Beruf. Wie gesagt, er ging ganz in der Familie auf und hatte wenig andere Interessen.«

Vera Matuschek hatte Marders Frage nicht beantwortet.

»Ich möchte Sie trotzdem noch einmal nach Ihren Plänen für die Zukunft fragen.«

»Wissen Sie, da gab es keine großen Pläne. Alfred war ja erst seit knapp vier Wochen im Ruhestand. Er wollte in den ersten Monaten nach seiner Pensionierung erst einmal Abstand von seiner Arbeit finden, sich entspannen, seine Gedanken neu sortieren. Das wollte ich ihm gönnen und habe mich mit Fragen nach der Zukunft zurückgehalten. Später hätten wir wahrscheinlich ein paar Reisen unternommen, uns Orte angeschaut, die wir immer schon gern besuchen wollten. Natürlich hätten wir auch öfters unsere Kinder besucht. Bertram und Anja sind schon seit längerem aus dem Haus und führen ihr eigenes Leben, aber sie hängen sehr an ihren Eltern.«

»Welche Orte hätten Sie gern mit Ihrem Mann besucht?«

»Das kann ich nicht konkret sagen, Herr Kommissar. Sie wissen doch, wie das ist. Solange man Kinder im Haus hat, sieht man im Fernsehen Reiseberichte über ferne Länder und sagt: Wenn die Kinder mal selbständig sind, dann sollten wir uns mal diese oder jene Gegend anschauen. Als dann die Kinder aus dem Haus waren, haben wir gesagt: Wir warten mit den Reisen bis zum Ruhestand von Alfred, das ist nicht mehr lange hin, dann haben wir alle Zeit der Welt und können die Reisen ohne Hast genießen. Das war aus heutiger Sicht sicherlich ein Fehler, aber wir konnten ja nicht voraussehen, was passieren würde.«

Alles, was Vera sagte, hörte sich logisch und überzeugend an. Dabei wirkte sie unaufgeregt und gut vorbereitet, als hätte sie genau diese Fragen von ihm erwartet. Vera hatte mehrmals auf die Harmonie in der Familie hingewiesen. Als Marder gemeinsam mit Matuschek die Doppelmorde bearbeitet hatte, hatte er sich gefragt, wie wohl das Familienleben eines solchen Einzelgängers aussehen würde. Er sah ihn wegen seiner Eigenbrötelei nicht unbedingt eingebettet in eine liebevolle Familie, in der es nur friedvolle Zuneigung und keinerlei Spannungen gab. Aber vielleicht hatte er sich getäuscht und falsche Schlüsse gezogen.

»Das geht meiner Frau und mir genauso, Frau Matuschek, auch wir schieben unsere Pläne vor uns her. Wir freuen uns darauf, im Ruhestand mehr Zeit für Reisen zu haben, und vor allem darauf, öfter die Kinder und Enkel zu sehen. Gibt es neben der Familie andere Leute, mit denen Ihr Mann häufiger zusammen war?«

Vera musste sich konzentrieren, um eine Antwort auf diese Fragen zu finden.

»Da fällt mir nur sein Kollegen Brenner ein. Mit dem hat er am engsten zusammengearbeitet, der ist der Einzige, den er gelegentlich erwähnt hat. Sonst kenne ich niemanden … oder warten Sie mal, er war doch früher bei der Feuerwehr – das ist Jahre her –, mit den Leuten hatte er kaum noch etwas zu tun, außer einem, mit dem hatte er sich ab und zu getroffen.«

»Wissen Sie, wie der Mann heißt?«

»Der Name liegt mir auf der Zunge. Das ist so ein polnischer Name, Kwiatkowski oder Wutkowski. Nee, ich hab's, er heißt Wotowski, Knut Wotowski. Das fällt mir wieder ein, weil Alfred kurz nach seiner Pensionierung meinte, er müsse mal wieder mit Knut Wotowski ein Bier trinken, und ich glaube, vorige Woche oder die Woche davor hat er sich mit ihm getroffen. Ich habe ihn dazu ermutigt, weil ich es gut fand, dass er nun, da er nicht mehr arbeitet, mit seinen alten Kameraden wieder Kontakt aufnimmt.«

Marder notierte den Namen.

»Frau Matuschek, ich weiß, wie schwer diese Tage für Sie sein müssen. Ich werde Sie in den nächsten Tagen wieder besuchen, falls ich noch Fragen habe. Ich möchte bis zur Beerdigung hier im Ort bleiben und, wenn es Ihnen recht ist, an der Trauerfeier teilnehmen.«

Marder hatte keinen Zweifel, dass er Vera Matuschek weitere Fragen stellen musste. Er wusste noch nicht, welche das waren – das würde sich ergeben, wenn er mit den anderen

Mitgliedern der Familie gesprochen hatte.

»Selbstverständlich, Herr Marder, es wäre ein Trost für mich, wenn Sie daran teilnehmen würden. Wie ich Ihnen schon am Telefon gesagt habe, möchte ich gern wissen, wann der Körper meines Mannes freigegeben wird, damit ich die Einäscherung planen kann. Ich möchte das gern Alfred zuliebe bald hinter mich bringen. Ich bin sicher, er wird erst dann Frieden finden, wenn seine Asche würdig beerdigt ist.«

»Hat Ihr Mann ausdrücklich eine Einäscherung gewünscht?«

»Ich muss gestehen, dass wir darüber nie gesprochen haben. Solange man lebt, denkt man ja nicht gerne an das, was nach dem Tod mit seinem Körper passieren soll. Aber ich bin sicher, dass es der Wunsch meines Mannes war, dass er eingeäschert wird.«

Während sie das sagte, wurden ihre Worte immer bestimmter, als würde sie sich selbst davon erst überzeugen müssen.

»Leider kann ich Ihnen noch keinen festen Termin nennen, aber ich glaube, es werden höchstens zwei oder drei Tage sein, bis alle Untersuchungen abgeschlossen sind. Ich will mich gern bei den Kollegen von der Pathologie erkundigen. Ich lasse Sie dann wissen, wie lange es noch dauern wird.«

»Ich bin für Ihre Hilfe dankbar, Herr Kommissar.«

»Das tue ich gern, Frau Matuschek.«

Als Marder das Haus verließ, fiel ihm ein, dass er vergessen hatte, ihr zu sagen, dass er auch mit ihren Kindern sprechen würde. Er hielt es aber nicht für notwendig, deswegen zu Matuscheks Witwe zurückzugehen.

11

Marder hatte für den Rest des Tages keine Pläne, da er sich so viel Zeit für Vera Matuschek lassen wollte, wie es die Situation erforderte.

Es hätte sein können, dass Vera Matuschek so kurz nach dem Tod ihres Mannes nicht in der Lage war, ein vernünftiges Gespräch zu führen. Marder hatte in der Vergangenheit erlebt, dass Hinterbliebene des Opfers eines Verbrechens erst einmal nicht über ihre Beziehung zu dem Toten sprechen konnten, und es erst beim zweiten oder dritten Anlauf möglich war, sich rational mit ihnen zu unterhalten. Andere konnte man kaum daran hindern, ihre ganze Lebensgeschichte mit dem Verstorbenen in allen Einzelheiten zu erzählen.

Vera hatte sich gefasst gezeigt und hatte sinnvolle Antworten auf seine Fragen gegeben.

Er entschloss sich, den Nachmittag für einen Besuch bei Bertram Matuschek zu nutzen. Er hatte sich bei ihm nicht angemeldet, es war vielleicht ein Vorteil, dass Matuscheks Sohn sich nicht auf das Gespräch vorbereiten konnte, wie es bei seiner Mutter der Fall gewesen war.

Bertram wohnte in einer Straße am Waldrand, wo die Wohngebiete der Stadt in die Wälder hineingewachsen waren. Sollte Bertram nicht zu Hause sein, würde Marder den Weg dorthin zumindest als einen Spaziergang in der erfrischenden Luft des Spätherbstes genießen. Marders Frau hatte bei seiner Abreise darauf bestanden, dass er seinen Wintermantel mitnahm, er war für ihre Fürsorge im Nachhinein dankbar.

Der Weg zu Bertram Haus führte ihn durch den ältesten Teil der Stadt. Die Häuser, an denen er vorbeiging, stammten größtenteils aus einer Zeit, als Barsinghausen ein ländlicher und geruhsamer Ort am Deisterrand gewesen war. Die bescheidenen Gebäude aus dieser Zeit konnten ihre dörfliche Herkunft nicht verbergen. Andere waren später dazugekommen und gaben sich bürgerlich, einige sogar herrschaftlich. Diese Häuser ähnelten der »Marianne« und Marder vermutete, dass sie in der Blütezeit der Steinbrüche und Kohlebergwerke gebaut worden waren. Die Besitzer der Betriebe und ihre Direktoren hatten wahrscheinlich in ihnen residiert. Auf einigen Straßen hatte das Kopfsteinpflaster überlebt, wenn ein Auto darüber rollte, erinnerte ihn das Rauschen der Reifen an die Dorfstraße, auf der er in seiner Kindheit gespielt hatte.

Auf dem Gelände, wo sich früher hinter den Häusern weitläufige Gärten ausgebreitet hatten, war eine Gruppe stattlicher Gebäude errichtet worden. Es waren Altersheime, allerdings nannten sie sich nicht mehr so. Sie waren mit der Zeit gegangen und bezeichneten sich nun als *Senioren-Residenzen* oder als *Heime für altersgerechtes Wohnen,* wie es auf den Schildern vor ihren Eingängen zu lesen war. Zwei von ihnen schmückten sich mit den Namen heiliger Frauen aus dem Mittelalter, sie wurden offensichtlich von den christlichen Kirchen unterhalten.

Für Menschen gegen Ende ihres Lebens war das Angebot zum Wohnen im Ort großzügig und attraktiv. Für Menschen am Beginn ihres Lebens, die Hilfe von der Gesellschaft brauchten, gab es ein »SOS-Kinderdorf«. Dieses Heim lag an der Rückseite des Teiches, in dem Matuschek ertrunken war. Marder hatte es bei seinem ersten Besuch an dem kleinen See nicht bemerkt, da es sich hinter einer dichten Hecke verbarg.

Wie am Tag zuvor, fiel ihm auf, wie unauffällig dieser Teich am Ortsrand vor sich hin schlummerte, er wurde vermutlich von einigen Bürgern kaum als Teil ihrer Stadt wahrgenommen. Andererseits schien er auch nicht ein Teil der Natur zu sein, die die Stadt umgab. Er war sicherlich in früheren Zeiten künstlich angelegt worden, um die Feuerwehr mit Löschwasser oder Menschen und Tiere mit Trinkwasser zu versorgen. Nun hatte er diesen Nutzen verloren, er war heute wohl in erster Linie der Platz, wohin sich Verliebte verziehen konnten, wenn sie sich von ihrer Liebe zueinander überzeugen wollen. Marder fand, dass er damit einen guten Zweck erfüllte.

Bertrams Wohnung lag im Erdgeschoss eines dreistöckigen Hauses. Marder ging um das Haus herum, der Eingang war auf der Waldseite. Ein Bretterzaun trennte den Garten von den Wäldern des Deisters. Gemüse wurde hier schon lange nicht mehr angebaut, junge Bäume aus dem Wald hatten die typischen Gartenpflanzen verdrängt. Wildschweine hatten den Rasen am Waldrand durchwühlt und in eine Schlammwüste verwandelt.

Marder fand Bertram Matuscheks Namen an der Haustür und läutete. Ein Summen ertönte, Marder stemmte sich gegen die Tür, sie öffnete sich mit einem Knacken, das wie das Brechen eines Bleistiftes klang. Im Flur vor einer Wohnungstür stand ein junger Mann und schaute Marder abweisend an. Bertram – er musste es sein – trug derbe Schuhe und eine Hose aus festem Leinen. Eine grüne Jacke, die wie eine Uniform aussah, wies ihn als Forstbeamten aus. Er wollte offensichtlich das Haus gerade verlassen und schaute den Kommissar an, ohne eine Begrüßung anzubieten.

»Sind Sie Herr Matuschek? Bertram Matuschek?«, fragte Marder.

»Ja, bin ich, und wer sind Sie? Ich habe keine Zeit für Umfragen und möchte auch nichts kaufen«, antwortete Bertram.

»Ich bin Kommissar Marder. Ich bin mit den Ermittlungen in den Tod ihres Vaters beauftragt. Ich würde Ihnen gern ein paar Fragen stellen.«

»Woher soll ich wissen, ob das stimmt? Ob Sie wirklich von der Polizei sind? Haben Sie einen Ausweis?«

Marder zeigte dem jungen Mann seinen Dienstausweis, der ihn gründlicher studierte, als es normalerweise die Leute taten, die Marder befragte. Die meisten glaubten ihm auch ohne Prüfung seiner Papiere, dass er von der Polizei war.

»Ach so, wenn das so ist, dann muss es wohl sein. Worum geht es?«

Bertram machte keine Geste, die zum Eintritt in die Wohnung aufforderte. Seine Augen streiften Marder, ohne sich mit dessen Blick zu treffen.

»Ich würde mich lieber drinnen in der Wohnung mit Ihnen unterhalten und nicht im Treppenhaus. Können wir hineingehen?« Marder wurde ungeduldig, unwirsch, versuchte, es nicht zu zeigen.

»Sie können mit mir in den Wald gehen, wenn es mit Ihren Fragen nicht warten kann, Herr Kommissar.«

Bertram Matuschek hielt offensichtlich nicht viel von Gastfreundschaft, hatte sich aber damit abgefunden, dass er dem Gespräch mit Marder nicht entkommen konnte.

»Ich muss die Bäume bestimmen, die im Winter gefällt werden sollen, da können wir uns beim Gehen unterhalten.

Ich hoffe, ein Spaziergang durch den Wald ist für Sie nicht zu anstrengend.«

Marder konnte sich nicht vorstellen, warum ein Spaziergang durch den Wald zu anstrengend für ihn sein sollte und sagte, er hätte nichts dagegen einzuwenden. Er hoffte, die frische Luft würde die Laune des jungen Mannes verbessern und ihn dazu bringen, die Fragen, die er ihm stellen wollte, offen und ehrlicher zu beantworten, als er es vielleicht in der Wohnung tun würde.

Sie gingen eine Weile nebeneinander her, keiner von ihnen sagte etwas, während Bertrams Blick prüfend zu einzelnen Bäumen oder Baumgruppen ging. Er schien froh zu sein, einen Grund zu haben, seinen Begleiter nicht anschauen zu müssen. Der Kommissar war nicht in Eile, er wollte Bertram Matuschek nicht unter Druck setzen, das würde es nur schwieriger machen, von ihm zu erfahren, was ihn bewegte. Marder war sich bewusst, dass er selbst das Gespräch in Gang bringen musste. Nachdem sich Bertram an seine Gegenwart gewöhnt hatte und sie den gleichen Schritt gefunden hatten, begann er behutsam: »Der Tod Ihres Vaters muss ein großer Schock für Sie gewesen sein. Ich möchte Ihnen sagen, wie leid es mir tut. Ich habe ihn als Kollegen gekannt und viel von ihm gehalten.«

»Danke, ich weiß Ihre Worte zu schätzen, Herr Kommissar, aber egal, was Sie sagen, es macht, ehrlich gesagt, die Situation für die Familie nicht leichter.«

»Ich habe heute Ihre Mutter besucht, Sie wissen wahrscheinlich besser als ich, wie schwer es ihr fällt, mit dem Tod Ihres Vaters fertig zu werden. Das liegt sicher auch daran, dass noch nicht geklärt ist, ob er Selbstmord begangen hat oder ob er ermordet wurde.«

Bertram zögerte, bevor er eine Antwort gab. Sein Schritt verlangsamte sich, für ein paar Sekunden blieb er stehen, während er seine Augen wieder abwandte und sie durch den Wald schweifen ließ. Dann holte er Marder wieder ein.

»Ja, sie waren sich nahe, mein Vater und meine Mutter. Ehrlich gesagt, ich frage mich, wie sie ohne ihn weiterleben kann. Wir Kinder können zwar versuchen, ihr über den Tod unseres Vaters hinwegzuhelfen, aber am Ende muss sie es selbst schaffen.«

»Ja, für die Frau oder den Mann des Opfers ist es immer am schlimmsten, vor allem, wenn der Tod so plötzlich kommt. Erzählen Sie mir doch bitte etwas über Ihre Familie, wie es zu Hause war, als Sie noch bei Ihren Eltern wohnten.«

Bertram berichtete, dass sie eine ganz normale Familie gewesen waren. Der Vater ging morgens zur Arbeit und kam abends meistens pünktlich nach Hause, nur selten musste er gelegentlich für ein paar Tage dienstlich wegfahren. Zum Beispiel zu mir, nach Stade, dachte Marder. Bertram erzählte weiter: Die Mutter hielt den Haushalt am Laufen und trug die Hauptlast bei der Erziehung der Kinder. Sie seien eine harmonische Familie gewesen, sagte er, aber es gab, ehrlich gesagt, auch die gelegentlichen kleinen Auseinandersetzungen über alltägliche Dinge, die das Leben einer Familie bunt machen. Mit seiner Schwester Anja hätte er sich nicht mehr und nicht weniger gestritten, als es unter Geschwistern üblich sei.

»Unsere Eltern haben sich gut um uns gekümmert. Solange wir noch klein waren, sind wir in den Sommerferien an die Ostsee gefahren. Als wir größer wurden, haben wir uns langsam selbständig gemacht, so wie es bei den meisten Familien üblich ist.«

Nicht anders war es bei den Marders gewesen, als die Kinder heranwuchsen. Marder war erleichtert, etwas mit Bertram gemeinsam zu haben.

»Ja, Urlaub an der See, das haben wir auch gemacht, als unsere Kinder noch klein waren, allerdings fuhren wir meistens an die Nordsee. Ich wette, Sie haben viele schöne Erinnerungen an die Zeit in den Ferien am Wasser.«

Bertram stimmte zu.

»Für uns Kinder war das ganz toll, so am Strand und im Wasser und all die anderen Kinder, mit denen wir gespielt haben. Ich glaube, mein Vater hat das wirklich vor allem für uns gemacht. Er lag immer nur in unserer Strandburg und las die Zeitung oder ein Buch. Ich kann mich nicht daran erinnern, ihn ein einziges Mal im Wasser gesehen zu haben. Meine Mutter hat sogar einmal gesagt, er könne nicht schwimmen, aber er genieße den Wind und die Sonne und freue sich darüber, dass wir Kinder so viel Spaß hätten.«

»Haben Sie im Moment eine Freundin oder feste Partnerin?«, fragte Marder unvermittelt.

Bertram schaute ihn irritiert an.

»Ich weiß nicht, warum Sie das fragen. Eigentlich geht Sie das nichts an.«

Er zeigte mit seiner linken Hand auf eine Schonung von jungen Laubbäumen, die auf einer Lichtung zwischen hohen Fichten wuchsen.

»Schauen Sie sich diese Bäumchen einmal genau an. Kaum einer davon überlebt hier oder kann in Ruhe wachsen. Alle sind von den Rehen stark angefressen oder ganz zugrunde gerichtet. Wir haben im Deister viel zu viel Wild, der Wald wird langsam, aber sicher von ihnen vernichtet. Nur die Fichten und Tannen überleben.« Er steigerte sich in einen erregten Tonfall, den Marder nicht bemerkt hatte, als er über den Tod seines Vaters gesprochen hatte. »Diese Naturfreaks mit ihren Gesetzen und Verordnungen machen es den Förstern unmöglich, den Bestand an Wild in vernünftigen Grenzen zu halten. Sie erpressen mit ihrem Fanatismus die Politiker, die von der Natur überhaupt keine Ahnung haben, aber eine schlechte Presse befürchten, wenn sie sich nicht ›ökologisch korrekt‹ verhalten und sich nicht gegen die Jäger und ihre ›Schießwut‹ aussprechen. Außerdem reden diese selbsternannten Naturschützer ständig von Frieden, sind selbst aber gewalttätig: Allein im letzten Jahr haben sie zweimal meinen Hochstand umgesägt. Ich traue mich im Dunkeln fast nicht mehr in den Wald.«

Der Kommissar hätte es interessant gefunden, den Konflikt zwischen Jägern und ihren Gegnern zu vertiefen, das war jedoch nicht der Grund, warum er mit Bertram im Wald spazieren ging. Er erinnerte ihn an die Frage über seine Beziehungen.

Nein, erklärte Bertram, er habe im Moment keine feste Partnerin. Nachdem er seine Ausbildung zum Forstwirt abgeschlossen hatte, habe er sich auf seine Arbeit konzentriert. Er hatte großes Glück gehabt, vor Ort eine Anstellung zu finden, und das in einer Zeit, in der man auch in der Forstwirtschaft immer mehr Arbeitsplätze abbaue.

»Es sind viel zu wenig Mitarbeiter beim Forstamt vorhanden, ich muss mehr Stunden arbeiten, als es im Tarifvertrag vorgesehen ist, da habe ich keine Zeit, auf Brautschau zu gehen.«

»Können Sie sich vorstellen, dass jemand Ihren Vater so sehr gehasst hat, dass er ihn umbringen würde, Herr Matuschek?«

»Darüber zerbreche ich mir seit seinem Tod den Kopf. Ich kann es mir, ehrlich gesagt, einfach nicht vorstellen. Er hatte mit niemandem Streit, warum sollte ihm das jemand antun wollen?«

Bertram blickte den Kommissar ratlos an.

»Herr Matuschek, halten Sie es für möglich, dass Ihr Vater Selbstmord begangen hat?«

»Das halte ich, ehrlich gesagt, für ausgeschlossen. Vor allem nach seiner Pensionierung schien er in Frieden mit sich zu sein.«

Bertram hatte seine Energie verbraucht, er hatte wahrscheinlich mehr über seine Familie erzählt, als er ursprünglich wollte. Marder spürte, dass er im Moment nichts Wesentliches mehr von ihm erfahren würde.

»Sagten Sie nicht, Sie wollten die Bäume markieren, die im kommenden Winter gefällt werden sollen?«

»Nein, heute ging es mir nur darum, einen Überblick zu bekommen, wo wir überhaupt Bäume fällen lassen. Die Auswahl der einzelnen Bäume ist der nächste Schritt. Die werde ich im Laufe der Woche von einem Waldarbeiter mit Farbe kennzeichnen lassen. Lassen Sie uns umkehren, ich habe zu Hause noch ein paar Telefongespräche zu führen und Papierkram zu erledigen.«

Das Tageslicht war auf dem Waldboden kaum noch wahrzunehmen, die Reste des Tages schwebten über den Spitzen der Bäume, im Wald breitete sich eine düstere Stimmung aus, die Marder als unheimlich empfand. Er war schon als Kind nicht gern im Dunkeln in den Wald gegangen – die Märchen von bösen Räubern und dem noch böseren Wolf hatten ihm damals eine tiefe Furcht eingejagt.

Als sie vor Bertrams Haus ankamen, lud Matuschek den Kommissar nicht in seine Wohnung ein. Marder hätte gern das Zuhause des Forstbeamten gesehen, vielleicht hätte es ihm einen kleinen Einblick in die Seele des Sohnes von Alfred und Vera Matuschek gegeben.

Auf dem Weg in seine Pension fiel Marder ein, dass Bertram immer nur dann den Zusatz »ehrlich gesagt« verwendete, wenn er über seinen Vater redete.

12

Als Manfred Marder aufwachte, wusste er, ohne auf seinen Kalender zu schauen, dass es Sonnabend war. Er hatte über die Jahre darauf geachtet, die Wochenenden bewusst zu genießen, und sein Körper hatte sich auf den Rhythmus des Wechsels zwischen Arbeit und Entspannung eingestellt. Er überlegte, ob er für die nächsten zwei Tage nach Hause fahren sollte, in wenigen Stunden würde er in Stade sein. Niemand könnte oder würde es ihm verübeln, schließlich hatte auch ein Kriminalkommissar am Ende der Woche das Recht, sich auszuruhen – vor allem, wenn es nur noch wenige Monate bis zum Ruhestand waren.

Er verschob die Entscheidung bis nach dem Frühstück, aber wusste bereits, wie sie ausfallen würde. Er hatte vor seiner Abreise seine Frau darauf vorbereitet, dass er nicht zurückkommen würde, bis er den Tod von Kommissar Matuschek aufgeklärt hätte. Er hatte gehofft, dass er den Fall in kurzer Zeit lösen könnte. Dessen war er sich nun nicht mehr sicher.

Ein süßes Aroma streichelte seine Nase, als er die Treppe ins Erdgeschoss hinabstieg. Frau Thann war in der Küche mit den Vorbereitungen für das Frühstück beschäftigt. Er sah, wie sie etwas in eine gelbliche Flüssigkeit tauchte, in eine Bratpfanne legte und dann ihre Hand hastig zurückzog, als heißes Fett aufspritzte. Sie grüßte ihn freundlich ohne aufzuschauen.

»Setzen Sie sich schon mal hin, der Kaffee steht auf dem Tisch. Der Rest kommt gleich.«

Der »Rest« kam, er bestand aus paniertem Weißbrot, in Ei getränkt und in Butter gebraten. Auf dem Tisch stand eine Flasche mit kanadischem Ahornsirup, den er in solchen Mengen über das Brot schüttete, dass es darin fast ertrank. Woher ahnte Frau Thann, dass dies seine Lieblingsmahlzeit zum Frühstück war? Nur an Festtagen, wenn die Kinder bei ihnen zu Hause waren, gönnten sie sich diesen Genuss. Manchmal dachte er, die Kinder kämen in erster Linie wegen des Frühstücks zu Besuch und nicht aus Liebe zu den Eltern.

Sie hatten diese Spezialität vor Jahren auf ihrer Reise mit der Familie in einem Wohnmobil durch Amerika kennen gelernt. Sie übernachteten eines Tages, kurz nachdem sie den Mississippi überquert hatten, in einem Privathaus, das am Gartenzaun mit dem Schild *Bed & Breakfast* Gäste anlockte. Die Kombination aus Weißbrot, Ei, Butter und Bratpfanne hatte allen so gut geschmeckt, dass sie das Gericht als Familientradition zu besonderen Anlässen eingeführt hatten. *French Toast* nannte man es in Amerika. Sie hatten später festgestellt, dass es auch in manchen Gegenden in Deutschland beliebt war und wunderten sich, warum ihnen das bisher entgangen war. Allerdings sagte man hier *Armer Ritter* dazu, das klang romantisch und verdeckte die Tatsache, dass es früher eine Mahlzeit für arme Leute gewesen war, die durch das Eintauchen in geschlagene Eier ihr vertrocknetes Brot wiederbelebten. Im Idealfall gehörte gebratener Frühstücksspeck dazu auf den Teller, aber woher sollte Frau Thann das wissen? Er war gerade dabei, ihr diese Unterlassung zu vergeben, als die Tür sich öffnete und Frau Thann mit einer Schale goldgelber Speckstreifen ins Zimmer kam. Nach der zweiten Portion

French Toast und der dritten Tasse Kaffee war Marder zu Konversation mit seiner Gastgeberin bereit.

»Das Frühstück allein wäre schon die Reise hierher wert gewesen, Frau Thann.«

Frau Thann genoss das Lob. »Nun übertreiben Sie aber, Herr Kommissar. Ich freue mich, dass es Ihnen geschmeckt hat. Nicht alle Gäste sind so wild wie Sie auf *Armer Ritter à la Thann*. Sie betrachtete ihren Gast mit Wohlwollen.

»Haben Sie sonst noch etwas in unserer Stadt entdeckt, das einen Besuch wert ist?«

»Bisher bin ich vor allem als Polizist durch den Ort gegangen. Das Kloster ist mir aufgefallen und die Kirche, die dazu gehört. Ich habe noch keine Gelegenheit gehabt, es mir anzuschauen. Was sollte man darüber wissen?«

»Wollen Sie die lange oder die kurze Version?«

Frau Thann machte es sich auf der anderen Seite des Armen Ritters bequem.

»Höchstens die mittlere, ohne viele Daten, die vergesse ich ohnehin wieder.«

»Ein rundes Datum sollten Sie sich merken: Um Zwölfhundert herum wurde das ursprüngliche Kloster gebaut, und nach dem Dreißigjährigen Krieg wurde es zu seiner jetzigen Form erweitert, dabei ist es zu einer Vermischung von Elementen der Renaissance und des Barock gekommen. Das kann man aber nur erkennen, wenn man etwas von europäischen Baustilen versteht.«

Der Kommissar fühlte sich in seiner Bildung gefordert und nickte vorsichtshalber zustimmend. Frau Thann fuhr fort: »Das Kloster sollte ursprünglich ein Doppelkloster werden, für Mönche und für Nonnen, aber als es fertig war, sind nur die Nonnen eingezogen. Die Mönche, die am Bau gearbeitet hatten, haben sich wieder aus dem Staub gemacht bevor es ganz fertig war. Sie waren die »Schwarzen Knechte«, nach denen die Schwarzenknechtstraße benannt ist, die zum Kloster führt. Die meisten Leute im Ort glauben, damit seien die Arbeiter im Bergwerk gemeint, weil sie schwarz wie Pech aus der Grube kamen, nachdem sie wie Knechte die Kohle mit einem Hammer aus den Flözen geschlagen hatten.«

Frau Thann stand vom Tisch auf, ging in die Küche. Nach wenigen Sekunden kam sie wieder zurück. Sie trug auf einem Teller einen *Armen Ritter* vor sich her, den sie offensichtlich für sich selbst aufgehoben hatte.

»Übrigens: Der See im Stadtpark, wo der Herr Matuschek ertrunken ist, war der Teich, in dem früher die Pferde abgewaschen wurden, wenn sie verdreckt aus dem Schacht kamen, nachdem sie die Kohle aus dem Inneren des Bergwerks ans Tageslicht gezogen hatten. Das wird Ihnen bei Ihren Ermittlungen nicht weiterhelfen, aber es ist interessant, finde ich.«

»Woher wissen Sie das alles?« Marder unterbrach Frau Thann.

»Im Prinzip sollte das zur lokalen Allgemeinbildung gehören, aber viele Leute haben dafür kein Interesse. Ich würde es vielleicht auch nicht wissen, wenn ich nicht für ein paar Jahre Stadtführerin gewesen wäre. Damals lebte mein Mann noch und an eine Pension mit Fremdenzimmern war nicht zu denken. Ich habe Besuchergruppen durch die Stadt geführt, da waren Kloster und Kirche die Höhepunkte der Rundgänge. Die anderen interessanten Gebäude im Ort stammen eher aus der Zeit des Kohlebergbaus. Es kommen nur wenig Besucher nach Barsinghausen speziell wegen der Baudenkmäler im Ort. Das Reizvollste an der Stadt ist nun mal ihre Lage am Deister und die Wälder drum herum. Deswegen sind die meisten Gäste bei mir Wanderer, Naturliebhaber oder Leute, die beruflich in der Gegend zu tun haben.«

Sie schenkte sich eine Tasse Kaffee ein, keinen Zucker, keine Milch. Auch Marder hatte sich den Zucker im Kaffee schon lange abgewöhnt, aber Milch musste sein.

»Wenn es nur Frauen im Kloster gab, dann muss es dort friedlich und sittsam zugegangen sein?«

»Meistens schon«, meinte Frau Thann, »aber es gab über die Jahrhunderte genug Kriege, während derer sich die Frauen bedroht fühlten. Glücklicherweise gab es unterirdische Tunnel und geheime Ausgänge, wie in jedem Kloster, das etwas auf sich hält, sodass die Nonnen im Notfall vor den Söldnern fliehen konnten.«

»Gott sei Dank. Womit haben sich die Nonnen sonst beschäftigt, wenn sie sich nicht gerade vor den Kriegsknechten in Sicherheit gebracht haben?«

Frau Thann kam in Fahrt, sie freute sich über Marders Interesse.

»Also genau genommen waren sie keine richtigen Nonnen, sondern Augustiner Chorfrauen, also Kanonissen, als solche hatten sie einen eingeschränkten Nonnenstatus.«

»Was ist denn ein eingeschränkter Nonnenstatus? Dass man nur ein bisschen Nonne sein kann, habe ich noch nie gehört«, bohrte Marder nach. Das war er von seinem Beruf gewohnt.

»Sie durften zum Beispiel unter gewissen Umständen das Kloster verlassen und heiraten.«

»Meinen Sie mit *gewissen* Umständen *andere* Umstände?«

Frau Thann lachte laut auf.

»Das kann natürlich auch hin und wieder passiert sein, aber in der Regel war es der Fall, wenn eine Chorfrau mit

Erlaubnis der Äbtissin das Kloster verließ, um den Platz ihrer Schwester einzunehmen, wenn diese gestorben war und einen Mann mit Kindern zurückließ. Heute leben sechs Diakonissinnen in Gütergemeinschaft, Ehelosigkeit und Gehorsam im Kloster, die sich sozial engagieren. Wenn Sie wollen, können Sie bei ihnen einen Töpferkursus belegen und dabei meditieren oder sogar für einige Tage im Kloster wohnen.«

Frau Thann stand auf und räumte den Frühstückstisch ab.

»Herr Kommissar, ich muss jetzt einkaufen gehen, die Geschäfte machen heute Mittag zu. Ich wollte Ihnen übrigens noch etwas sagen wegen der Matuscheks, aber es ist nur ein Gerücht. Eigentlich habe ich ein schlechtes Gewissen, Sie mit Tratsch zu belästigen. Vielleicht wollen Sie so etwas nicht einmal hören?«

Mit Gerüchten hatte Matuschek die besten und die schlechtesten Erfahrungen gemacht: Meistens helfen sie einer Ermittlung nicht weiter, manchmal sind sie jedoch die Quelle für Informationen, die sich zu einem Rinnsal und dann zu einem Fluss entwickelt.

»Hören möchte ich es schon, selbst wenn es möglicherweise nichts mit dem Tod von Herrn Matuschek zu tun hat.«

»Also, die Kinder von den Matuscheks leben ja schon ziemlich lange nicht mehr bei ihren Eltern. Am Tag vor dem Tod von Matuschek war die ganze Familie dort versammelt, und es soll ein ziemliches Gezeter gegeben haben. Als hätte man sich gestritten und angeschrieen. Das hat mir eine Bekannte aus unserer Doppelkopfrunde erzählt, die wohnt gleich neben den Matuscheks. Vielleicht war es ja nur der Fernseher, der zu laut war, ich weiß es nicht, ich dachte halt, ich sag es Ihnen.«

Später am Tag, die Dämmerung des Nachmittags war in die Dunkelheit der Nacht verschwunden, stand Marder vor *Knuts Gute Stube*. Das Restaurant lag an der Hauptstraße, ungefähr dort, wo Barsinghausen mit einem seiner früheren Nachbardörfer verschmolz. Vor dem Eingang der Gaststätte stand ein Schild mit dem handgemalten Hinweis: »Durchgehend Deutsche Küche. Geöffnet von 11 Uhr 30 bis 14 Uhr und von 17 Uhr bis 22 Uhr 30.«

Seine Uhr zeigte Viertel nach fünf, er fühlte sich auf der sicheren Seite der Durchgangszeiten.

Die Gaststube war schummrig, die Lampen über den Tischen gaben spärliches Licht. Dunkelbraune Eichenmöbel verstärkten die düstere Stimmung. Der Kommissar nahm an einem Tisch vor einem Fenster Platz, durch das ein wenig zusätzliches Licht in den Raum sickerte. Er setzte sich so, dass er den ganzen Raum überblicken konnte, nur so konnte er vor unangenehmen Überraschungen sicher sein, die nie passierten. Wenn der richtige Platz in einem Restaurant bei seinem Eintritt nicht frei war, zog er notfalls zu einem späteren Zeitpunkt an einen anderen Tisch um.

Seine Frau teilte dieses Bedürfnis nicht, sie brauchte keinen Platz, von dem man alles überblicken und kontrollieren konnte. Sie fand sein Gehabe eher komisch bis lächerlich. Spaßeshalber hatte er einmal zu ihr gesagt, sie solle, falls er vor ihr sterbe, dafür sorgen, dass er ein Grab am Rande des Friedhofes bekäme, damit er alle anderen Gräber im Auge behalten könne. Da hatte sie ihn angelächelt und geantwortet, er würde sich ohnehin dreimal umbetten lassen, bis er es gemütlich habe.

Ein älteres Ehepaar mit Hund und zwei Damen mit zerzausten Haaren saßen in der Gaststube. Man sah ihren

Gesichtern und Schuhen an, dass sie im Deister gewandert waren. Die meisten Plätze waren frei.

Die Bedienung, eine Frau um die fünfzig, brachte Marder die Speisekarte. Das Angebot an Gerichten war vielfältig und abwechslungsreich, solange man gern Fleisch aß – allein Schnitzel gab es in sieben Variationen. Eins für jeden Tag in der Woche, dachte Marder. Auf dem Schild vor dem Eingang hätte *Ausschließlich Deutsche Küche,* nicht *Durchgehend Deutsche Küche* stehen sollen. Er bestellte ein Jägerschnitzel und ein Pils.

Das Pils schmeckte, das Schnitzel auch, das Fleisch war überraschend zart und die Kruste aus Paniermehl knusprig und pikant gewürzt. Die deutsche Küche ist nicht die schlechteste dieser Welt, sagte sich Marder. Kann aber heutzutage ein Restaurant existieren, das nur einheimische Kost anbietet? Wenn ich in der Nähe leben würde, würde ich hier gern hin und wieder ein Schnitzel essen, aber auf die Dauer wäre mir das zu eintönig.

»Ist Herr Wotkowski im Haus?«, fragte er die Bedienung, als sie ihm die Karte für den Nachtisch hinlegte.

»Mein Mann ist hinten im Büro. Er macht gerade den Speiseplan für die nächste Woche. Worum geht es denn?«

»Ich bin von der Kriminalpolizei. Mein Name ist Marder, Manfred Marder. Ich untersuche den Tod des ehemaligen Kommissars Matuschek hier in der Stadt.«

»Was soll das mit meinem Mann zu tun haben?«

»Man hat mir gesagt, dass Ihr Mann ein alter Bekannter von ihm war, und deswegen möchte ich mich mit ihm unterhalten.«

Frau Wotkowski war bei der Erwähnung von Matuscheks Namen zusammengezuckt, das war nicht verwunderlich, schließlich war der Mann erst vor ein paar Tagen tot aufgefunden worden und die Medien hatten ausführlich darüber berichtet.

»Dann gehen Sie am besten nach hinten. Das ist bestimmt kein Thema, über das er sich vor Gästen unterhalten will. Bitte kommen Sie mit.«

Sie führte Marder durch einen engen Gang zum hinteren Teil des Hauses in einen Büroraum, an dessen Wänden eine fettige Tapete mit einem Blumenmuster aus der Hippiezeit glänzte. Ein Mann saß an einem Schreibtisch, vor ihm ein Blatt weißes Papier, in der rechten Hand einen Bleistift, den er an die Stirn hielt, als warte er darauf, dass die rechten Eingebungen aus seinem Gehirn in den Stift überflossen. Er war um die fünfzig, vielleicht fünfundfünfzig. Sein langes Haar störte Marder deswegen, weil es ölig schimmerte. Sein unrasiertes Gesicht bewies, dass ein Dreitagebart nicht unbedingt modisch aussehen muss. Wotowski trug einen blauen Pullover mit roten Querstreifen, der über seinem Bauch spannte. Den unteren Teil seines Körpers verdeckte der Schreibtisch.

Marder stellte sich vor und erklärte, warum er gekommen war. Knut Wotowski hörte zu, dabei kratzte er sich mehrmals mit der linken Hand an seinem Kinn, als wolle er seine Bartstoppeln wegwischen.

»Herr Kommissar, erst einmal muss ich sagen, dass ich vollkommen schockiert war, als ich von Alfreds Tod hörte. Schließlich sind wir, äh… waren wir, alte Kumpel, wir kannten uns seit Jahren. Wir waren zusammen bei der Feuerwehr.«

Wotowski wirkte betroffen, seine Lippen zuckten nervös, seine Augen schienen hinter buschigen Augenbrauen Schutz zu suchen.

»Wie war Ihre Beziehung zu Herrn Matuschek, Herr Wotowski? Soweit ich weiß, hatte er kaum noch Verbindungen mit den Kollegen von der Feuerwehr. Warum hat er bei Ihnen eine Ausnahme gemacht?«

»Das ist leicht zu erklären. Der alte Matuschek hatte mich angelernt, als ich zur Feuerwehr kam. Später habe ich ihn einmal bei einem Einsatz aus einer brenzligen Situation geholfen, so was verbindet, auch über die aktive Zeit hinaus.«

»Seine Frau sagte mir, Sie hätten sich mit dem Kommissar kurz vor seinem Tod noch einmal getroffen. Ist das richtig?«

»Ja, das stimmt schon. Wir haben uns ab und zu getroffen, ein oder zwei Bierchen miteinander getrunken und über alte Zeiten geplaudert.«

»Hat Matuschek bei Ihrem letzten Gespräch etwas von Problemen oder Schwierigkeiten erzählt oder war er irgendwie anders als sonst?«

»Nein.« Wotowski wurde ungeduldig. »Ich habe doch gesagt, wir haben nur über alte Zeiten geplaudert. Wenn er ein Problem gehabt hätte, hätte er es mir bestimmt erzählt – wie gesagt, wir waren Kumpel.«

Wotowski musste einmal leicht aufstoßen, ein Grummeln entwich zwischen seinen Lippen. Die Fragerei von Marder ging ihm offensichtlich auf die Nerven und auf den Magen.

»Wenn es Ihnen recht ist, möchte ich jetzt weiter an dem Speiseplan für die nächste Woche arbeiten.«

Marder ignorierte diese Aufforderung und wechselte das Thema. »Wie läuft Ihr Restaurant denn so? Für einen Sonnabend scheint es mir hier extrem ruhig zu sein.«

»Es könnte besser gehen. Es gibt einfach zu viele Restaurants im Ort. Schauen Sie sich doch mal um.« Seine Stimme wurde aggressiv.

»Jeder, der nichts gelernt hat oder mit seinem Geschäft pleite gegangen ist, macht eine Gastwirtschaft auf. Vor allem die ausländischen Gaststätten schießen wie die Karnickel aus dem Boden, kein Wunder, dass den einheimischen Restaurants das Wasser abgegraben wird. Entschuldigen Sie, jetzt muss ich aber wirklich weitermachen.«

Seine Frau hatte dabeigestanden, ohne etwas zu sagen, nun mischte sie sich ein.

»Knut«, sagte sie zögernd. »Meinst du nicht, wir sollten mal etwas anderes als immer nur die gleichen deutschen Sachen anbieten?«

Wotowski schaute sie wütend an, er schien Marder vergessen zu haben.

»Verdammt, wie oft soll ich dir noch sagen, das hier ist ein deutsches Restaurant und das wird es auch bleiben. Ich dachte, wir hätten das Thema längst ausdiskutiert.«

Ehe sich die Auseinandersetzung der Wotowskis zuspitzen konnte, verließ Marder die *Gute Stube*. Auf dem Weg zurück in das Stadtzentrum fiel ihm ein, dass er seine Zeche nicht bezahlt hatte. Das war ihm peinlich und ein weiterer Grund, warum er unbedingt noch einmal bei den Wotowskis vorbeischauen musste.

13

Es regnete, als Marder *Knuts Gute Stube* verließ. Es war das Ende eines grauen Herbsttages im November ohne Charme. In einer Woche würden hier und da schon Weihnachtslichter angehen. Der triste Abend erinnerte ihn an die traurigen Momente in seinem Leben, ohne dass ihm konkrete Situationen einfielen. Es gab eigentlich keinen Grund für seine Niedergeschlagenheit, aber er konnte sich nicht dagegen wehren. Fing der Fall Matuschek an, ihn zu bedrücken? Vielleicht war es wirklich an der Zeit, seinen Beruf gegen den Ruhestand einzutauschen.

Was sollte er mit diesem Abend in Barsinghausen anfangen? Er hatte nicht die Absicht, jetzt schon in die Pension Marianne zurückzugehen, dort würde ihn nur ein leeres Zimmer erwarten – allerdings auch der neueste Roman von Henning Mankell über die Verbrechen in Südschweden und den sorgenvollen Kurt Wallander, der sie zu ergründen suchte.

Er las diese Kriminalromane mit großer Aufmerksamkeit und Freude, er sah in dem Kommissar jedoch kein Vorbild für seine eigene Arbeit. Ihm gefielen vor allem die eigensinnigen und starken Charaktere, sowohl bei den Verbrechern als auch bei den Polizisten.

Frau Thann würde in den nächsten Stunden nicht zu Hause sein. Sie hatte ihm am Morgen gesagt, dass heute ihr Doppelkopfabend war, den sie mit Freundinnen im Hinterzimmer einer Kneipe in einem der Dörfer verbrachte, die zu der Stadt gehörten.

»Wir Mädchen fallen dabei immer gehörig aus der Rolle. Wie gut, dass uns keiner zuhört, wenn wir über die Männer herziehen. Außerdem zocken wir dabei um richtiges Geld, da kann schon mal ein Fünfziger am Ende des Abends draufgehen.«

Warum nicht einen weiteren Stein auf der Suche nach Matuscheks Mörder umdrehen? Dabei war Marder sich immer noch nicht sicher, ob es überhaupt einen Mörder gab. Das machte die Ermittlungen so schwierig. Möglicherweise war alles sinnlos, was er tat. Er hatte jedoch keine Wahl, er musste weitermachen. Als Nächstes würde er mit der Tochter von Alfred Matuschek sprechen.

Anja lebte am nördlichen Rand der Stadt, dort wo die Wohnsiedlungen und Gewerbegebiete in die Felder des Calenberger Landes übergingen. Marder musste die Gleise der S-Bahn überqueren, um dorthin zu kommen. Er bog in eine Straße ein, die in den Platz vor dem Bahnhof endete. Das matte Licht der Lampen glänzte auf dem Kopfsteinpflaster im Regen. Er fragte sich, wie viele Frauen sich auf diesem Belag schon die Hacken ihrer Schuhe abgebrochen hatten, wenn sie in Eile waren, um einen Zug zu erreichen.

Der Bahnhof wirkte in der Dämmerung einsam. Marder sah die Rücklichter einer S-Bahn in Richtung Hannover in die Ferne verschwinden. Das Gebäude erinnerte ihn an die schwarz-weißen Kulissen in den Kriminalfilmen seiner Jugend – er glaubte geradezu, das verzerrte Gesicht von Klaus Kinski zu sehen, das ihn aus einer der dunklen Ecken anstarrte.

Die Anlage teilte das Schicksal anderer Bahnhöfe, die von der Deutschen Bahn nicht mehr geliebt wurden. Eigentlich war es ein attraktives Gebäude aus der Kaiserzeit, aber in der

Dunkelheit wirkte es wie ein einst hübsches Mädchen, das die besten Jahre hinter sich gelassen hatte.

Dem Vorplatz schloss sich an einer Seite ein offenes Grundstück an. Es musste einmal ein attraktiver Garten gewesen sein, denn Pflanzen aller Art wucherten hier üppig, allerdings ohne jede Ordnung. Ein Paradies für Insekten, wenn die Sonne schien. Das Gras war schon lange nicht mehr gemäht, die Blumen nicht mehr gegossen, die Sträucher nicht mehr beschnitten und die Obstbäume nicht mehr abgeerntet worden.

Auf der anderen Seite des Platzes langweilte sich ein Busbahnhof. Die Anlage wirkte effizient, sauber und großzügig, aber kein Bus war zu dieser Tageszeit unterwegs. Ein junges Paar schaute auf den Fahrplan. Marder sah, wie das Mädchen den Kopf schüttelte. Die Fahrspuren für die Busse waren grau asphaltiert, die Fußwege mit grauen Steinen gepflastert und die Unterstände für die Passagiere trugen graue Dächer, die auf grauen Pfosten ruhten. Die Anlage würde vermutlich bei Sonnenschein einen ganz anderen, vielleicht sogar heiteren Eindruck machen.

Er überquerte die Bahngleise, ging in eine baumlose Straße mit breiten gepflasterten Bürgersteigen und stand nach einigen Minuten vor dem Haus, in dem Anja Matuschek lebte. Es war ein Wohnblock mit sieben Etagen, das in seinen Ausmaßen nicht recht in einen ländlichen Ort an den Hängen des Deisters passte.

Anja wohnte im fünften Stock. Die Haustür im Erdgeschoss war nicht verschlossen. Er verzichtete auf die Fahrt im Aufzug und stieg die Treppen hinauf. Treppensteigen war das Mindeste, was er für seine Fitness tun konnte. Wenn er sich gut fühlte, ignorierte er Aufzüge, solange sein Ziel nicht höher als im fünften oder sechsten Stock lag. Als er vor Anjas Tür ankam, blieb er schnaufend im Flur stehen und wartete, bis sich genügend Luft in seiner Lunge gesammelt hatte, dass er ohne Not sprechen konnte. Er klopfte an die Tür und hörte, wie sich Schritte aus der Tiefe der Wohnung näherten.

»Manfred? Bist du das?«

»Manfred? Schon. Aber ich bin bestimmt der falsche Manfred.« Marder sprach auf die geschlossene Tür ein.

»Wer sind Sie? Was wollen Sie?«, fragte die Stimme von innen.

»Ich bin Kommissar Manfred Marder von der Kriminalpolizei und möchte mit Ihnen sprechen. Können Sie bitte aufmachen?«

Die Tür öffnete sich bis zum Anschlag der Sicherheitskette. Durch den schmalen Spalt konnte Marder einen vertikalen Ausschnitt des Gesichtes einer jungen Frau erkennen.

»Können Sie mir bitte Ihren Ausweis zeigen?«, sagte das Gesicht.

Mit ihrem Bruder hat sie zumindest gemeinsam, dass sie Fremden erst einmal misstraut, dachte Marder. Er schob seinen Dienstausweis zwischen Tür und Rahmen, dann ging die Tür weit genug auf, um ihn in die Wohnung einzulassen.

»Sie müssen entschuldigen«, sagte Anja Matuschek, »das habe ich von meinem Vater gelernt, er hat uns Kindern beigebracht, misstrauisch zu sein.«

»Das ist in Ordnung, ich sage meinen Kindern dasselbe.«

Das stimmte nicht. Marder hatte immer darauf geachtet, dass die Menschen, mit denen er sich beruflich leider oft befassen musste, nicht von seinen Kindern als Maßstab für die Menschen angesehen wurden, denen sie in ihrem täglichen Leben begegneten. Er wollte das Vertrauen von Anja

Matuschek gewinnen, deswegen hielt es für besser, ihrer ersten Bemerkung nicht zu widersprechen.

»Sie können sich sicher vorstellen, dass ich wegen Ihres Vaters hier bin, ich habe den Auftrag, seinen Tod zu untersuchen. Darf ich Ihnen mein herzliches Beileid aussprechen? Ich habe in einem früheren Fall mit ihm zusammengearbeitet und ihn seitdem als Kollegen sehr geschätzt.«

Langsam legte sich ein Ausdruck von Trauer über Anjas Gesicht, als würde ihr erst durch die Worte von Marder der Tod ihres Vaters bewusst.

»Wer ist eigentlich der Manfred, den Sie erwarten?«

»Manfred Augenstein, ein Kollege, genau genommen, unser Zivi auf der Station, wir haben heute beide Nachtdienst. Wir fahren immer zusammen ins Krankenhaus, wenn wir die gleiche Schicht haben. Ich habe mich schon gewundert, dass er so früh da war, ich habe ihn erst in einer halben Stunde erwartet.«

Anja fuhr sich mit der Hand über die Haare. Sie sah fesch und makellos aus. Die Kleidung, die sie trug, hätte genauso gut zu einem Abend in einer Disco gepasst wie zu einer Nachtschicht in einem Krankenhaus. Ihr Make-up und ihre Frisur waren auf ihren Typ und aufeinander abgestimmt. Sie war eine bildhübsche junge Frau, Marder hätte sich in seiner Jugend leicht in sie verlieben können. Wahrscheinlich sogar in seiner zweiten Jugend, aber auch die war schon vorbei.

»Ich möchte Ihnen einige Fragen über Ihren Vater stellen. Es wird nicht lange dauern, und ich werde Sie nicht daran hindern, rechtzeitig zu Ihrem Dienst im Krankenhaus zu kommen.«

Marder hatte behutsam mit Anja gesprochen und sie reagierte so artig, wie er es gehofft hatte.

»Kein Problem, ich beantworte gern Ihre Fragen, Herr Kommissar. Aber ich hatte mir gerade was zum Essen warm gemacht. Das will ich nicht unbedingt verbrennen lassen. Kann ich Ihnen etwas zu trinken bringen? Ein Bier oder so etwas?«

»Nein, danke, höchstens ein Glas Wasser.«

Anja verschwand durch die Tür, hinter der Marder die Küche vermutete.

Während Anja mit ihm sprach, lief der Fernseher weiter in voller Lautstärke. Die Sendung, die sie sich ansah, kannte Marder nicht: In einem Studio waren attraktive junge Mädchen und lässige junge Männer in bunter Kleidung und mit ebenso bunten Haaren versammelt. Alle lachten ständig. Die Einrichtung des Studios machte den Eindruck, als sei sie von einem glücklichen Stern der Star-Treck-Serie auf die Erde gebeamt worden. Es muss eine Folge von den Shows sein, in denen ein Superstar gesucht wird, dachte er. Er wollte immer schon gern eine dieser Sendungen sehen, aber seine Frau lehnte das ab. Das sei unter ihrem Niveau, sagte sie, reine Zeitverschwendung. Marder wusste, wann er eine Diskussion verloren hatte.

Auf einem Tisch lagen Zeitschriften mit Bildern von adretten jungen Frauen auf den Umschlagseiten, die Tipps für gutes Aussehen, modische Kleidung und kalorienarme Ernährung enthielten. Marder fragte sich, ob seine Frau wohl solche Zeitschriften beim Friseur las. Zu Hause hatten sie jedenfalls keine herumliegen.

Anja kam zurück ins Wohnzimmer, in den Händen trug sie einen Teller mit Pommes, Fischstäbchen und Tomatenscheiben. Das Wasser, das sie Marder mitbringen wollte, hatte sie vergessen. Bevor er sie daran erinnern konnte, fing sie an, über ihren Vater zu sprechen.

»Sie können sich nicht vorstellen, Herr Kommissar, wie sein Tod meine Mutter mitgenommen hat. Natürlich auch meinen Bruder und mich. Er war ein guter Mensch. Meine Mutter hatte sich auf die gemeinsame Zeit im Ruhestand gefreut. Ich weiß nicht, wie sie jetzt weiterleben kann, hoffentlich verliert sie nicht den Kopf und macht etwas Dummes.«

»Was meinen Sie damit?« unterbrach der Kommissar sie.

»Ich mag es gar nicht sagen. Aber es hieß doch in der Zeitung, dass mein Vater vielleicht Selbstmord begangen hat. Hoffentlich bringt sie das nicht auf die Idee, auch so was Blödes zu machen. Übrigens, ich glaube nie und nimmer, dass sich mein Vater selbst umgebracht hat.«

»Warum sind Sie sich da so sicher?«

Anja brauchte nicht nachzudenken.

»Weil er so zufrieden zu Hause war. Vor allem jetzt, wo er endlich nicht mehr arbeiten musste. Seit er Pensionär war, konnte er endlich seinen Hobbys nachgehen.« Anja ahnte offensichtlich, welche Frage Marder als Nächstes stellen würde und nahm die Antwort vorweg. »Ich habe nicht bemerkt, dass er in der Zeit vor seinem Tod irgendwie anders war, beunruhigt oder so was. Feinde hat er bestimmt keine, er ist mit allen Leuten prima zurechtgekommen.«

Anja geriet ins Stocken, Marder half ihr.

»An welche Leute denken Sie dabei?«

»Na, zum Beispiel an Herrn Wotowski von der Feuerwehr oder Herrn Brenner vom Mord-Dezernat.«

Als sie Brenner erwähnte, holte sie tief Luft, die sie hastig wieder ausatmete.

»Meinen Sie, ich sollte mit Herrn Brenner über Ihren Vater sprechen?«

Das hatte Marder ohnehin vor, aber er wollte sehen, ob Anjas schnelles Atmen durch den Namen Brenner hervorgerufen wurde. Er konnte es nicht mit Bestimmtheit sagen, sie atmete bereits wieder normal.

»Wenn Sie meinen, dass der Tod etwas mit seinem Job und den Fällen zu tun haben könnte, die mein Vater bearbeitet hat, dann wäre das wohl das Beste.«

»Haben Sie eigentlich einen festen Freund?«

Die Frage nach einem Partner hatte er schon ihrem Bruder gestellt, auch bei Anja war sie ihm wie von selbst in den Sinn gekommen.

Anja Matuschek schien gegen die Frage protestieren zu wollen, ließ sich dann aber doch auf eine Antwort ein.

»Meinen Sie vielleicht Manfred Augenstein? Nein, der ist wirklich nur ein Kollege, außerdem ist der viel zu jung für mich. Um ehrlich zu sein, ich habe im Moment die Nase voll von Männern, ich bin bisher meistens enttäuscht worden. Mein Traummann läuft noch frei herum, ich weiß nur nicht wo genau. Außerdem ist es wegen dem Schichtdienst im Krankenhaus nicht einfach, jemanden kennen zu lernen. Aber irgendwann wird mir der richtige Mann schon über den Weg laufen.«

Anja hatte in den letzten Minuten mehrmals auf die Uhr geschaut. Sie hatte während des Gesprächs nach und nach den Teller leer gegessen, indem sie mit Zeigefinger und Daumen nach den Pommes, Fischstäbchen und Tomatenscheiben angelte. Nun schien sie darauf zu warten, dass ihr Kollege auftauchen würde, das würde ihr einen Grund geben, dieses lästige Gespräch abzubrechen. Die halbe Stunde, die sie am Anfang erwähnt hatte, war vorbei. Tatsächlich klingelte es an der Wohnungstür.

Ein junger Mann, der aussah, als käme er gerade von seiner Abiturfeier, stand im Hausflur. Marder zweifelte nicht daran, dass Anja die Wahrheit über ihre Beziehungen gesagt hatte.

»Bist du fertig?«, fragte der Jüngling.

»Ja, natürlich. Ich muss nur noch Herrn Marder verabschieden.«

Sie stellte die Männer einander vor, ohne Manfred Augenstein zu erklären, dass Herr Manfred Marder ein Kommissar war und warum er sie besucht hatte.

»Nun müssen wir aber los, sonst kommen wir noch zu spät zur Schicht. Auf Wiedersehen, Herr Marder, ich hoffe, Sie finden heraus, wie mein Vater gestorben ist.«

Die jungen Leute stiegen in einen alten Volkswagen. Diese Käfer werden auch immer seltener, dachte Marder. Er fragte sich, ob der Wagen Anja oder dem Zivi gehörte, dann fiel ihm ein, dass er das Auto bei seiner Ankunft nicht vor dem Haus gesehen hatte. Er blickte dem Wagen hinterher und fragte sich, ob Anja während ihrer Unterhaltung immer die Wahrheit gesagt hatte.

14

Am Sonntag ging Marder zur heiligen Barbara. Als Schutzpatronin der Bergleute war ihr die katholische Kirche der Stadt geweiht. Bei den Bedingungen, unter denen die Bergarbeiter früher unter Tage arbeiten mussten, hatten sie eine Schutzpatronin bitter nötig, dachte Marder. Er würde heute eine Pause in seiner Jagd nach Matuscheks Mörder einlegen, wenn es ihn denn gab. Es würde ihm guttun, sich mit dem Schöpfer des Universums zu unterhalten, auch wenn er sich ihn nicht konkret vorstellen konnte.

Die katholische Kirche und ihre Riten waren ihm seit seiner Kindheit vertraut. In seinen ersten Schuljahren besuchte er eine katholische Grundschule, in der die Nonnen vom Orden der Grauen Schwestern die Schüler lehrten, behüteten und ihnen den rechten Glauben vermittelten. Als er in das Gymnasium wechselte, hatten sie ihn überzeugt, er würde für alle Zeiten in der Hölle schmoren, wenn er an einem einzigen Sonntag in seinem Leben die Heilige Messe versäumen würde. Deshalb ging er damals sicherheitshalber an jedem Sonntagmorgen in die Kirche, auch wenn ihn seine Kameraden im Fußballverein deswegen auslachten. Er war sich sicher: Wer zuletzt lacht, lacht am ewigsten.

Die Wahl der katholischen Schule beruhte nicht wirklich auf den religiösen Überzeugungen seiner Eltern. Seine Mutter hatte es nach der Vertreibung schwer gehabt, einen Platz für ihn und seine Schwester in einer öffentlichen Schule zu finden. Die örtlichen Schulen in der neuen Heimat wollten nichts mit den Flüchtlingskindern aus dem Osten zu tun haben. Erst als ein katholischer Priester sie auf die Schule der Grauen Schwestern aufmerksam machte, konnte sie ihre Kinder einschulen.

Seit dieser Zeit hing Marder an der Kirche. Er ging jedoch jetzt nicht mehr an jedem Wochenende zur Messe, obwohl er nie ganz die Furcht verloren hatte, er würde deswegen ewige Feuerqualen erleiden müssen. Die drohenden Worte der Schwestern in der Grundschule hallten nach so vielen Jahren immer noch durch sein Gewissen.

Die Kirche der Sankt-Barbara-Gemeinde hatte nicht viel gemeinsam mit der mittelalterlichen Klosterkirche im Stadtzentrum. Sie war ein modernes Gotteshaus ohne den klassischen Kirchturm und wie ein später Einfall der Stadt angefügt. Marder betrat den Kirchenraum wenige Minuten vor Beginn der Messe. Die Architektur des Gebäudes war ein Hinweis auf den aufgeklärten Geist in der Kirche nach dem Zweiten Vatikanischen Konzil: Die Sitzbänke scharten sich im Kreis um den Altar in ihrer Mitte. Der Raum war angenehm warm, und die Düfte von Weihrauch und brennenden Kerzen, die in der Luft hingen, waren ihm vertraut. Wie immer, wenn er in eine katholische Kirche kam, hatte er das Gefühl, zumindest ein wenig zu Hause zu sein.

Der Gottesdienst war gut besucht, wenn auch nicht alle Bankreihen gefüllt waren. Die Besucher saßen vorzugsweise an den linken und rechten Enden der Bänke, direkt an den Durchgängen, so als ob sie für einen schnellen Abgang vorbereitet sein wollten. Er bat eine Frau, ihn durchzulassen. Sie schaute ihn an, ihr Blick ließ ihn wissen, dass sie sich gestört fühlte. Marder lächelte ihr freundlich zu, war fast versucht, ihr einen guten Morgen zu wünschen, ließ es aber sein, es hatte nicht den Anschein, dass sie Wert auf seine Begrüßung legte.

Marder hätte gern die Worte der Lesungen auf sich einwirken lassen, aber er konnte die Gedanken an Matuschek und dessen Tod nicht unterdrücken. Während der Predigt versuchte er anfangs, sich auf die Worte des Pfarrers zu konzentrieren, aber sie sprachen zu sehr zu seinem Verstand, nicht zu seinen Gefühlen. Er hätte gern Worte gehört, die ihn getröstet oder für die nächsten Tage ermutigt hätten. Dennoch bin ich froh, hier zu sein, dachte er. Wenn Gott so gütig ist, wie wir uns ihn vorstellen, hat er bestimmt Verständnis dafür, dass sich meine Gedanken mit Matuschek und seinem Ende befassen. Vielleicht hilft er mir sogar mit einer Eingebung.

Was hatte er bisher gefunden, das ihn der Antwort auf das Rätsel von Matuscheks Tod näher gebracht hätte? Nichts, was er mit Händen greifen konnte. Trotzdem, er war sich sicher, weiter gekommen zu sein, auch wenn er nicht beschreiben konnte, warum er dieses Gefühl hatte. Er war auf einem Weg, der sich lohnte, weiterzugehen. Marder fragte sich, ob Matuschek sonntags wohl zum Gottesdienst gegangen war. Sein Gefühl sagte ihm, dass das nicht so war.

Nach dem Gottesdienst werde ich Brenner anrufen, nahm sich Marder vor. Er würde nicht bis Montag damit warten, wie er es ursprünglich geplant hatte. Er hatte sich vorsorglich Brenners Handynummer bei seinem Besuch im Dezernat geben lassen. Vorher wollte er sich noch ein Restaurant zum Mittagessen suchen. Nicht »Knuts Gute Stube«, eher etwas Asiatisches, stark Gewürztes – nach deutscher Küche mit ihren gemütlichen Rezepten war ihm heute nicht zumute.

Die Suche endete bei einem Chinesen. Zwischen Frühlingsrolle und Wanton-Suppe wählte er Brenners Nummer. Er hoffte, ihn in der Polizeischule in Wennigsen zu erreichen. Brenner antwortete nach wenigen Sekunden: Er sei gerade dabei, seinen Koffer zu packen, in wenigen Minuten würde er sich auf die Fahrt nach Hause machen.

Brenner war wenig begeistert von Marders Vorschlag, ihn noch am gleichen Tag zu treffen. Er sagte, er hätte Privates zu erledigen, zu dem er wegen des Seminars am Wochenende nicht gekommen sei. Marder ließ seinen Dienstrang durchscheinen und zeigte sich uneinsichtig. Schließlich gestand Brenner, dass das Private sein Schrebergarten war, den er auf den Winterschlaf vorbereiten wollte. Marder bot ihm an, ihn später am Nachmittag dort zu besuchen, worauf sich Brenner nur nach Zögern einließ.

»Wenn Sie wollen, helfe ich Ihnen bei der Arbeit«, sagte Marder zum Abschluss.

Der Kleingartenverein lag in der Nähe eines Gewerbegebietes, dessen Lagerhallen im Westen den Hintergrund des Gartengeländes bildeten und den Freizeit-Gärtnern den Blick auf die Hügel des Deisters verstellten. Auf der östlichen Seite gab es außer den Wolken am Himmel keinen Hintergrund, hier fielen die abgeernteten Zuckerrübenfelder in das flache Calenberger Bauernland ab. Die Gärten der Kolonie reihten sich wie die Flicken einer Patchwork-Decke aneinander. Jeder einzelne war individuell gestaltet. Marder war sicher, er hätte die Gärten ihren jeweiligen Besitzern zuordnen können, wenn sie vor ihm gestanden hätten.

Einige Grundstücke sahen aus wie Miniatur-Parkanlagen, hier waren die Büsche und Pflanzen logisch und adrett angeordnet. In ihrer Mitte war fast immer eine Rasenfläche, eingerahmt von Blumenrabatten, zwischen den Rabatten und denen des Nachbarn wuchsen gerade geschnittene Hecken. Diese organisierte Natur war meistens verziert mit runden, ovalen oder nierenförmigen Teichen. Wenn die Besitzer dieser Anlagen Gemüse essen wollten, mussten sie es sich im Supermarkt besorgen, denn ihre Gärten trugen nichts zu ihrer Ernährung bei. Ganz anders waren die Grundstücke der ökologischen Gärtner, in denen die Pflanzen in unkontrollierter Freude wucherten, als kümmere sich niemand um sie. Ihre Besitzer hatten heimische Blumen, heimische Sträucher und heimische Stauden wachsen lassen – es waren die Lieblingsgärten der Vögel.

Marder erinnerte sich an seine Kindheit, als Schrebergärten vor allem zum Anbau von Gemüse und Früchten genutzt wurden. Seine Eltern hatten ausschließlich deswegen in den fünfziger Jahren einen Kleingarten gepachtet. Er hatte in diesem Garten viele Nachmittage im Kampf gegen das Unkraut verbracht, obwohl er lieber mit seinen Freunden Fußball gespielt hätte. Seine Eltern waren der Meinung gewesen, jeder müsse seinen Teil zur Versorgung der Familie beitragen.

Seit der letzte Tag seines Arbeitslebens absehbar war, hatte er mit seiner Frau diskutiert, ob sie sich nach seiner Pensionierung auf das Abenteuer eines Schrebergartens einlassen wollten. Wenn es ausschließlich nach ihm ginge, hätte ein kleines Segelboot höhere Priorität. Sie hatten sich bisher noch nicht endgültig festgelegt, aber er wusste, dass sich am Ende der Bedenkzeit der Wille seiner Frau durchsetzen würde. Er fürchtete, dass sie sich längst für einen Garten entschieden, ihn aber über ihre Entscheidung noch nicht informiert hatte.

Am Eingang der Gartenkolonie stand ein Schaukasten, der über die zahllosen Aktivitäten des Vereins im vergangenen

Sommer und die wenigen im kommenden Winter informierte. Daneben hing ein Wegeplan mit den einzelnen Parzellen und den Namen ihrer Besitzer. Brenners Grundstück lag in der hintersten Ecke des Geländes. Buckelige Eisenbahngleise, die zu dem Industriegebiet führten, bildete die Grenze zwischen der Gartenkolonie und den Feldern.

Brenner war gerade dabei, eine alte Wurzel auszugraben und stocherte missmutig mit einem Spaten im Boden herum. Seine Hände und Kleidung waren mit Gartenerde verschmiert. Er wischte sich die rechte Hand an der Hose ab, wodurch sie nur unwesentlich sauberer wurde. Dann reichte er sie dem Kommissar. Marder schätzte Brenners Alter auf Anfang vierzig. Seine Miene erhellte sich nicht merklich, als er den Kommissar begrüßte.

»Richtige Knochenarbeit, Herr Kommissar, ich wünschte, ich könnte am Sonntagnachmittag etwas Angenehmeres machen, als mich hier abzuplagen.«

»Herr Brenner, ich dachte, ein Schrebergarten sei Freude und Erholung, es zwingt Sie doch niemand dazu, sich hier zu quälen.«

Brenner holte tief Atem, blies die Backen auf und ließ die Luft langsam zwischen Ober- und Unterlippen ausströmen.

»Ich wollte, das wäre so. Wissen Sie, dieser Garten gehört eigentlich meinem Vater, aber der ist nicht mehr in der Lage, sich darum zu kümmern, vor allem schafft er die schwereren Arbeiten nicht mehr. Dazu ist er inzwischen zu alt.«

»Warum geben Sie den Garten dann nicht auf?«, wunderte sich Marder.

»Tja...wenn es nach mir ginge, hätte ich das schon längst getan, aber mein Vater kann sich nicht davon trennen. Er jammert mir ständig die Ohren voll, er hätte mit meiner Mutter viele schöne Stunden hier verlebt, und jetzt wo sie tot ist, wäre es Verrat an ihr, wenn er den Garten aufgäbe, hier würde er nach wie vor ihre Gegenwart spüren. Das kann er leicht sagen, weil ich alle anstrengenden Arbeiten für ihn mache. Und ich bringe es nun einmal nicht fertig, ihm die Illusion von seiner Frau im Garten zu zerstören.«

Marder fühlte, dass Brenner Dampf ablassen musste, bevor er eine sachliche Unterhaltung mit ihm führen konnte. Der Mann war wahrscheinlich frustriert, weil sein freies Wochenende wegen des Seminars auf einen Nachmittag reduziert war, an dem er dann auch noch Gartenarbeit für seinen Vater zu erledigen hatte.

»Eigentlich denken meine Frau und ich daran, für meinen Ruhestand einen Kleingarten zu pachten, aber Sie würden mir das wahrscheinlich nicht empfehlen?«

»Tja, Herr Kommissar, wenn Sie mich fragen, ist die Antwort ein klares Nein. Es sei denn, Sie suchen Ärger und Frust.«

»Das verstehe ich nicht, Arbeit im Garten ist doch eine schöne, kreative Freizeitbeschäftigung.«

»Das kann schon sein, aber nicht unbedingt ein Garten in einem Schrebergartenverein. Damit meine ich nicht die Arbeit, die so ein Garten macht, die ist ja tatsächlich freiwillig. Ich rede von den Vorschriften, die im Pachtvertrag festgehalten sind. Sie haben keine Vorstellung, wie viele Regeln man befolgen muss, um nicht mit den Nachbarn oder dem Vorstand des Vereins in Konflikt zu geraten.«

Brenner stellte den Spaten zur Seite, auf den er sich in den letzten Minuten gelehnt hatte, und zeigte mit der rechten Hand auf die Hecke zum Grundstück des Nachbarn.

»Was meinen Sie wohl, was Sie allein mit so einer blödsinnigen Hecke falsch machen können. Die Auswahl der Pflanzen, der Abstand zwischen der Hecke und dem nächsten Grundstück, wie hoch sie maximal sein darf und wie hoch sie mindestens sein muss, für alles gibt es eine Vorschrift. Dasselbe gilt für fast alles, was Sie sonst noch pflanzen oder anbauen wollen. Wehe, Sie nehmen die falschen Sträucher oder den falschen Dünger oder machen den Teich ein paar Quadratzentimeter zu groß, sofort steigt Ihnen jemand aufs Dach und beschwert sich beim Vorstand. Und die sanitären Einrichtungen in den Lauben sind noch aus dem letzten Jahrhundert.«

Er ließ offen, ob er damit das neunzehnte oder das zwanzigste meinte.

Marder konnte sich nicht daran erinnern, dass seine Eltern in solcher Pein über ihre Erfahrungen als Kleingärtner gesprochen hatten, vielleicht hatte es damals andere Prioritäten und flexiblere Satzungen gegeben. Marder wollte sich weitere Einzelheiten über das Vereinsleben der Schrebergärtner ersparen und steuerte das Gespräch auf den Anlass seines Besuches zu.

»Herr Brenner, lassen Sie uns über Herrn Matuschek sprechen.«

Brenner nickte, er verstand: Das Interesse eines Kriminalkommissars aus Stade an den Sorgen eines Schrebergärtners am Deister hatte seine Grenzen.

»Es wäre einfacher gewesen, wenn Sie mich in den nächsten Tagen im Büro besucht hätten, dort habe ich die Unterlagen über die Fälle, die Kommissar Matuschek in der letzten Zeit bearbeitet hat.«

»Das habe ich sowieso vor, ich möchte mich heute nicht über einzelne Fälle mit Ihnen unterhalten. Ich wollte Sie fragen, wie Sie als Kollege generell Herrn Matuschek als Mensch und als Vorgesetzten sahen. Sie können gern kritisch sein, auch wenn Matuschek Ihr Chef war. Ich garantiere Ihnen, die Antworten bleiben unter uns.«

Brenner sagte, das hielte er für selbstverständlich.

»Als Vorgesetzten habe ich Matuschek geschätzt. Er war korrekt im Umgang mit mir und hat mich in meiner Arbeit unterstützt, wo er konnte. Es war im letzten Jahr sicher schwierig für ihn, sich damit abzufinden, dass er nur noch wenige Monate zur Kriminalpolizei gehören würde, aber meiner Meinung nach hat Matuschek das mit Gelassenheit hingenommen.«

Gute Antwort, neutrale Antwort, so in etwa würde ich mich auch äußern, wenn mich ein Fremder über meinen Chef ausfragen würde. Trotzdem hoffte Marder, dass seine Kollegen in Stade etwas wärmere Worte über ihn finden würden, sollte er kurz nach seinem Ausscheiden aus dem Berufsleben dahinscheiden.

»Wie war Ihre persönliche Beziehung zu ihm?«

»Wie gesagt, ich hatte keinen Grund, mich zu beschweren. Dazu muss man aber wissen, dass Matuschek sein Privatleben und seine Arbeit streng trennte und mit den Kollegen im Büro wenig Umgang außerhalb des Dienstes hatte. Unsere Beziehung beschränkte sich auf die Zusammenarbeit im Dezernat.«

»Heißt das, dass Sie niemanden von Matuscheks Familie kannten?«

Brenner zog den Spaten aus der Erde und steckte ihn nach kurzem Überlegen wieder hinein.

»Während eines »Open House« habe ich seine Tochter kennen gelernt, und um ehrlich zu sein, fand ich sie ziemlich attraktiv. Aber wie das bei einer Party so ist, das Gespräch war ziemlich oberflächlich, und wir haben es nach einer Weile abgebrochen. Ich musste schließlich auch den anderen Besuchern zur Verfügung stehen.«

»Mit der Frau von Herrn Matuschek oder seinem Sohn haben Sie bei dieser Gelegenheit nicht gesprochen?«

»Soweit ich mich erinnern kann, sind die nicht zu der Veranstaltung gekommen.«

Brenner erinnerte Marder nicht an das Versprechen, ihm bei der Arbeit zu helfen, als er sich verabschiedete.

Marder würde sich die Sache mit dem Schrebergarten im Alter gründlich überlegen müssen – vielleicht konnte er seine Frau umstimmen, indem er ihr über Brenner und dessen Probleme erzählte. Seine Tochter hatte wahrscheinlich recht, als sie einmal gesagt hatte, dass man Schrebergärten in Strebergärten umbenennen sollte.

Als er zwischen den Gärten zurück zu seinem Auto ging, hörte er den Lärm und das Lachen von spielenden Kindern. Der Geruch von glühender Holzkohle und angebranntem Fleisch wehte ihm in die Nase. In einem Garten, der eher zu der ökologischen Fraktion gehörte, war eine Gruppe fröhlicher Schrebergärtner dabei, ein herbstliches Grillfest zu feiern.

15

Manfred Marder hatte den Beiträgen der prominenten Gäste zu den Problemen der Europäischen Union in Sabine Christiansens Talkshow zugehört, war darüber eingeschlafen und wachte gerade in dem Moment wieder auf, als Frau Christiansen sich von den Teilnehmern der Runde verabschiedete.

Er vermutete, nichts Wichtiges oder Neues verpasst zu haben. Nun schaltete er den Fernseher aus und legte seine Füße auf dem Hocker vor dem Sessel ab. Frau Thann war in der Küche dabei, das Frühstück für den nächsten Morgen vorzubereiten.

Brisbane ruhte auf einem Sessel in einer Ecke des Zimmers und war in tiefen Schlummer gefallen. Der Kater hatte seinen Kopf unter eine Vorderpfote gesteckt, nur das große weiße Ausrufungszeichen über seiner Nase leuchtete durch das Halbdunkel des Wohnzimmers. Die Welt existierte für ihn heute nicht mehr.

Warum der Kater Brisbane hieß, hatte Marder von Frau Thann wissen wollen. Er kenne Brisbane von seinen Kreuzworträtseln als *Stadt in Australien*, wundere sich jedoch, warum eine Katze in Barsinghausen nach dieser Metropole am Ende der Welt genannt wurde. In Brisbane lebe ein Bruder ihres Mannes, hatte Frau Thann geantwortet, der vor Jahren ausgewandert war. Nach ihm hätten sie den Kater genannt, weil beide ähnlich verschmitzt dreinschauten, wenn sie ein schlechtes Gewissen hatten.

Der Kater hatte Marder als Hausgenossen akzeptiert – der Kommissar fühlte sich geschmeichelt. Das Tier war vermutlich daran gewöhnt, Fremde vorübergehend zu dulden, ohne sich mit ihnen emotional einzulassen. Wenn er sich in einer Ecke oder auf einem Sessel zusammengerollt hatte, verströmte Brisbane das Gefühl von Ruhe und Gelassenheit, das Marder für sich selbst oft vergeblich suchte.

Vielleicht ist mein Eindruck von Ruhe und Gelassenheit jedoch nur sein Ausdruck von Langeweile, dachte Marder. Für uns Menschen wäre es ohnehin ein Nachteil, immer ruhig und gelassen zu sein. Unsere innere Unruhe treibt uns an, Neues zu entdecken und auszuprobieren. Wie sonst wäre die warme Dusche erfunden worden? Den Gedanken, sich morgens an einem kalten Bach waschen zu müssen, fand er grausam.

Wenn eine Katze stirbt, ist sie nicht klüger als an dem Tag, an dem sie geboren wurde, überlegte sich Marder. Sie hat lediglich gelernt, sich der Welt, in der sie überleben will, anzupassen, ohne sie zu verändern. Im Menschen sieht sie den Lieferanten ihrer Mahlzeiten – als Gegenleistung täuscht sie gelegentlich Zuneigung vor.

Marder gab gern zu, dass er Katzen mochte. Vor etlichen Jahren hatte seine Frau einer streunenden Katze eine Schale Milch als einmaliges Almosen vor die Haustür gestellt. Das Tier sah darin die Aufforderung, den Rest seines Lebens bei den Marders zu verbringen. Nach einer Phase des Widerstands und der Anpassung schätzte er dieses Tier mehr, als er bereit war einzugestehen. Es war ein Kater mit den farbigen Streifen eines Tigers und sie nannten ihn Tatze. Als Tatze gestorben war, kam ihm das Haus leer und kalt vor. Er vermisste den morgendlichen Stups der kalten Katzennase in seinem Gesicht, mit dem Tatze ihn darauf hinwies, dass es Zeit sei, das erste Mahl des Tages zu servieren.

Iris und er hatten sich nach Tatzes Tod überlegt, eine neue Katze ins Haus zu holen, konnten sich aber nicht dazu entschließen; schließlich ersetzt man ein Kind, das man lieb gehabt hatte, nicht so einfach durch ein anderes. Vielleicht würden sie es nach seiner Pensionierung tun.

Bis es so weit war, würde Marder noch an der Aufklärung einiger Verbrechen mitarbeiten müssen – unter anderem am Tod von Alfred Matuschek. Dabei war er sich immer noch nicht sicher, ob es sich dabei tatsächlich um ein Verbrechen handelte.

Was hatte er über den Tod seines ehemaligen Kollegen herausgefunden? Er hatte in der Kirche das Gefühl gehabt, der Lösung des Falles näher gekommen zu sein. Vielleicht hatte er sich nur etwas vormachen wollen, weil er nicht eingestehen wollte, ratlos zu sein.

Was wusste er darüber, wie der Kommissar gestorben war?

Matuschek war am Beginn des Novembers in den Ruhestand gegangen. Sein Abschied aus dem Berufsleben war – soweit er feststellen konnte – routinemäßig verlaufen, nichts daran war ungewöhnlich. Vier Wochen später fanden zwei junge Leute seine Leiche in einem Teich. Die Rechtsmediziner stellten Tod durch Ertrinken fest. Zusätzliche Ergebnisse der Untersuchungen an der Leiche würden in den nächsten Tagen vorliegen, aber Falkenberg hatte angedeutet, dass er kaum entscheidende Erkenntnisse erwartete. Mord, Selbstmord oder ein Unglück konnten die Ursache für den Tod gewesen sein. Keine dieser Möglichkeiten konnte er ausschließen, aber keine davon schien wahrscheinlich. Das machte diesen Fall so schwierig und so rätselhaft.

Dennoch war Marder entschlossen, die Antwort zu finden, warum Matuschek in dem See ertrunken war.

Matuschek als Opfer eines Raubüberfalls kam am wenigsten in Frage. Es gab keine Spuren am See, die auf eine Gewalttat hinwiesen, kein Blut auf der Erde, nichts, was auf einen Kampf um das Leben eines Menschen hinwies. Matuscheks Brieftasche steckte in der Jacke, Papiere und Ausweise des Toten waren vollständig. Das einzige Ungewöhnliche war, dass die Leiche keine Uhr trug, aber warum hätte ein Täter mühselig eine Uhr vom Handgelenk abnehmen und das Geld in der Brieftasche lassen sollen? Es waren immerhin 155 Euro.

Marder erinnerte sich daran, dass Bertram angedeutet hatte, dass sein Vater nicht schwimmen konnte. War Matuschek wegen eines Überfalls in Panik in das Wasser gesprungen und dabei ertrunken, weil er sich nicht retten konnte? Waren der oder die Täter darüber so erschrocken, dass sie hastig ihr Opfer zurückgelassen hatten, anstatt es aus dem Wasser zu ziehen? Diese Theorie hielt Marder für so weit hergeholt, dass er sie nicht ernsthaft in Betracht ziehen wollte. Aber nichts ist unmöglich, bei einem Verbrechen ist die Realität dem Logischen oft voraus.

Ein Mord in Verbindung mit Matuscheks Beruf war nicht auszuschließen, aber Marder hatte noch nicht genügend Informationen, um das zu beurteilen. Vielleicht würde er neue Hinweise bekommen, wenn er sich die Akten der Fälle, die Matuschek in der letzten Zeit bearbeitet hatte, angesehen und noch einmal mit Brenner gesprochen hatte.

War es ein geplanter Mord gewesen? In einem öffentlichen Park in unmittelbarer Nähe des Stadtzentrums? Die Gefahr, dabei beobachtet zu werden, war groß, auch wenn die Büsche am See die Sicht erschwerten. Marder konnte sich viele

Methoden vorstellen, einen Menschen mit weniger Risiko zu ermorden als durch Ertränken in einem eher seichten Gewässer in der Nähe des Ortskerns.

War Matuscheks Tod ein Unglück gewesen? Auch das war theoretisch möglich, aber wirklich nur theoretisch. Warum sollte ein Mann im Besitz seiner körperlichen und geistigen Fähigkeiten in einen See fallen, und dann noch zufällig an der einzigen Stelle, die tief genug war, um darin unterzugehen. Dennoch, Unglücke geschehen oft dort, wo sie eigentlich nicht passieren sollten. Die Analyse seines Blutes hatte gezeigt, dass Matuschek weder Alkohol noch Drogen zu sich genommen hatte. Das hätte zu einem nüchternen und trockenen Beamten wie ihm ohnehin nicht gepasst. Selbst wenn er aus Versehen ins Wasser geraten wäre, hätte er sich bei der geringen Tiefe des Teiches selbst retten können, nur an der einen tiefen Stelle am Abfluss des Teiches wäre das unter Umständen schwierig gewesen. Nein, an einen Unfall konnte Marder nicht glauben, da hätten zu viele Zufälle zusammenkommen müssen.

Warum hatte sich Matuschek an jenem Abend überhaupt an dem Teich aufgehalten? Um einen Selbstmord zu begehen? Dagegen sträubte sich Marders Verstand. Warum sollte Matuschek, als er endlich frei und unabhängig war und sein Leben so einrichten konnte, wie es ihm gefiel, alles wegwerfen? Nichts von dem, was er bisher erfahren hatte, deutete auf Probleme hin, die ein Grund für eine solche Verzweiflungstat gewesen sein könnten.

Vera Matuschek liebte ihren Mann und hatte sich darauf gefreut, gemeinsam mit ihm alt zu werden. Sie hatte dies wiederholt betont und ihre Kinder bestätigten es, auch wenn Marder bei Anja und Bertram spürte, dass sie sich ihm gegenüber nicht ganz geöffnet hatten. Aber nach dem traumatischen Verlust ihres Vaters vor nur wenigen Tagen musste man akzeptieren, dass sie aus dem Gleichgewicht waren und sich einem Fremden wie ihm verweigerten.

Die Matuscheks lebten – darin waren sich Vera, Anja und Bertram einig – ohne große Konflikte miteinander, auch wenn die Kinder inzwischen ihr eigenes Leben führten. Das war in ihrem Alter nur natürlich. Sie hatten in ihren Gesprächen ihre Zuneigung zu ihrem Vater betont. Außerhalb der Familie gab es offensichtlich nur wenige Menschen, mit denen Matuschek in Verbindung stand. Warum das so war, darüber wollte Marder nicht spekulieren, aber es bedeutete, dass nur wenige Menschen ein Motiv haben konnten, ihn umzubringen. Die, mit denen Marder gesprochen hatte, bestanden darauf, dass ihre Beziehungen zu Matuschek freundlich und korrekt waren. Es war natürlich möglich, dass es Geheimnisse in seinem Leben gab, von denen selbst seine Familie nichts wusste.

Fang nicht an zu spinnen, ermahnte sich Marder, das bringt dich nicht weiter.

Dennoch, ein flüchtiger Gedanke aus seinem Unterbewusstsein, eher ein Verwundern, brach in Marders Überlegungen ein. Er wollte ihn unterdrücken, von sich stoßen, sich nicht ablenken lassen. Der Gedanke konnte sich retten. Er verband sich mit seinem Gefühl vom Vormittag, er wäre der Lösung des Falles näher gekommen. Er sagte ihm, da sei etwas, das er nicht übersehen dürfe. Etwas, worüber er nachdenken müsse.

Marder ließ sich auf diesen Gedanken ein, ließ ihn an die Oberfläche, gab ihm die Chance, sich zu formulieren. Als er ihn ernst nahm, legte er sich wie ein Schatten über das, was er bisher geglaubt hatte.

Marder dachte zurück an seine Zusammenarbeit mit dem Toten. Er hatte ihn als Kollegen geschätzt, ihn sogar dafür bewundert, wie er den gemeinsamen Fall durch seine stille Konzentration auf das Wesentliche gelöst hatte. Marder erinnerte sich aber auch daran, wie schwierig es gewesen war, mit ihm zusammenzuarbeiten. Matuschek war ein Mann, der eher scharfe Kanten als weiche Kurven hatte. Er kam seinen Mitmenschen kaum entgegen und machte wenige Kompromisse. Die Menschen, mit denen Marder gesprochen hatte, hatten Matuschek anders dargestellt: als einen verständnisvollen und entgegenkommenden Mann.

Fragen drängten sich auf. Warum verhält sich dieser verträgliche Mann in seinem Beruf so unnahbar und eigensinnig? Warum hat ein Mann, wenn er so war, wie ihn seine Familie beschrieb, nicht mehr Freunde gehabt? Hat man mir die ganze Wahrheit erzählt? Marder überlegte. Hatten ihm seine Gesprächspartner vielleicht bewusst nur das gesagt, was sie ihn glauben machen wollten? Gab es ein gemeinsames Interesse daran, ihn zu belügen? Oder hatte sich diese Gemeinsamkeit zufällig ergeben?

Wenn er Antworten auf diese Fragen finden könnte, würde er einen großen Schritt auf die Wahrheit zu machen. Er musste neu bewerten, was er bisher gehört hatte. Vielleicht war das, was man verschwiegen hatte, wichtiger als das, was man ihm erzählt hatte. Wo sollte er anfangen?

Er entschloss sich zu einer Methode des Bewertens von Aussagen, die ihm ein alter Hase der Kriminalpolizei während seiner Ausbildung beigebracht hatte und mit der er bei früheren Fällen Erfolg gehabt hatte. Er würde sich auf seine

Gefühle konzentrieren, die er bei seinen Gesprächen mit den einzelnen Personen wahrgenommen hatte, nicht auf das, was sie gesagt hatten – Gefühle reagierten meistens ehrlicher als die Vernunft. Er würde die negativen Empfindungen herausfiltern und verdichten, die er bei jedem Einzelnen am deutlichsten empfunden hatte, und sie dann einer einzigen virtuellen Person zuordnen. Dabei würde er bewusst positive Eindrücke ignorieren.

Was hatte er bei jedem von ihnen negativ empfunden?

Vera: berechnend und zielstrebig.

Anja: eitel und oberflächlich.

Bertram: eigenbrötlerisch und verschlossen.

Wotowski: unflexibel und aufbrausend.

Brenner: unzufrieden und ehrgeizig.

Diese Eigenschaften, gebündelt in einer Person, beschrieben eine Person, die erst ihre eigenen Interessen verfolgt, Äußerlichkeiten über innere Werte stellt und dabei unzufrieden, sogar unglücklich ist. Marder wusste, dass es nicht fair war, diese Charakterzüge einem einzelnen Menschen aufzubürden, aber es beschrieb ein Umfeld von Matuschek, wie es Marder bisher noch nicht gesehen hatte. Die von allen beteuerte Harmonie zwischen ihnen und Matuschek erschien ihm nun fragwürdig, vor allem, wenn er die schwierige Persönlichkeit von Matuschek, die Marder selbst erlebt hatte, damit in Zusammenhang brachte.

Seine Gesprächspartner waren sich in ihren Schilderungen über Matuschek so auffallend einig gewesen, dass es eigentlich schon wieder unglaubhaft war. Das war eine entscheidende Erkenntnis. Er musste schauen, ob es die Harmonie, von der alle gesprochen hatten, wirklich gab. Wenn sie nur vorgetäuscht war, musste er herausfinden, was in Wahrheit dahintersteckte. Dann würde er den wirklichen Matuschek finden.

»Gute Nacht, Brisbane«, sagte er, als er das Wohnzimmer verließ, um schlafen zu gehen. Es war fast Mitternacht. »Ich danke dir für deine Geduld. Ich werde dich wissen lassen, wie es ausgeht.«

16

In der Nacht hatte Marder schlecht geträumt, das fiel ihm in dem Moment wieder ein, als er sein Frühstücksei aufklopfte. Es war einer von den gelegentlichen Albträumen gewesen, die er nachträglich hasste, weil er ihnen im Schlaf hilflos ausgeliefert war. Sie waren wirr und intensiv. Am schlimmsten war es, wenn er sich bewusst war, dass er träumte, und nicht in der Lage war, sich aufzuwecken, um den Traum zu beenden. Wenn er endlich aufwachte, konnte er sich an die Einzelheiten nicht erinnern, aber er war erschöpft und gleichzeitig erleichtert, dass alles nur ein Traum gewesen war. Heute Nacht hatte er von Matuschek und vom Tod geträumt, konnte jedoch das Geschehen nicht mehr in eine sinnvolle Reihenfolge bringen. Schade, dachte er, vielleicht gab es im Traum die Erklärung für alles.

Marder überfielen solche Träume meistens nach Tagen, an denen er das Gefühl gehabt hatte, sein Leben nicht unter Kontrolle zu haben. Um solche Träume nicht zuzulassen, versuchte er, vor dem Einschlafen den Tag im Rückblick zu ordnen und unerledigte Sorgen zu beruhigen. Seit er Yoga entdeckt hatte, fiel es ihm ein wenig leichter, sein inneres Gleichgewicht zu halten. Er hatte sich vor längerem vorgenommen, an jedem Abend eine Stunde Zeit dafür zu finden. Das gelang ihm nur selten, eigentlich nie.

Träume hin, Träume her, der neue Tag war die neue Wirklichkeit und das Frühstück bei Frau Thann kein schlechter Anfang. Die Lokalzeitung für die Region zwischen Hannover und Deister steckte zusammengefaltet zwischen Kaffeekanne und Milchnäpfchen. Was war am Wochenende wichtig genug gewesen, um es den Lesern zum Morgenkaffee am Montag zu servieren? Was hatte die Menschen in der Stadt bewegt, während ich dem toten Kommissar Matuschek hinterhergelaufen bin? Welche Pläne haben die Leute für die kommende Woche?

Marder überflog die Überschriften:

28-Jähriger lebt monatelang neben Leiche ... Rentner im Auto eingeklemmt ... Kleingärten werden der Natur zurückgegeben ... Systemfehler lähmt Bankfiliale ...Keller läuft voll Wasser ... Barockmusik in der Kirche ... Landfrauen sind online ... Volkshochschule soll Arbeitslose schulen ... Einbrecher stehlen Leergut ... Polizei muss Mannschaften und Schiedsrichter schützen ... Bäume in der Nacht abgesägt ... Spannende Meisterschaften bei den Kreisschützen ... Waldkauz beschäftigt Feuerwehr ... Kneipp-Verein trifft sich zur Klönrunde ... Plakataktion gegen Hundekot ... Frau fährt mit 3,38 Promille Fahrrad.

Marder las die Überschriften der Artikel, verzichtete jedoch auf die Einzelheiten. Er blätterte weiter zur Seite mit den Familienanzeigen:

Wir freuen uns über die Geburt unseres Sohnes ... Unsere Kinder haben geheiratet ... Wir feiern Goldene Hochzeit ... Nach langer Krankheit entschlief friedlich ...

Das Leben von Anfang bis Ende, dachte Marder, in rechteckigen Kästchen nebeneinander, untereinander, übereinander. Freude, Trauer, Hoffnung. Einspaltig, mehrspaltig, normal, kursiv oder fett gedruckt. Marder konnte sich ein Leben ohne Zeitung nicht vorstellen. Die Meldungen in seinem Heimatblatt an der Unterelbe würden heute ebenso menschlich, überraschend oder trivial sein wie die im Vorland des Deisters.

Die Sonne hatte inzwischen den Herbstnebel ausgetrocknet, war über die Bäume geklettert und schien durch das Fenster auf Marders Frühstückstisch. Ihre Strahlen ließen das Geschirr auf dem Tisch aufleuchten. Marder stand auf und trug Teller und Tassen in die Küche. Frau Thann protestierte, wie an den Tagen zuvor:

»Sie sind ein zahlender Gast und nicht zu Mitarbeit verpflichtet.«

Marder ließ sich nicht beirren, für ihn gehörte das eigenhändige Abräumen des Geschirrs seit seiner Kindheit zum Ende jeder Mahlzeit. Seine Frau hatte sich schnell mit dieser Eigenart ihres Mannes angefreundet, war aber dankbar, dass er im Restaurant darauf verzichtete.

Im Büro der Kriminalpolizei bewegte sich an diesem Morgen noch nicht viel. Die Beamten waren dabei, sich das Wochenende abzugewöhnen. Der Duft von frischem Kaffee schwebte durch Flure und Zimmer, es roch wie in einer Tchibo-Filiale.

Nach einer kurzen, belanglosen Begrüßung durch Kommissar Volkert konzentrierte sich Marder auf die Akten, die Brenner für ihn auf dem Tisch in der Besucherecke seines Büros ausgebreitet hatte. Wenn man lange genug wartet, bleiben von einem Verbrechen, sogar von einem Mord, von Amts wegen nur ein paar Blätter Papier übrig, dachte Marder, dabei hat jede dieser Taten das Leben von Menschen dramatisch verändert, für manche zerstört. Er studierte eine Stunde lang die Biographien von Tätern, die Matuschek vor Gericht gebracht hatte, fand jedoch nichts, was ihn in Aufregung versetzte.

Die meisten Fälle lagen mehrere Jahre zurück. Marder fand keinen Anhaltspunkt dafür, warum gerade jetzt einer der Täter, die der tote Kommissar überführt hatte, zu einem Rachefeldzug gegen Matuschek aufgebrochen sein sollte.

Einige Ermittlungen, für die Matuschek zuständig gewesen war, waren noch nicht abgeschlossen. Matuschek hatte bis zum Schluss an diesen Fällen gearbeitet und sie bei seiner Pensionierung an Brenner übergeben. Seit dem letzten Arbeitstag des Kommissars gab es keine neuen Tötungsdelikte, die Ausnahme war eventuell das an Matuschek selbst.

Marder beendete das Studium der Dokumente und setzte sich an die Besucherseite von Brenners Schreibtisch.

»Kommissar Matuschek hat Ihnen einige ungelöste Fälle hinterlassen. Können Sie sich vorstellen, dass einer dieser Vorgänge etwas mit dem Tod des Kommissars zu tun hat?«

Brenner hob die Augenbrauen.

»Das kann ich natürlich nicht ausschließen, aber ich glaube nicht daran. Matuschek war in keinem dieser Fälle nahe daran, einen Schuldigen zu fassen. Außerdem war er bereits im Ruhestand, als er umgekommen ist und daher kaum noch eine Gefahr für einen Täter. Wenn einer von ihnen glaubte, die Polizei wäre ihm auf den Fersen, dann hätte er eher mich umbringen sollen.«

»Herr Brenner, wie detailliert hatte Matuschek Sie in diese Vorgänge eingeweiht, als er noch im Dienst war? Haben Sie in den Wochen und Monaten vor seiner Pensionierung gemeinsam daran gearbeitet?«

Brenner schwieg ein paar Sekunden, als wollte er sicher sein, nichts Falsches zu sagen.

»Matuschek hat im Allgemeinen allein gearbeitet, das war so seine Art. Er hat die meisten Fälle still und leise gelöst und mir lediglich die Ergebnisse mitgeteilt, wenn die Untersuchungen abgeschlossen waren. In die laufenden Vorgänge hat er mich erst einbezogen kurz bevor er in den Ruhestand ging und er sie mir notgedrungen übergeben musste. Erst von da an kannte ich sie in allen Einzelheiten.«

»Das hat Ihnen die Arbeit nicht unbedingt leicht gemacht. Es wäre für Sie bestimmt einfacher gewesen, wenn Sie von Anfang an den Fällen mitgearbeitet hätten.«

»Da haben Sie sicher recht, Herr Kommissar. Aber ich musste Matuschek so nehmen wie er war. Er war mein Vorgesetzter, und den kann man sich schließlich nicht aussuchen. Übrigens, er hat mich bei seinem Abschied wissen lassen, dass er im Ruhestand so wenig wie möglich durch Nachfragen gestört werden wollte. Daran habe ich mich gehalten, obwohl mir dadurch die Arbeit in einigen Fällen nicht leichter wurde.«

Jetzt kommen wir voran, dachte Marder, ganz problemlos war die Beziehung zwischen Matuschek und Brenner offensichtlich nicht gewesen. So wie es aussieht, war Brenner nur seiner offiziellen Arbeitsplatzbeschreibung nach Matuscheks engster Mitarbeiter gewesen.

»Herr Brenner, Sie sagten gestern Abend, dass Kommissar Matuschek Sie in Ihrer Arbeit unterstützte, wo er konnte. Kann ich daraus schließen, dass es Gelegenheiten gab, wo das nicht der Fall war?«

»Wie soll ich das beantworten? Also... Herr Matuschek war ein bisschen altmodisch, das wissen hier alle, aber niemand hat ihm das besonders übel genommen. Manche fanden es sogar charmant. Wie ich gestern schon gesagt habe, war er ja meistens bei seinen Ermittlungen erfolgreich. Ich denke aber, er hat sich zu lange gegen neue Techniken gewehrt. Das hat uns allen im Dezernat die Arbeit nicht leichter gemacht. Vielleicht hätten wir manchen Fall, mit dem ich mich noch herumschlage, schon gelöst, wenn wir von Anfang an mit allen technischen Hilfsmitteln daran gearbeitet hätten.«

»Können Sie mir ein Beispiel geben, wie Sie das meinen?«

»Wir hätten längst die neuen Computer einsetzen sollen. Es gibt zum Beispiel neue Software, die die Zusammenarbeit mit den anderen Dezernaten im Land schneller und effizienter macht. Die ließ sich auf den älteren Computern, die wir unter Matuschek noch benutzten, nicht verwenden.«

Brenner war aufgestanden und hatte sich der Kaffeemaschine an einem Seitentisch zugewandt. Er goss sich eine Tasse ein und stellte sie dann ohne daraus zu trinken auf dem Fensterbrett ab. Er schien froh zu sein, sich mit etwas beschäftigen zu können, während er seinen früheren Vorgesetzten kritisierte.

»Der PC auf Ihrem Tisch scheint ein ziemlich neues Modell zu sein, soweit ich das beurteilen kann, obwohl ich kein Experte in Bezug auf Computer bin. Ich vermute, dieser Raum war das Büro von Matuschek.«

»Das ist richtig«, antwortete Brenner. »Dieses Gerät stand schon seit einiger Zeit im Lagerraum. Matuschek hat es einfach ignoriert. Er wollte sich nicht mehr an ein neues Modell gewöhnen. Ich habe es mir aufstellen lassen, nachdem ich in dieses Zimmer eingezogen bin.«

Ein Lächeln spielte um Brenners Mundwinkel. Den Umzug in das größere Büro seines ehemaligen Vorgesetzten empfand er offensichtlich als eines der wenigen Erfolgserlebnisse in seiner Laufbahn bei der Kriminalpolizei.

»Matuscheks liebstes Arbeitsgerät war sowieso seine Aktentasche, in der er seine Fälle mit sich herumtrug. Die Kollegen haben manchmal gelästert, er brüte sie in der Tasche aus wie eine Henne ihre Eier im Nest.«

Marder ging zum Besuchertisch zurück und kramte in den Akten, als suche er etwas Bestimmtes. Er hatte sich eine weitere Tasse Kaffee eingeschenkt. Beiläufig, als wolle er nur die Zeit überbrücken, bis er mit dem Kaffee fertig war, fragte er Brenner, was sich aus seiner Bekanntschaft mit Anja Matuschek ergeben hatte. Ob er sie nach ihrer Unterhaltung während des »Open House« im Dezernat wiedergesehen hatte?

Brenner räusperte sich zweimal, bevor er auf die Frage antwortete.

»Also, wenn Sie es unbedingt wissen wollen, ich habe sie ein paar Tage später angerufen, und wir haben uns in einem Bistro verabredet. Wie gesagt, ich fand sie zuerst ziemlich attraktiv. Ich habe danach aber schnell festgestellt, dass sie nicht mein Typ war, sie ist eine oberflächliche Person und ganz und gar auf ihr Äußeres fixiert.«

»Das würden nicht alle Männer so negativ sehen, ich kenne einige, für die ist das Aussehen wichtiger als der Charakter. Und Charakter ist sowieso Ansichtssache.« Marder verzog keine Miene, er ließ offen, ob das nur so dahingesagt oder seine fundamentale Meinung war. »Haben Sie eigentlich Matuschek gesagt, dass Sie sich mit Anja treffen wollten oder sich mit ihr getroffen hatten?«

»Mein Treffen mit Anja war meine private Angelegenheit. Es wäre mir nie in den Sinn gekommen, mit Matuschek über mein Privatleben zu reden.«

17

Marder hielt die Erfindung von Stehcafés für einen fundamentalen Fortschritt in der Geschichte der Menschheit. Stehcafés hatten in den letzten Jahren die Einkaufsstraßen der Städte erobert und Männern den Spaß am Einkaufsbummel mit ihren Ehefrauen zurückgegeben. Auch in Barsinghausen machte jede der vier oder fünf Bäckereien in der Fußgängerzone ihren Kunden eine eilige Tasse Kaffee möglich. Als diese Läden ursprünglich eingerichtet wurden, waren sie nicht als Kaffee-Ausschank geplant, aber dem Druck der Straße folgend, hatten die Bäcker den notwendigen Platz für einen Kaffeeautomaten gefunden und ein paar Bistrotische in eine Ecke gestellt.

Marder konnte der Versuchung des Aromas von frisch gebrühtem Kaffee aus zwei Stehcafés widerstehen, beim dritten brach sein Widerstand zusammen. Der Geruch von knusprigen Brötchen blies aus einem elektrischen Backofen und füllte den Laden mit goldbraunem Duft. Marder war überrascht. Eine Bäckerei mit identischer Ausstattung und gleichem Namen gab es auch in Stade. Er glaubte bisher, dass dieses Geschäft einem lokalen Bäckermeister gehörte. Nun war er enttäuscht: Es war lediglich die Niederlassung einer überregionalen Backwaren-Kette.

Marder ließ sich einen großen Pott Kaffee und ein Stück Mohnstrudel geben… vom Tag zuvor, das unter dem Motto »Gutes von gestern, heute zur Hälfte« angeboten wurde. Er war sich ganz sicher, dass Mohnstrudel am zweiten Tag noch genauso frisch war wie am ersten und freute sich, 65 Cent gespart zu haben. Das würde heute als Mittagessen genügen. Es gab Tage, an denen er auf eine richtige Mahlzeit zwischen Frühstück und Abendessen verzichtete. Ein Stück Kuchen zwischendurch half ihm über die Zeit der Enthaltung hinweg.

An den Bistrotischen neben ihm stand eine Gruppe von älteren Männern und Frauen, die sich einem späten zweiten Frühstück widmeten. Sie waren nicht in Eile. Sie lagerten dort, als Marder eingetreten war, und machten keine Anstalten, aufzubrechen, als er eine halbe Stunde später das Geschäft verließ. Zum Kaffee verzehrten sie Backwerk. Ihre Unterhaltung drehte sich um ihre Krankheiten und um die Ärzte, von denen sie behandelt oder, wie sie meinten, misshandelt wurden. Jeder der Teilnehmer in der Kaffeerunde war mit den Leiden der anderen vertraut, und sie gaben sich gegenseitig Ratschläge für alternative Heilmethoden. Die Verkäuferin hinter der Theke wusste ohne Aufforderung, wann es der richtige Moment war, Kaffee nachzuschenken.

In ein paar Monaten, dachte Marder, werde ich meine Freizeit auch mit Gruppentherapie in Stehcafés verbringen. Dieser Gedanke erschreckte ihn nicht besonders, er fragte sich allerdings besorgt, warum ihn dieser Gedanke nicht erschreckte.

In der Innenstadt waren nur wenige Käufer unterwegs, die meisten Geschäfte hatten für die Mittagspause geschlossen. Da er es nicht eilig hatte, schaute er sich die Fassaden der Häuser an. Es gab nur wenige Gebäude aus der Zeit vor dem Krieg, noch weniger Fachwerkhäuser aus früheren Jahrhunderten. Marder vermutete, dass die Fußgängerzone vor ungefähr einem Vierteljahrhundert angelegt worden war. Hier musste früher die Dorfstraße gewesen sein. Heute reihten sich Bistros, Schuhgeschäfte, Geschenk-Boutiquen, Bäckereien, Metzgereien, Apotheken und Restaurants aneinander. Die Filialen von zwei Großbanken und die Stadtsparkasse kümmerten sich um die Konten und Finanzen der Bürger. Fünf oder sechs private Telefongesellschaften hatten ihre Handy-Shops eröffnet, ihre Architektur entsprach den Design-Standards der jeweiligen Unternehmen. Blumen, Bäume und Kunst lockerten das kommerzielle Ambiente auf. Außer den Bäckereien und Metzgereien gab es nur wenige Lebensmittelgeschäfte, die hatten gegen die kostenlosen Parkplätze vor den Supermärkten in den Gewerbegebieten der Stadt nicht bestehen können. Auch die großen Drogerieketten hatten sich im Herzen des Ortes versammelt und machten sich mit Sonder-, Billigst- und Superangeboten Konkurrenz. Marder überlegte sich, was er antworten würde, wenn ihn jemand nach dem Besonderen dieser Stadt fragen würde. »Es ist eine Stadt am Hang. Es geht dort bergauf oder bergab, je nachdem, ob man von oben oder von unten schaut.«

Marder hatte sich für den frühen Nachmittag bei Vera Matuschek angesagt. Auf dem Weg dorthin kam er wieder an dem See vorbei, in dem Matuschek ertrunken war. Auch hier herrschte Mittagsruhe, nur eine ältere Dame fütterte Tauben und Enten. Marder setzte sich auf eine Bank und schaute ihr zu. Hatte auf dieser Bank auch Matuschek gesessen? Vielleicht hatte auch er die Vögel gefüttert? Warum ist er in diesem harmlosen Teich ums Leben gekommen?

Auf dieser Bank würde er die Antwort nicht finden. An diesem See hatte sich nur der letzte Akt einer tragischen Geschichte abgespielt. Das Drehbuch musste er woanders suchen.

Er kramte sein Telefon aus der Jackentasche und rief seine Frau an. Es gab keinen besonderen Grund dafür, er wollte nur ihre Stimme hören. Er versicherte ihr, dass er in dem Fall am Deister zügig vorankäme. Er hoffe, ihn spätestens am Ende der Woche gelöst zu haben. Am Wochenende würde er wieder zu Hause sein. Marder wollte sie nicht absichtlich in die Irre führen, aber er wusste nicht, wie er sonst seine Ratlosigkeit verbergen sollte. Iris sagte, sie vermisse ihn.

Dann rief er Erich Falkenberg an und teilte ihm das Gegenteil mit. Er ließ ihn wissen, dass die Untersuchung um den Tod des ehemaligen Kollegen Matuschek sehr schwierig sei. Vor allem hätte er bisher kein Motiv für ein gewaltsames Ende des Kommissars entdecken können. Er könne nicht abschätzen, wie lange es dauern würde, den Mörder zu finden, wenn es denn einen gab. Erich antwortete, er solle sich alle Zeit nehmen, die er brauche.

»In Stade sind im Moment die Verbrecher nicht aktiv und du wirst daher nicht vermisst.«

Marders Gedanken drehten sich im Kreis. Stand er davor, einen Fall zu lösen oder würde die Sache ohne Ergebnis im Sande verlaufen?

Er ging zu Frau Matuschek.

Sie trug wieder ein schwarzes Kleid, das mehr modischen Chic als Trauer ausstrahlte. Es war ein anderes als das, das sie bei seinem ersten Besuch getragen hatte. Sie hatte sich auf seinen Besuch vorbereitet, das spürte er, als er ihr Haus betrat. In der Wohnung schien alles genau dort zu stehen oder zu liegen, wo es hingehörte. Sie ist keine Frau für Zufälle, dachte Marder, alles, was sie tut, geschieht mit Berechnung.

»Herr Kommissar, wie steht es um die Beisetzung meines Mannes? Sind Ihre Leute inzwischen mit den Untersuchungen fertig?«

»Heute Abend, spätestens morgen früh, werden die Ergebnisse vorliegen, ich gehe davon aus, dass dann die Leiche Ihres Mannes freigegeben wird. Natürlich nur, wenn nichts Unerwartetes dabei herauskommt.«

Falkenberg hatte ihm bereits am Telefon mitgeteilt, dass am und im Körper von Matuschek keine Anzeichen für eine unnatürliche Todesursache gefunden worden waren. Man könne lediglich mit Sicherheit sagen, dass er ertrunken sei, aber das sei ja nichts Neues. Die Leiche könne jederzeit beerdigt oder verbrannt werden. Marder hatte sich entschieden, Vera Matuschek darüber noch nicht zu informieren.

»Frau Matuschek, ich habe erfahren, dass es in Ihrem Haus am Tag vor dem Tod Ihres Mannes laut zugegangen sein soll. Die Familie hätte sich gestritten.«

Hoffentlich fragt sie mich nicht, wer mir das erzählt hat, dachte Marder. Dann müsste ich ihr förmlich mitteilen, dass ich Informationsquellen in einer laufenden Untersuchung nicht offenlegen kann. Das wäre jedenfalls intelligenter, als zuzugeben, dass ich mich auf Gerüchte beziehe, die ich von der Wirtin meiner Pension gehört habe.

Zu seiner Überraschung antwortete Vera, ohne seine Behauptung in Frage zu stellen.

»Das kommt schließlich in allen Familien vor, dass man sich gelegentlich die Meinung sagt. Ich hatte bisher nur nicht gedacht, dass wir damit zur Unterhaltung unserer Nachbarn beitragen.«

»Was war der Grund für den Streit an diesem Tag, und wer war dabei?«

Vera zog ihre Stirnfalten zusammen und betrachtete ihre Fingernägel mit großem Interesse.

»Tja… soweit ich mich erinnern kann, waren Bertram und Anja an diesem Tag hier. Wir haben uns über die Zeit unterhalten, als die Kinder noch zu Hause wohnten, und dabei hatten wir unterschiedliche Erinnerungen an die eine oder andere Sache. So etwas geschieht doch nicht nur bei uns. Wissen Sie, Bertram erregt sich bei solchen Diskussionen manchmal, und möglicherweise sind wir dann alle etwas zu laut geworden. Wir wohnen hier ja direkt am Hang, da hallen die Stimmen stärker und weiter als unten im Ort. Bei dem Tratsch und Klatsch der Nachbarn wird der kleinste Streit jedes Mal ein bisschen mehr aufgeblasen, wenn er weitererzählt wird.«

»Das letzte Mal haben Sie mir erzählt, dass es bei Ihnen zu Hause sehr friedlich zuging. Wie kann es dann bei einer Unterhaltung so laut werden, dass die Leute um Sie herum mithören?«

Vera hatte auf ihren Nägeln immer noch nicht gefunden, was sie suchte.

»Wie ich eben schon gesagt habe, gab es ein paar Dinge, bei denen wir nicht alle einer Meinung waren, Herr Kommissar, und wo jeder auf seiner Sicht der Dinge bestanden hat, das kennen Sie doch sicher von sich zu Hause?«

Da hat sie recht, dachte Marder. Es gab auch in seiner Familie den einen oder anderen erregten Wortwechsel, wenn Iris und er vom Gegenteil überzeugt waren. Er achtete allerdings darauf, dass in solchen Momenten die Fenster geschlossen waren.

»Das will ich nicht abstreiten, aber trotzdem würde ich gern genauer wissen, worum es in der Diskussion ging.«

»Es war eigentlich gar nichts Besonderes. Ich habe mich mit den Kindern über ihre Arbeit unterhalten und wie sie in ihren Berufen weiterkommen. Wissen Sie, wir haben viel in ihre Erziehung und Ausbildung investiert, und ich bin der Meinung, beide haben bisher nicht genug daraus gemacht. Sie könnten in ihren Berufen schon weiter sein. Das zu sagen, steht mir als Mutter doch wohl zu?«

Marder ignorierte die Frage. Müttern steht vieles zu, aber es ist nicht immer klug, darauf zu bestehen.

»Sah Ihr Mann das genauso?«

»Na ja, meinen Mann hat das Thema nicht sonderlich interessiert. Um die Kinder habe ich mich über die Jahre mehr gekümmert als er. Ihm war es nicht so wichtig, was Bertram und Anja machten, er hatte ja seinen eigenen Beruf.«

»Aber er hat die Kinder doch bestimmt nicht ignoriert?«

»Ignoriert wäre übertrieben, aber wenn er von der Arbeit nach Hause kam, hat er meistens den Fernseher angemacht oder weiter an seinen Fällen gearbeitet, er brachte sie ja immer in seiner Aktentasche aus dem Büro mit. Außerdem hat er früher an den Wochenenden oft bei den Übungen der Feuerwehr mitgemacht, und danach hat er mit Herrn Wotowski und den anderen noch ein paar Bier getrunken und ist erst spätabends nach Hause gekommen. Da war er dann meistens zu müde, um sich noch über die Kinder zu unterhalten.«

»Heißt das, dass er im Großen und Ganzen sein eigenes Leben geführt hat?«

»Das stimmt schon, wenn man es so sehen will. Seine Arbeit war ihm, neben der Feuerwehr, sehr wichtig, und wenn ich ihn nach Einzelheiten gefragt habe, hat er geantwortet, dass er über laufende Ermittlungen nichts sagen dürfe, auch nicht in der Familie. Dafür habe ich natürlich Verständnis haben müssen.«

Vera hatte sich Marder zugewandt. Sie schien erleichtert zu sein, offen über ihre Ehe und ihren Mann sprechen zu können. Sie hatte ihre Fingernägel jetzt vergessen. Marder schaute sie aufmunternd an. Er hatte das Gefühl, irgendetwas fehlte in den Erzählungen von Vera Matuschek.

»Sonst gab es nichts, worüber Sie sich an dem Abend gestritten haben?«

»Nein, Herr Kommissar, was anderes fällt mir nicht ein.«

»Sind Sie sicher?«

»Ganz sicher.«

»Hatten Sie und ihr Mann gemeinsame Interessen, Frau Matuschek?«

»Früher, als die Kinder noch klein waren, haben wir Ausflüge gemacht und sind zusammen im Urlaub an die See gefahren. Aber das wurde über die Jahre immer seltener. Wir hatten nicht sehr viele gemeinsame Freunde. Soweit mir bekannt ist, hatte Alfred auch im Büro keine intensiven persönlichen Kontakte. Es war ihm, wie ich schon gesagt habe, das Wichtigste, sich auf seine Arbeit zu konzentrieren. Ich habe ihm früher immer Brötchen mitgeben müssen, die er zu Mittag an seinem Schreibtisch gegessen hat.

Dabei wäre es bestimmt für seine Beziehungen zu den Kollegen und Vorgesetzten besser gewesen, wenn er mit Ihnen gemeinsam Mittag gemacht hätte. Als ich ihn darauf angesprochen habe, wollte er nicht darüber reden. Weil ihm das Thema unangenehm war, hat er sich danach die Brötchen immer selber geschmiert. Das hört sich für Sie vielleicht alles etwas merkwürdig an, aber so war es eben, Herr Marder.«

Marder spürte, dass Vera Matuschek in ihrer Meinung über ihren Mann bestätigt werden wollte.

»Ich hatte während meiner Zusammenarbeit mit Ihrem Mann den Eindruck, dass er ein Mensch mit starken Überzeugungen war, mit dem es sich schwer diskutieren ließ.«

Vera lächelte dankbar. »Ich habe am Anfang versucht, ihn fürs Tennisspielen zu interessieren, aber er wollte das nicht. Er hätte auch nicht so sparsam sein müssen, wie er es war. Ich habe ihm oft gesagt, er soll etwas mehr in seine Kleidung investieren.«

Marder schaute an sich herab und befürchtete, den Ansprüchen von Vera Matuschek in Bezug auf Modebewusstsein ebenfalls nicht zu genügen.

»Herr Kommissar, ich weiß gar nicht, warum ich Ihnen das erzähle, das alles hat nichts mit dem Tod meines Mannes zu tun. Und außerdem, es heißt doch, über Tote soll man nicht schlecht reden.«

Marder stellte fest, dass er seine Arme vor der Brust verschränkt hatte. Pass auf deine Körpersprache auf, sagte er leise zu sich selbst, laut sagte er:

»Unsere Polizeipsychologen würden sagen, Sie sollten offen über die Vergangenheit sprechen, damit es Ihnen leichter wird, die Zukunft zu akzeptieren.«

»Komisch, dass Sie das sagen. Etwas Ähnliches hat auch ein Bekannter von mir gesagt. Er meinte, ich müsse mit meinem früheren Leben aufräumen, um mich auf die Zeit danach einzustellen.« Vera war leicht verlegen, ihre Wangen gerötet.

»Das hört sich gut an. Wie heißt dieser Freund?« fragte Marder schnell. Er wollte nicht, dass Vera Matuschek über die Frage nachdachte.

»Christian Neuberger. Wir spielen in der letzten Zeit öfter Doppel miteinander. Er ist zurzeit auf Geschäftsreise im Mittleren Osten.«

Marder fragte sich, bei welcher Gelegenheit Herr Neuberger diese Weisheit verkündet hatte. Vielleicht würde er bei einem späteren Gespräch mit Vera darauf zurückkommen.

»Wissen Sie, ob Ihr Mann eine Armbanduhr trug?«

»Soweit ich weiß, besaß er nicht einmal eine. Ganz früher, kurz nach unserer Hochzeit, hatte ich ihm einmal eine geschenkt. Die hat er irgendwann bei einem Feuerwehreinsatz verloren, und er hat nie eine neue haben wollen. Ich habe mich manchmal gewundert, wie er bei seiner Arbeit ohne Uhr auskam. Er hatte halt seine Eigenheiten, von denen er sich nicht abbringen ließ. Er hat immer gesagt, er wolle sich nicht von der Zeit abhängig machen, genauso wenig wie von Menschen.«

»Eine letzte Frage, Frau Matuschek. Konnte Ihr Mann eigentlich schwimmen?«

»Nein, Herr Kommissar, das hat er nie gelernt und war sogar stolz darauf. Wie schon gesagt, er hatte für Sport überhaupt nichts übrig.«

18

Am späten Nachmittag schien das Wetter über dem Deister seine gute Laune zu verlieren. Herbstnebel schob sich von den Feldern die Hänge hinauf und vereinigte sich mit dem feuchten Dunst, der von den Höhen ins Tal sank. Marder fühlte eine kalte Nässe in seinen Körper sickern, gegen die man sich weder mit Schirm noch mit Kleidung schützen konnte. Es war dunkel geworden. Die Natur kam ihm feindlich und abweisend vor, selbst Bertram würde an einem solchen Tag nicht durch den Wald streichen. Die Eingangstür des Mietshauses, in dem Bertram wohnte, war nicht verschlossen, im Flur gab eine nackte Glühbirne freudloses Licht, es roch nach feuchtem Kalk. Die Farbe schien sich nur mit Mühe an die Wand zu klammern, an einigen Stellen war sie bereits abgeblättert.

Komisch, dachte Marder, wie einen das Wetter beeinflusst. Bei meinem ersten Besuch hier habe ich davon nichts bemerkt. Er klingelte an Bertrams Wohnungstür.

»Ach, Sie sind es wieder, was wollen Sie denn dieses Mal? Herr Kommissar, ich dachte, wir wären miteinander fertig.«

»Noch nicht ganz«, antwortete Marder. »Darf ich hineinkommen?«

»Ich bin gerade dabei, an meiner Buchhaltung zu arbeiten, dabei möchte ich eigentlich nicht gerne gestört werden. Aber ich vermute, Sie lassen sich nicht wegschicken. Dann kommen Sie halt herein.«

Bertram machte heute keinen Vorschlag für einen gemeinsamen Spaziergang im Wald. Marder wäre ohnehin nicht darauf eingegangen, er wollte sehen, wie der junge Mann lebte.

Bertram führte Marder durch ein Wohnzimmer, in dem Kleidungsstücke, Zeitschriften, gebrauchtes Einweggeschirr aus Plastik und andere Gegenstände des täglichen Gebrauchs ohne sinnvolle Ordnung durcheinander lagen. Einen Nebenraum hatte Bertram als Büro eingerichtet. Stapel von Papier und geöffnete Aktenordner verteilten sich über die Möbel. Marder registrierte den Wirrwarr, verkniff sich eine Bemerkung darüber – er erinnerte sich daran, dass auch sein Sohn auf dem Weg zum Erwachsenwerden zwei Jahre lang nach den Regeln der Chaos -Theorie gelebt hatte. Allerdings hatte er diesen Zustand in dem Alter, in dem sich Bertram heute befand, längst hinter sich gelassen.

»Ich hätte nicht gedacht, dass Sie als Forstbeamter nebenher Buchhalter sein müssen.«

»Die Buchhaltung, über der ich im Moment sitze, hat nichts mit meinem Beruf zu tun. Sie ist meine private Angelegenheit. Zum Ende meines Studiums hatten sich ein paar Schulden angehäuft, die muss ich jetzt Monat für Monat abzahlen. Deswegen brauche ich eine ständige Kontrolle über meinen Kontostand bei der Bank.«

»Als Beamter beim Forstamt haben Sie doch ein festes Gehalt und können sich auf Ihr monatliches Einkommen verlassen.«

»Ja, das kann ich, aber mein Problem ist nicht mein Einkommen, sondern es sind meine Schulden, Herr Kommissar. Leider ist das so. Meine Eltern haben mich während meines Studiums mit einem monatlichen Betrag unterstützt, der hielt sich allerdings in ziemlich engen Grenzen.«

»Haben Sie deswegen länger bei Ihren Eltern gelebt, als Sie es eigentlich wollten?«

»Ja, das Geld, das sie mir gaben, reichte nicht aus, um mir eine Studentenbude in der Stadt zu leisten, was die meisten meiner Freunde an der Uni konnten. Deswegen musste ich leider während des Studiums zu Hause wohnen. Ich wollte auch keinen Nebenjob an einer Tankstelle oder in einem Supermarkt oder so was Ähnliches annehmen, ich wollte mich auf mein Studium konzentrieren. Sonst hätte ich noch länger zu Hause leben müssen.«

Bertram nahm einen Kugelschreiber und machte einen entschiedenen Strich durch eine Zahlenkolonne auf einem Blatt Papier, als wollte er damit eine Erinnerung aus seinem Gedächtnis streichen.

»Um mir überhaupt etwas leisten zu können, was über das nackte Überleben hinausging, wie zum Beispiel eine kleine Urlaubsreise oder einen gebrauchten Kleinwagen in den letzten Semestern, habe ich einen Kredit bei einer Bank aufgenommen. Es wird noch eine Weile dauern, bis ich diese Schulden abgezahlt habe. Ich kann mir nicht erlauben, eine monatliche Abzahlung zu verpassen, die Bank ist nicht an meiner persönlichen Situation interessiert.«

»War Geld der Grund für den Streit mit Ihren Eltern an dem Tag bevor Ihr Vater gestorben ist?«, wollte Marder wissen.

Bertram sah ihn erschrocken an.

»Was wissen Sie darüber? Das ist eine Sache, die nur die Familie betrifft, die geht niemanden etwas an.«

»Dann hätten Sie diese »Familiensache« nicht so laut diskutieren sollen, dass die Nachbarn mithören konnten.«

Bertram wurde verlegen, er blickte mit hoher Konzentration auf seine Hände.

Wie die Mutter, dachte Marder, beide schauen auf ihre Hände, wenn sie Zeit brauchen, um zu überlegen. Die Hände von Mutter und Sohn unterschieden sich deutlich dadurch, dass sich schwarze Walderde unter den Fingernägeln von Bertram festgesetzt hatte, während Veras Hände blitzsauber gewesen waren, die Fingernägel angenehm unaufdringlich rot lackiert.

»Herr Kommissar, es war nichts Dramatisches. Ich habe meinen Vater gefragt, ob er mir bei der Abzahlung meiner Schulden helfen würde. Schließlich war er gerade in den Ruhestand gegangen und durch seine Pension war er finanziell ohne Sorgen. Vor allem, wenn man bedenkt, dass das Haus meiner Eltern voll abbezahlt ist und wegen seiner guten Lage am Hang einen Spitzenpreis bringen wird, wenn es einmal verkauft werden muss.«

»Und wie hat Ihr Vater reagiert, als Sie ihn gebeten haben, Ihnen finanziell zu helfen?«

»Er meinte, gerade im Alter brauche er Rücklagen. Wenn er und meine Mutter einmal in ein Pflegeheim müssten, sollte es etwas Besseres sein. Für zwei Personen würde seine Pension dazu nicht ausreichen. Dann hat er noch gesagt, er hätte im Moment kein Geld flüssig, weil er einen ziemlich hohen Betrag an Herrn Wotowski verliehen habe und nicht wisse, wann der seine Schulden zurückzahlen würde. Das mit dem Wotowski wusste ich zwar, weil ich mal den Vertrag zufällig auf dem Schreibtisch von meinem Vater gesehen hatte, aber ich war mir ziemlich sicher, dass er nicht wirklich Sorge um sein Geld haben musste.«

Während er sprach, hatte Bertram seine Hände zu Fäusten geballt. Bevor er weiterreden konnte, klingelte das Telefon. Er nahm den Hörer ab, wandte sich zum Fenster und ließ den

Anrufer sprechen. Ehe er unvermittelt auflegte, hörte Marder ihn sagen, er würde wieder zurückrufen, da er im Moment einen Besucher und deswegen keine Zeit hätte, es wäre nicht seine Schuld, dass es so weit gekommen sei.

»Das war mein Vermieter. Der hat nicht schlecht getobt, weil ich die Mietzahlungen um fünfzehn Prozent gekürzt habe. Daran hat er aber selbst Schuld, seit einem halben Jahr sage ich ihm, dass an der Decke im Badezimmer nasse Schimmelflecken sind. Jeder weiß, dass feuchte Wände krank machen können. Er muss etwas dagegen tun, schließlich ist er als Vermieter für solche Reparaturen verantwortlich und nicht ich als Mieter. Wer nicht hören will, muss eben fühlen. Vielleicht tut er nun endlich was.«

»Ich hoffe, Sie haben mit einem Anwalt gesprochen, bevor Sie eigenständig die Miete heruntergesetzt haben, Herr Matuschek. Aber das ist Ihre Sache. Ich möchte Sie fragen, warum Sie so unglücklich darüber waren, während Ihres Studiums bei Ihren Eltern wohnen zu müssen. Sie haben bei unserer letzten Unterhaltung gesagt, dass es bei Ihnen zu Hause harmonisch und liebevoll zuging und Sie und Ihre Schwester sich umsorgt gefühlt haben. Oder habe ich das missverstanden?«

»Vielleicht habe ich etwas übertrieben. Ich kannte Sie da noch nicht und einem Fremden erzählt man nicht gern private Dinge. Solange meine Schwester und ich klein waren, ging es bei uns zu Hause tatsächlich ziemlich friedlich zu. Erst als ich älter wurde, merkte ich, dass es zwischen meinen Eltern gelegentlich Probleme gab. Das habe ich am Anfang nicht so ernst genommen, als Kind akzeptiert man seine Eltern halt so, wie sie sind.«

»Woran haben Sie bemerkt, dass es zwischen Ihren Eltern Schwierigkeiten gab?«

»Irgendwie war die Stimmung im Haus nicht mehr so locker wie früher. Es gab Zeiten, in denen meine Eltern nicht viel miteinander geredet haben. Das passierte in den letzten Jahren immer öfter. Ich will nichts beschönigen, aber es war keineswegs so, dass wir Kinder darunter täglich gelitten haben. Trotzdem hatten meine Schwester und ich den Wunsch, so früh wie möglich selbständig zu werden und von zu Hause auszuziehen. Jedenfalls glaube ich, dass es meiner Schwester auch so ging wie mir, obwohl wir darüber nicht ausdrücklich gesprochen haben. Damals habe ich mir angewöhnt, alleine in den Wald zu gehen, da hatte ich Ruhe und konnte über alles nachdenken. Mit meinen Eltern war…«

Wieder klingelte es, dieses Mal an der Haustür. Bertram hatte noch etwas sagen wollen, aber das Klingeln riss ihn aus seinen Gedanken, er beendete den Satz abrupt. Er ging an die Tür und kehrte mit einer Dose Cola und einer Pizzaschachtel ins Zimmer zurück. Die heiße Pizza verströmte den Duft von Knoblauch und … und … Marder kam nicht darauf, was es sein könnte. Auf jeden Fall roch es köstlich und erinnerte ihn daran, dass er seit dem Besuch im Stehcafé in der Stadt nichts gegessen oder getrunken hatte. Ein Hungeranfall überkam ihn. Bertram machte keinen Versuch, ihm etwas anzubieten. Marder war kurz versucht, Bertram zu fragen, ob sie sich die Pizza gegen einen Kostenbeitrag teilen könnten. Er unterließ es, so etwas gehörte sich nicht für einen Kriminalkommissar während einer Befragung in einem ungeklärten Todesfall.

Bertram legte die Pizza auf die Rücklehne des Sofas zwischen Kontoauszüge und Formulare des Forstamts. Essen wird er sie später, wenn dieses Gespräch vorbei ist und er seine Mahlzeit ohne lästigen Frager genießen kann, dachte Marder.

»Herr Matuschek, Sie waren gerade dabei, über Ihre Familie zu erzählen. Bitte fahren Sie fort. Ich schnüffele nicht in Ihrem Leben herum, weil ich neugierig bin, sondern weil ich den Auftrag habe, den Tod Ihres Vaters aufzuklären. Deswegen muss ich so viel wie möglich von seiner Vergangenheit wissen.«

Bertram atmete tief ein, tief aus, noch einmal tief ein und blickte erneut auf seine Hände. Er fühlte sich offensichtlich in die Ecke gedrängt und überlegte sich, wie er da ohne Schaden herauskam.

»Herr Kommissar, ich möchte nicht missverstanden werden. Ich sage ausdrücklich noch einmal, dass wir keine schlechte Kindheit hatten. Mein Vater hat eben keine enge Bindung zu uns Kindern gesucht. Er war sehr sparsam und hat uns ziemlich kurz gehalten in Bezug auf Taschengeld und so. Um unsere Erziehung und Ausbildung hat sich in erster Linie unsere Mutter gekümmert. Sie hat oft über die Berufe und die Karrieren gesprochen, die sie sich für uns vorstellte und was sie alles dafür getan hat. Es ist ihr sehr wichtig, dass wir es im Leben zu etwas bringen. Ich will nicht bestreiten, dass sie uns damit gelegentlich unter Druck gesetzt hat. Aber sie hat es bestimmt gut gemeint.«

»Glauben Sie, dass Ihre Schwester darüber genauso denkt wie Sie?«

»Ich denke schon. Wir haben uns über solche Dinge nicht oft unterhalten. Wir sind trotzdem gut miteinander ausgekommen. Ich will damit nicht behaupten, dass wir ein Herz und eine Seele waren. Wir waren halt Geschwister, aber wir hatten unterschiedliche Interessen, sie hatte ihre Freunde und ich hatte meine.«

»Ich habe es Sie schon gefragt, aber ich frage Sie noch einmal, Herr Matuschek. Halten Sie es für möglich, dass Ihr Vater Selbstmord begangen hat?«

»Was erwarten Sie eigentlich von mir? Ich habe doch gesagt, dass ich mir das nicht vorstellen kann. Dazu hatte er überhaupt keinen Anlass. Aber mein Vater ließ sich von keinem Menschen in die Seele schauen. Ich habe, ehrlich gesagt, wenig Ahnung davon, was er wirklich gedacht und gefühlt hat.«

Bertram wurde unwirsch. Er verschränkte seine Arme vor der Brust, die Querfalten auf seiner Stirn verrieten Ärger und Ungeduld. Demonstrativ schaute er seine Papiere auf dem Schreibtisch an und drehte Marder den Rücken zu.

Wenn Körpersprache töten könnte, müsste ich jetzt umfallen, dachte Marder.

»Wenn Sie weiter nichts wissen wollen, Herr Marder, möchte ich mich jetzt wieder mit meiner Buchhaltung beschäftigen, außerdem will ich die Pizza essen, bevor sie ganz kalt ist.«

Auf dem Weg zur Pension traf Marder kaum Menschen in den Straßen. Das Gespräch mit Bertram hatte ihn in eine düstere Stimmung versetzt. Nur das Licht aus den Fenstern einiger Häuser versicherte ihm, dass er nicht der einzige Mensch in dieser Welt war.

Die Nässe in der Luft hatte sich zu Regen verdichtet, im Licht der Laternen konnte Marder erkennen, dass er intensiver fiel, als er sich anfühlte.

Vor dem Haus saß Brisbane unter dem Vordach, als hätte er auf Marder gewartet. Seine Zurückhaltung in den ersten Tagen hatte sich in zaghafte Zuneigung verwandelt. Der

Kater folgte ihm ins Haus, dann ins Bad und zum Schluss ins Schlafzimmer.

»Du wirst mich doch nicht vermisst haben« sagte der Kommissar zu der Katze. »Gute Nacht, schlaf gut. Ich bin, ehrlich gesagt, müde wie ein Hund. Du verzeihst mir hoffentlich diese Anspielung auf deine Feinde.«

»Ich bin nicht empfindlich«, gab Brisbane von sich. »Auch Hunde haben eine Funktion in dieser Welt. Ihr Menschen braucht schließlich ein paar Kreaturen, die euch untertan sind und alles tun, um von euch geliebt und gelobt zu werden. Wir Katzen eignen uns dazu nicht und haben es auch nicht nötig. Wenn du einmal stirbst und in den Himmel kommst, wirst du darüber staunen, dass der liebe Gott eine große Katze ist.«

Aber das war schon ein Traum.

19

»Ich reise in Kuhställen«, sagte Dr. Strohmeyer, während er Himbeermarmelade auf seine Brötchen strich. Frau Thann hatte die Konfitüre selbst aus den Früchten ihres Gartens hergestellt, mit reichlich Zucker und Liebe, wie sie stolz sagte.

Dr. Strohmeyer war am Abend zuvor eingetroffen, spät, als Marder bereits seine Träume mit Brisbane teilte. Frau Thann hatte die beiden Hausgäste vor dem Frühstück miteinander bekannt gemacht und war dann in die Küche verschwunden.

»Sie reisen also in Kuhställen. Wie darf ich das verstehen?« fragte der Kriminalkommissar.

»Genau gesagt, ich bringe einen großen Teil meiner Zeit in Kuhställen zu und verstehe mehr über Rinderzucht als die meisten Bauern. Wenn Ihnen eine Frage über Kuhställe auf dem Herzen liegt, jetzt haben Sie die Chance, diese Wissenslücke zu schließen.« Dr. Strohmeyer lächelte freundlich. Marder rührte in seinem Müsli und wartete, was Dr. Strohmeyer als Nächstes sagen würde. Ihm wollte partout keine Frage über Kuhställe einfallen.

»Frau Thann hat mir erzählt, dass Sie ein berühmter Kriminalkommissar sind, der einen Mord aufklären soll«, fuhr Strohmeyer fort. »Aber ich vermute, darüber dürfen Sie nicht sprechen, solange die Untersuchung im Gang ist. Also bleiben wir bei Kuhställen.«

»Gut, bleiben wir bei Kuhställen. Es ist ein Thema, das mich brennend interessiert.« Marder war bereit, Neues zu lernen.

»Kuhställe sind ein Thema, bei dem viel Mist produziert wird – vom Vieh und von den Landwirten. Man kann sagen, in den Kuhställen stinkt es. Das ist bedauerlich, weil der Erfolg der Bauern bei der Aufzucht dieser Tiere von deren artgerechten Haltung abhängt.«

Marder fand den Mann sympathisch. Ein Rinderexperte mit Humor, der sich selbst und sein Fachwissen nicht zu wichtig nahm.

»Was bringt Sie im Zusammenhang mit Rinderzucht an den Deister, Herr Dr. Strohmeyer?«

»Morgen beginnt die ›EuroRind‹, das große Treffen von Rindviechern auf dem Messegelände in Hannover. Damit meine ich natürlich nur die Tiere, nicht deren Besitzer. Meine Firma berät bäuerliche Betriebe bei der Zucht und Betreuung ihrer Rinder sowie bei der Auswahl der Futtermittel. Alles nach den neuesten wissenschaftlichen Erkenntnissen.«

Dr. Strohmeyer schaute Marder über seine randlose Brille an. Seine Augen strahlten. Er ist stolz auf seinen Beruf, dachte Marder, er kann es kaum erwarten, bis die »EuroRind« losgeht.

»Was sind denn die neuesten wissenschaftliche Errungenschaften in Ihrer Branche? Menschen trinken Milch und essen Rindfleisch seit Jahrtausenden, da hätte ich gedacht, alles Wissenswerte über diese Tiere sei bekannt.«

Marder war sich bewusst, dass das eine naive Frage war, aber ihm gefiel, mit welcher Begeisterung Dr. Strohmeyer über seinen Beruf sprach.

»Sie werden es kaum glauben, aber die Forschung über Rinderzucht kommt gerade erst richtig in Gang.«

Dr. Strohmeyer wischte sich Spuren von Marmelade von den Lippen und goss sich die dritte Tasse Kaffee ein. Ohne

Milch, stellte Marder fest, vielleicht fürchtet er sich vor dem, was in den Milchbetrieben vor sich geht.

»Sie können sich kaum vorstellen, auf wie viele unterschiedliche Arten man Viehzucht betreiben kann.«

»Und worin bestehen diese Unterschiede?«, fasste Marder nach.

»Ich will Sie nicht mit Einzelheiten überwältigen«, sagte Dr. Strohmeyer und tat daraufhin genau das.

»Die Methoden der Rinderhaltung sind vielfältig. Schon die Einstreuung des Bodenmaterials in die Kälberboxen lässt sich endlos variieren. Man kann nur pures Stroh nehmen oder es mit Holzspänen oder anderem Material wie zum Beispiel Rindenmulch mischen. Oder man lässt das Streuen ganz sein und legt die Boxen mit Gummimatten aus. Wie oft und mit welchen Mitteln wird der Stall gesäubert und desinfiziert? Wie wird die Gülle entsorgt? Welches Grundfutter wird von dem Landwirt selbst angebaut, und was wird als Kraftfutter oder Mineralfutter dazugekauft, wenn überhaupt? Und so weiter und so weiter. Aber lassen wir es damit bewenden. Alles andere ginge zu weit und würde Sie nur verwirren.«

»Das ist Ihnen bereits gelungen, Herr Dr. Strohmeyer. Was Sie sonst alles noch über Rinderzucht wissen, soll Ihr Geheimnis bleiben. Für den Rest des Tages werde ich mich um meinen Todesfall kümmern müssen.«

Anja hatte Marder am Telefon gesagt, sie hätte heute ihren freien Tag und sei am Vormittag zu Hause. Eigentlich würde sie lieber ausschlafen, aber wenn er darauf bestünde, könne er sie besuchen. Sie würde ihn um zehn Uhr erwarten, auf keinen Fall früher, sie müsse sich erst präsentabel machen.

Der Kommissar gönnte ihr einige zusätzliche Minuten und stand kurz nach zehn Uhr vor ihrem Haus. Dieses Mal fuhr er mit dem Aufzug hinauf. Als er vor Anjas Tür stand, glaubte er, Anja hätte Besuch. Die lauten Stimmen, die Marder in Anjas Wohnung hörte, kamen jedoch auch heute aus dem Fernseher. Die Darsteller vermittelten selbst durch die geschlossene Tür ein Gefühl von Dramatik und persönlicher Betroffenheit. Über allem dröhnte das Brausen eines Haarföhns. Er musste zweimal klingeln, bis das Brausen aufhörte.

»Guten Morgen, Herr Kommissar, da sind Sie ja. Mein Gott, sind Sie früh unterwegs.« Sie klinkte die Sicherheitskette aus. »Kommen Sie herein.«

Marder bemerkte, dass sich Anja Matuschek trotz dieser frühen Stunde vollendet geschminkt hatte – früher hätte man ihr Aussehen wohl als »herausgeputzt« bezeichnet. Die tadellose Frisur passte irgendwie nicht zu einem faulen Morgen zu Hause. Auf dem Sofatisch lagen dieselben Zeitschriften wie bei seinem letzten Besuch. Die Show im Fernsehen war eine der populären Sendungen aus einem Gerichtssaal, die den Zuschauern vorgaukelte, *live* bei einer Verhandlung dabei zu sein. Marder hielt die Akteure auf der Anklagebank und im Zeugenstand lediglich für mittelmäßige Schauspieler, die versuchten, echte Menschen und Schicksale vorzutäuschen.

»Fräulein Matuschek«, wollte er sagen, aber ihm fiel gerade noch rechtzeitig ein, dass es nicht mehr höflich war, junge Frauen mit »Fräulein« anzusprechen.

»Frau Matuschek, ich habe noch einmal mit Ihrer Mutter und Ihrem Bruder gesprochen. Von beiden habe ich erfahren, dass es bei Ihnen zu Hause nicht ganz so liebevoll zuging, wie Sie es mir erzählt haben.«

»Wie meinen Sie das? Das ist doch totaler Quatsch.«

»An dem Abend bevor Ihr Vater ertrunken ist, hat es einen Streit gegeben, an dem die ganze Familie beteiligt war. Sagen Sie mir bitte, worum es dabei ging?«

»Es war nichts Besonderes, nur so 'ne interne Sache in der Familie, Herr Marder. Wir hatten eine kleine Diskussion, aber nichts Dramatisches. Wirklich nichts Aufregendes. Außerdem geht es niemanden ein feuchtes Tuch an, worüber wir in der Familie reden. Ich möchte dazu nichts sagen, auch nicht zu Ihnen, das hat alles nichts mit dem Tod meines Vaters zu tun.«

»Ihr Bruder hat aber mit mir darüber gesprochen. Er hat gesagt, es ging um seine Schulden und dass er seinen Vater gebeten hatte, ihm aus der Klemme zu helfen.«

»Ich verstehe nicht, wieso mein Bruder mit einem Fremden darüber redet. Außerdem, es ging nicht nur um seine Schulden, Bertrams Probleme waren nur der Anfang für den kleinen Streit zwischen uns.«

»Ein ziemlich heftiger Streit, so laut, dass die Nachbarschaft mitgehört hat.«

Anja fuhr sich mit der Hand über die Haare. Sie schien nicht zu merken, dass sie ihre Frisur beschädigte. Sie drückte auf die Fernbedienung des Fernsehers, der Gerichtssaal zog sich vom Rand des Bildschirms in die Mitte ins Nichts zusammen.

»Herr Kommissar, Diskussionen bei uns zu Haus waren nichts Seltenes. Meine Eltern hatten oft unterschiedliche Meinungen, das lag daran, dass sie vom Typ her so gegensätzlich waren.«

»Und was sind, oder korrekt gesagt, was waren diese Gegensätze?«

Anjas Gesicht wurde abweisend, sie wollte nicht antworten. Sie schien zu überlegen, wie sie Marder loswerden konnte, ohne ihn in die Privatsphäre ihrer Familie schauen zu lassen. Marder hielt ihren Blicken stand, seine Augen blieben auf Anja gerichtet. Sie hatte keine andere Wahl, als auf die Frage des Kommissars einzugehen.

»Meine Mutter ist eine moderne Frau, sogar meine Freunde finden sie ganz cool, während mein Vater ein total altmodischer Mensch war. Er konnte sich nicht daran gewöhnen, dass sich seit seiner Jugend viel verändert hatte. Er wollte Dinge so haben, wie sie früher waren, und er hat sich gegen alles gewehrt, was heute *in* ist. Es war meistens seine Schuld, wenn sich meine Eltern gezofft haben oder wenn sie wenig miteinander geredet haben. Ich hatte auch gehört, dass er im Büro ebenfalls mit seinen Kollegen nicht so toll zurechtkam.«

»Das wissen Sie wahrscheinlich von Herrn Brenner? Sie waren doch mit ihm für eine Zeit eng befreundet.«

»Sie scheinen mehr über mich zu wissen als ich selbst. Also, erstens, ich hatte mit Herrn Brenner keine Beziehung in der Art, die Sie meinen. Mit so jemand würde ich nie ins Bett gehen. Wir waren nicht einmal richtig befreundet. Wir hatten einige Dates, aber ich habe schnell gemerkt, dass er nicht mein Typ war. Er redete immer nur über sich selbst und überschätzte sich maßlos. Er denkt, dass er bei der Kriminalpolizei noch eine tolle Zukunft vor sich hat, aber dafür ist er schon viel zu alt, und er hat sowieso nicht den nötigen Willen dafür.«

»Und zweitens?«

»Zweitens hat er mir tatsächlich erzählt, dass er mit meinem Vater nicht gern zusammengearbeitet hat. Er hat sich von ihm unterdrückt gefühlt, weil sich mein Vater gegen alles Neue gewehrt hat, vor allem gegen die Computer.«

»Das hat Herr Brenner mir auch schon erzählt. Aber lassen Sie uns über Ihre Beziehung zu Ihrem Bruder sprechen. Haben Sie sich als Kinder über die Probleme unterhalten, die Ihre Eltern miteinander hatten?«

»Kaum, Herr Kommissar. Mein Bruder und ich waren uns nicht besonders nahe. Wir hatten nur wenige Geheimnisse miteinander wie andere Geschwister. Ich habe ihn immer für einen ziemlichen Schwächling gehalten. Ich dachte, dass er zu viel im Wald spazieren geht und denke das heute noch.«

»Eine letzte Frage: Halten Sie es immer noch für unmöglich, dass Ihr Vater Selbstmord begangen hat? Sie hatten das letzte Mal gesagt, Sie könnten sich das nicht vorstellen, weil Ihr Vater nach seiner Pensionierung glücklich darüber gewesen war, endlich Zeit für seine Hobbys zu haben.«

»Das ist nach wie vor meine Meinung: Mein Vater hat sich bestimmt nicht selbst umgebracht.«

Anja sagte dies mit Nachdruck, nichts würde sie von ihrer Überzeugung abbringen, sie hatte nicht einmal darüber nachdenken müssen.

»Welche Hobbys hatte Ihr Vater denn so?«

»Im Moment fällt mir nichts Bestimmtes ein, das mit den Hobbys war wohl mehr so eine allgemeine Redensart von mir, weil es ja immer heißt, dass Leute im Ruhestand endlich Zeit für ihre Hobbys haben. Ich kann nur noch einmal wiederholen: Ein Selbstmord kommt für mich nicht in Frage.«

»Wissen Sie, ob Ihr Vater schwimmen konnte?«

»Ich glaube nicht. Ich habe ihn jedenfalls nie im Wasser gesehen. Was soll denn überhaupt diese blöde Frage?«

Anja schien kurz davor, wütend zu werden, sie drückte auf die Fernbedienung ihres Fernsehers, der Bildschirm zeigte wieder Menschen in einem Gerichtssaal. Sie war nicht mehr bereit, das Gespräch fortzusetzen.

»Jetzt, wo mein Vater tot ist, sollte man ihn in Frieden ruhen lassen und nicht ständig unnötige Fragen stellen, wie er gestorben ist.«

20

»Ich möchte meine Schulden bei Ihnen bezahlen. Als Polizeibeamter kann ich es mir nicht leisten, aus der Stadt zu verschwinden, ohne meine Zeche bezahlt zu haben«, sagte Marder zu Knut Wotowski am Telefon. »Am liebsten würde ich gleich vorbeikommen.«

»Heute ist Dienstag, und das ist eigentlich unser Ruhetag«, hatte Wotowski geantwortet. »Die meisten Gaststätten haben am Montag ihren Ruhetag, deswegen haben wir am Montag geöffnet. Der Tag ist sozusagen unsere Marktlücke. Sie können trotzdem kommen, meine Frau und ich sind gerade im Restaurant und machen alles blitzeblank sauber. Aber die Küche ist kalt, Sie müssen irgendwo bei der Konkurrenz essen, wenn Sie Wert auf ein warmes Mittagessen legen.«

»Ich werde kurz nach Mittag bei Ihnen sein.«

»Ganz bestimmt wollen Sie nicht nur Ihre Rechnung bezahlen, sondern auch über Matuschek reden. Ich kann Ihnen da nichts anderes erzählen als beim letzten Mal«, antwortete Wotowski leicht genervt, bevor er auflegte.

Marder stellte sein Auto vor dem Supermarkt hinter dem Bahnhof ab. Die meisten Parkplätze waren leer. Die Einkaufswagen standen ineinandergeschoben und aneinandergekettet in den Unterständen und warteten auf den Nachmittagsboom. In einer Ecke des Geländes stand eine Gruppe nachlässig gekleideter Männer und Frauen. Sie hielten Bierflaschen in den Händen und diskutierten gestenreich. Auf der anderen Seite des Parkplatzes, unter dem Dach eines

Fahrradstandes, drückten sich zwei Teenager leidenschaftlich aneinander. Eine alte Frau ging an ihnen vorbei, schaute sie voller Entrüstung an und schüttelte vehement ihren Kopf. Ihrem Aussehen nach kam sie ursprünglich aus dem katholischen Süden Europas. Die Jugend von heute im protestantischen Norden bereitete ihr offensichtliches Unbehagen.

In der Eingangshalle des Supermarktes bot ein Feinkostladen Leckeres von den Ufern des Mittelmeeres an. Vor der Ladentheke stand ein Bistrotisch, auf dem kleine Schälchen mit gefüllten Oliven und eingelegten Tomatenschnitzel zum Probieren aufgestellt waren. Marder nahm sich eine Olive und ein Stück Tomate, und da er sich unbeobachtet fühlte, schnell noch eine zweite Kostprobe von beiden. Aus der Imbissecke der Halle schwebte der Geruch von gebratenen Hähnchen in den Eingangsbereich. Dieser Duft erinnerte ihn an vergangene Zeiten, an die sechziger Jahre. Damals war er zum Polizisten ausgebildet worden, hatte zum ersten Mal in seinem Leben eigenes Geld verdient und konnte sich endlich gebratene Hähnchen vom Grill leisten. Die leckeren Hähnchen waren für ihn die Bestätigung, dass er nicht länger ein armes Flüchtlingskind war, denn er war nun in der Lage, eigenen Luxus auszuwählen. Seine Ansprüche an ein Gourmetmahl waren damals nicht extravagant gewesen.

Marder verschlang ein Hähnchen in Hast, obwohl er es nicht eilig hatte, auch das gehörte zu den Bräuchen seiner Vergangenheit. Das Fleisch war nicht so frisch und die Haut nicht so knusprig, wie es das saftige Aussehen versprochen hatte. Das Brötchen, das auf dem Teller neben dem Hähnchen lag, schmeckte fade. Ihm fiel jetzt auf, wie trivial und nüchtern die Einrichtung der Imbissstube war.

Das war das letzte Mal, dass ich mich von diesem Hähnchenduft verführen lasse, nahm sich Marder vor, und wusste im selben Moment, dass er diesen Vorsatz nicht einhalten würde.

Im Blumenladen neben der Imbissstube kaufte er einen Strauß Tulpen für Frau Thann. Er wollte seiner Wirtin damit eine kleine Freude machen.

Marder schlenderte durch den Tunnel unter den Gleisen zur anderen Seite des Bahnhofs. Die Wände waren mit Graffiti »verziert«. Er konnte sich nicht entscheiden, ob es sich dabei um Schmierereien oder um Kunst handelte.

Er entdeckte über dem Eingang eines Gebäudes den Schriftzug *Tourist-Info,* womit offensichtlich der Verkehrsverein der Stadt gemeint war. Er war im Erdgeschoss des Hauses untergebracht und war Teil des Bürgerbüros des Ortes. Früher hatte diese Einrichtung schlicht *Einwohnermeldeamt* geheißen – kundenorientiertes Marketing und dessen moderne Begriffe hatten auch die Behörden überrollt.

Es herrschte Mittagsruhe. Nur eine junge Frau saß im Eingangsbereich in einer Festung aus Holz. Vor ihr auf dem Tresen stand ein Schild mit der Information: *Information.*

Die Dame teilte Marder mit, dass die *Tourist-Info* über die Mittagspause leider nicht besetzt sei. Er könne die Zentrale der Stadtverwaltung anrufen, dort würde man ihn gern mit einem Mitarbeiter des Verkehrsvereins zu Hause verbinden. Marder fiel keine Frage ein, die so wichtig war, dass er einen Mitarbeiter des Verkehrsvereins in seiner Mittagsruhe stören musste.

Die Parkplätze vor *Knuts Gute Stube* waren leer. Hinter der Glastür hing ein Schild, das auf den Dienstag als Ruhetag hinwies. Durch die Tür sah Marder die Schemen einer Frau, die mit einem Schrubber den Fußboden bearbeitete. Er machte sich durch Klopfen bemerkbar, Frau Wotowski öffnete. Sie trug einen Arbeitskittel, der so geblümt wie zeitlos war. Auf Fotos von der Zeit um die vorletzte Jahrhundertwende trugen Frauen schon solche Kittel.

»Mein Mann ist im Keller und stellt die Bierfässer um oder so was«, begrüßte sie ihn formlos. »Gehen Sie hinten die Treppe runter, aber vorsichtig, sie ist ziemlich steil.«

Knut Wotowski arbeitete hart, Marder konnte Schweißgeruch wahrnehmen. Der Gastwirt war dabei, Bierfässer in eine sinnvolle Ordnung zu bringen: Die leeren nach hinten an die Wand und die vollen nach vorne neben die Treppe, um sie bei Bedarf in der Nähe der Anschlussstellen für die Zapfhähne bereit zu haben. Er streckte dem Besucher eine feuchte Hand entgegen. Der Kommissar ergriff sie zögernd, er wusste nicht, wie er sie hätte verweigern können, ohne den Mann zu beleidigen.

»Herr Kommissar, vergessen Sie die Zeche vom letzten Mal. Betrachten Sie sich als Gast des Hauses. Ich möchte wetten, Sie sind nicht wirklich deswegen gekommen. Stimmt's oder habe ich recht? Mir können Sie nichts vormachen.«

Warum gibt er sich stets so dümmlich überheblich, fragte sich Marder.

»Danke für das Angebot, aber ich muss darauf bestehen, meine Rechnungen zu bezahlen, das ist bei der Kriminalpolizei aus gutem Grund so Vorschrift. Außerdem haben Sie bestimmt nichts zu verschenken.«

»Da haben Sie den Kopf auf den Nagel getroffen, Herr Kommissar. Die paar Euro, die Sie mir schulden, machen den Kohl zwar auch nicht fett, aber jedes bisschen hilft. Das Restaurant läuft einfach nicht so, wie ich es mir vorgestellt habe. Die Leute schätzen gute deutsche Küche nicht mehr. Ich glaube, darüber haben wir uns schon beim letzten Mal unterhalten, diese verdammten Pizza-Paläste und Dönerbuden ruinieren unser Geschäft. Und das wird von Jahr zu Jahr schlimmer.«

»Das kann man wohl so sehen, wenn man es so will, Herr Wotowski. Viele Leute – und ich zähle dazu – sind froh, nicht immer nur Schnitzel und Kohlrouladen auf der Speisekarte zu finden.«

»Sie hören sich an wie meine Frau, die meint auch, alles besser zu wissen. Fällt mir mit ihrer Nörgelei wegen unserer Speisekarte ziemlich auf den Keks. Es ist schließlich mein Geld gewesen, mit dem wir das Lokal aufgemacht haben, da kann ich wohl auch entscheiden, was in der Küche gekocht und gebraten wird, oder nicht?«

Wotowski unterbrach seine Arbeit an den Bierfässern. Er baute sich in voller Höhe und Breite vor Marder auf.

Dieser Mensch ist nicht bereit zu diskutieren, dachte Marder, er hat seine Meinung, von der lässt er sich nicht abbringen, selbst wenn sie ihn ruiniert.

»Wenn es wirklich ausschließlich Ihr Geld gewesen ist, dann hätten Sie jetzt weniger Schulden. Aber es war nicht nur Ihr eigenes Geld, Sie haben einen Kredit aufgenommen, um Ihre Gaststube zu eröffnen.«

»Woher wollen Sie das wissen? Und wenn schon, was soll falsch daran sein, sich einen Kredit geben zu lassen, wenn man in ein neues Geschäft einsteigt?«

»Im Prinzip nichts, solange man das Geld zurückzahlen kann. Kritisch wird es nur, wenn das nicht geht. Wer hat Ihnen eigentlich den Kredit gegeben? Ich vermute, die Banken haben sich geziert.«

»Hören Sie auf, um den heißen Brei herumzureden, Herr Kommissar. Wenn Sie so viel über mich wissen, dann wissen Sie auch, wer mir das Geld geliehen hat.«

»Das ist richtig, Herr Wotowski. Das Geld kam von Matuschek. Sie haben mit ihm nicht nur aus Freundschaft hin und wieder ein Bier getrunken, sondern Sie haben dabei über den Kredit und Ihre Schulden gesprochen. Welchen Betrag hat Matuschek Ihnen eigentlich geliehen? Sie können es mir ruhig sagen, ich bin sicher, ich finde diese Informationen sonst in seinen Unterlagen.«

»Sie sind ein verdammter Schnüffler. Entschuldigen Sie den Ausdruck, aber das ist meine Meinung, und die sage ich Ihnen ins Gesicht, auch wenn Sie von der Kripo sind.«

Wotowski war ganz nahe an den Kommissar herangetreten. Marder ignorierte das Aufbrausen und die unangenehme Nähe seines Gegenübers – das war wahrscheinlich Wotowskis Masche, um Leute einzuschüchtern. Marder machte nicht den Schritt rückwärts, den Wotowski erwartet hatte, obwohl sie sich jetzt fast berührten. Der Schweißgeruch wurde intensiver.

»Also, es waren fünfzigtausend Deutsche Mark, damals hatten wir noch nicht diese blödsinnigen Euros. Keinen Pfennig mehr und keinen Pfennig weniger, und keine Zinsen. Es war ein Geschäft, wie es nur zwischen Freunden möglich ist.«

»Auch wenn es ein Abkommen zwischen Freunden war, Matuschek war bestimmt nicht so einfältig, zu vergessen, wann der Kredit zurückgezahlt werden sollte.«

»Natürlich hatten wir auch das festgelegt. Ich hatte nicht vor, Matuschek um sein Geld zu betrügen, schließlich bin ich kein Ganove, sondern ein ehrenwerter Mann.«

Wotowski hatte sich etwas beruhigt und setzte sich auf ein Bierfass. Er wirkte erschöpft und müde, nicht so sehr von der Arbeit, als von der unerfreulichen Diskussion über seine Geldsorgen.

»Können Sie mir sagen, wann die erste Rückzahlung fällig war? Wenn Sie das nicht beantworten wollen, finde ich das bestimmt auch ohne Ihre Hilfe heraus.«

Marder setzte sich neben Wotowski auf ein freies Bierfass und versuchte, entspannter zu wirken als er war, während er auf eine Antwort wartete.

»Also, ich hätte schon vor einem Jahr anfangen sollen, meine Schulden abzuzahlen. Weil Alfred und ich Freunde waren, hat er mir noch ein Jahr gegeben, bis die erste Rate fällig wurde. Vor einem Monat hätte ich endgültig mit den Zahlungen anfangen sollen.«

»Das konnten Sie aber nicht, nehme ich an.«

»Ich habe im Moment einfach kein Geld, deswegen habe ich mich mit Alfred ab und zu getroffen. Ich habe ihn um eine weitere Frist gebeten, weil ich nach wie vor überzeugt bin, dass ich mit dem Restaurant Geld verdienen kann, wenn die Leute erst mal die ausländischen Küchen satt haben.«

»Und wie hat Herr Matuschek auf Ihre Bitte reagiert?«

»Ein Politiker würde sagen, unsere Verhandlungen waren noch nicht abgeschlossen, aber die Gespräche waren tendenziell freundlich und das Ende war offen. Leider ist er in dem See ertrunken, aber ich bin sicher, er hätte ein Einsehen gehabt, er war schließlich ein guter Kumpel von mir.«

21

Für Wotowski mag der Dienstag ein Montag sein, dachte Marder während seiner morgendlichen Riten im Badezimmer, für mich ist heute Sonntag, auch wenn es für die anderen Mittwoch ist – heute fange ich den Tag behutsam an. Er freute sich auf eine Unterhaltung mit Dr. Strohmeyer beim Frühstück, aber daraus wurde nichts. Als er in das Esszimmer kam, war der Rinderexperte gerade dabei, das Haus zu verlassen. Er hatte es eilig, heute wurde die *EuroRind* eröffnet, da wollte er unbedingt vor den ersten Besuchern in der Halle sein, um ein letztes Mal zu überprüfen, ob auf dem Messestand seiner Firma alles bestens vorbereitet war. Nur so konnte er dem Ansturm der Landwirte und Kälberzüchter ruhig entgegensehen und sich auf die Gespräche mit ihnen freuen.

»Genießen Sie den Tag an der frischen Luft«, hatte Dr. Strohmeyer zu Marder gesagt, »so einen Sonnentag wie heute gibt es zu dieser Jahreszeit selten genug. Ich würde gern mit Ihnen in den Deister wandern, aber die Rinder rufen und ich muss ihrem Ruf folgen.«

Der Mann hat recht, dachte Marder, ich werde in den Wald gehen und über Matuschek nachdenken. Die Wahrheit liegt vor mir, aber ich kann sie nicht sehen. Es gibt etwas, was ich noch nicht verstanden habe – ein Spaziergang durch den Wald wird mir vielleicht helfen, es zu finden.

Brisbane saß am Gartenzaun und ließ die Sonne über sein schwarzes Fell fließen. Das weiße Lätzchen auf seiner Brust glänzte wie frisch gewaschen. Der Kater begleitete Marder bis zu den Bäumen, dann wurde sein Gang vorsichtiger, er schaute besorgt um sich und ließ sich schließlich zurückfallen. Wahrscheinlich hat er schlechte Erfahrungen mit den Wildschweinen im Deister gemacht, dachte Marder. Die aufgewühlten Rasenkanten am Waldrand waren ein Zeichen, dass die Tiere hier bei ihrer Suche nach Engerlingen und Würmern im Morgengrauen bis in die unmittelbare Nähe der Gärten vordrangen.

Der Wald wirkte erschöpft und müde, der Herbst hatte ihn eingeholt und ließ ihn alt aussehen. Er hatte seine Kräfte für dieses Jahr verbraucht. Nun waren die Bäume kahl. Das Laub lag auf der Erde. Das Leben würde in den kalten Monaten ruhen und neue Stärke für die nächste Runde sammeln. Dem Wald geht vor dem Winter die Puste aus, dachte Marder, aber im nächsten Jahr wird er neugeboren werden. Aber im Gegensatz zum Wald werde ich im nächsten Frühjahr vor allem wieder ein Jahr älter sein.

Zu dieser Jahreszeit waren die Wunden an den Hängen und in den Wäldern sichtbar, die die Menschen ihnen zugefügt hatten: Die Steinbrüche hatten früher das Baumaterial für die Schlösser und Burgen an Weser und Leine und für die Residenzen in den Städten geliefert. Dadurch bekamen die Menschen in dieser Region Arbeit und Brot. Transportkarren hatten tiefe Furchen im Waldboden hinterlassen, die noch immer als Rinnen zwischen den Bäumen zu erkennen waren.

Es gab in dieser Gegend damals eine große Anzahl kleiner Steinbrüche. Es schien, als hätte auf den Waldwegen hinter jeder Kurve ein großer Steinbeißer einen hastigen Biss aus den Hügeln genommen. Im Zeitalter der Industrialisierung sind mächtige Maschinen entwickelt worden, danach waren diese Miniatur-Steinbrüche mit Hammer und Meißel nicht mehr wirtschaftlich zu betreiben. Zum Glück fanden die Menschen Kohle unter den Steinen. Nach den Steinen sicherte die Kohle den Familien ihr Auskommen.

Die Kohle hinterließ weniger Spuren in der Landschaft als die Steine, ihr Abbau hatte tief unter der Oberfläche stattgefunden. Vor ungefähr fünfzig Jahren war auch der Kohleabbau zu Ende gegangen. Die Kohle aus den schmalen und schwer erreichbaren Flözen im Deister konnte mit der billigen Kohle auf dem Weltmarkt nicht länger konkurrieren.

Marder erkannte hier und da alte Eingänge in den Berg. Hier begannen die Stollen, in die die Bergleute eingefahren waren. Heute versperrten Eisengitter den Zugang in die Unterwelt.

Marder hatte sich dieses Wissen aus dem Internet geholt, als er sich vor seiner Reise nach Barsinghausen über den Ort und seinen Platz in der Geschichte informierte. Er hatte es sich in seinem Beruf als Kriminalist angewöhnt, das Wesentliche über einen Ort zu recherchieren, bevor er dort hinfuhr.

Er entdeckte vereinzelte Pilze auf dem Waldboden, sie waren unter dem Laub kaum zu erkennen. Der Höhepunkt ihrer Saison war vorbei und nur wenige von ihnen hatten die Schnecken und die Sammler überlebt. Pilze, die jetzt noch auf dem Waldboden standen, waren für Mensch und Tier ungenießbar, weil sie entweder giftig oder bitter waren. Marder ging seit Jahren im Herbst in den Wäldern und Wiesen an der Elbe auf die Suche nach Pilzen und kam meistens mit einem gefüllten Beutel nach Hause. Zum Schrecken seiner Frau aß er diese fragwürdigen Früchte tatsächlich, nachdem er sie in der Pfanne gebraten hatte. Er konnte Iris nicht überreden, davon zu probieren. Sie selbst akzeptierte Pilze nur dann als essbar, wenn sie in einer Plastikschale aus dem Supermarkt kamen.

Bei dem Gedanken an gefährliche Pilze und deren mögliche Konsequenzen meldete sich der Tod von Matuschek zurück in Marders Bewusstsein. Morgen würde er Erich Falkenberg anrufen müssen. Sein Chef wartete auf seinen Bericht, er war davon ausgegangen, dass Marder den Fall schnell lösen würde. Was sollte er ihm sagen? Er konnte ihm zwar erzählen, dass Matuschek bei seiner Familie und seinen Bekannten nicht so beliebt gewesen war, wie es ursprünglich ausgesehen hatte, aber das war noch kein Mordmotiv.

Iris wartete ebenfalls auf seinen Anruf. Er würde heute Abend mit ihr sprechen. Er vermisste seine Frau mehr, als er befürchtet hatte, und freute sich darauf, mit ihr zu reden. Er würde ihr gestehen müssen, dass er nicht länger sicher war, ob er zum Wochenende nach Hause käme. Er war entschlossen, den Fall Matuschek abzuschließen, bevor er nach Stade zurückfuhr, das würde sie einsehen. Er wollte den Mörder finden oder ganz sicher sein, dass es keinen Mörder gab, bevor er Barsinghausen verließ.

Die hiesigen Kripobeamten würden sich nicht vordrängen, ihm zu helfen, sie betrachteten Matuscheks Tod nicht als ihren Fall. Das hatte Kommissar Volkert ausdrücklich betont. Nur wenn Marder einen handfesten Verdacht hätte und Hilfe bei einer konkreten Aktion benötigte, ständen sie ihm zur Verfügung.

Die Person des toten Kommissars erschien Marder heute unergründlicher als am Anfang seiner Untersuchungen. Hatten er und Matuschek wirklich etwas gemeinsam? Nicht so viel, wie er zuerst gedacht hatte. Genau genommen verband sie nur, dass sie beide Kommissare bei der Kriminalpolizei waren, einer von ihnen war vor einem Monat in Pension gegangen, der andere stand kurz davor. Da hörten die Gemeinsamkeiten bereits auf. Andererseits fielen Marder eine Menge Unterschiede ein. Der größte davon war sicherlich, dass Matuschek tot war, während er selbst noch lebte. Die Vorstellung, dass es andersherum sein könnte, ließ ihn erschauern.

Marder fragte sich, was die Menschen über ihn denken würden, wenn er plötzlich auf rätselhafte Weise sterben würde? Wäre er überrascht und vielleicht enttäuscht, wenn er aus dem Grab mithören könnte, was sie über ihn sagten? War sein Verhältnis zu seinen Mitmenschen wirklich so harmonisch, wie er es glaubte?

Der Anschein von Harmonie in Matuscheks Leben hatte getrogen. Alle Personen um ihn herum hatten es schwer, mit ihm auszukommen, von Liebe und Zuneigung hatte Marder nur wenig Spuren entdecken können. Dabei hatte sich jeder selbst von Schuld freigesprochen. Marder konnte nicht glauben, dass einer von ihnen Matuschek getötet hatte. Dennoch konnte er Mord als Todesursache nach wie vor nicht ausschließen. Aber wer sollte es getan haben und welches Motiv sollte der Täter gehabt haben? Am Tatort deutete nichts auf ein Verbrechen hin, auch die Obduktion hatte nichts ergeben, was auf Gewalt schließen ließ. Marder legte die Mordtheorie erst einmal zur Seite, er war überzeugt, dass sie ihn in eine Sackgasse führte.

Auch einen Selbstmord konnte er sich nur schwer vorstellen. Matuschek war ein penibler, sturer und altmodischer Mensch gewesen, radikaler, als Marder es ursprünglich geglaubt hatte, aber deswegen bringt man sich nicht um, wenn man in den Ruhestand geht. Auch nicht wegen eines Streits in der Familie.

Den Gedanken an einen Unfall hatte er bereits ausgeschlossen, dazu fiel ihm nichts Neues ein. Diese Möglichkeit würde er nur dann verfolgen, wenn Mord oder Selbstmord mit hundertprozentiger Sicherheit nicht in Frage kamen.

Meine Gedanken drehen sich im Kreis, dachte Marder, sie bewegen sich, aber sie bleiben auf der gleichen Stelle. Ich bin nicht weiter wie am Anfang meiner Suche. Ich schließe Unfall, Mord und Selbstmord aus, und dennoch muss eins davon die Ursache von Matuscheks Tod sein. Als einzige mögliche Alternative bleibt ein natürlicher Tod, der Matuschek überraschte, als er zufällig am Rand des Teiches stand – oder aus unerklärlichen Gründen bereits im Wasser war. Das war absurd, außerdem hätte die Obduktion einen Herzstillstand oder einen anderen medizinischen Defekt ans Licht bringen müssen. Nein, das kann nicht die Lösung des Rätsels sein, die Rechtsmediziner bestehen darauf: Der Mann ist schlicht und einfach ertrunken.

Gibt es vielleicht doch den unbekannten Täter, der sich noch nicht gezeigt hat? Nein, einen geheimnisvollen Fremden schloss Marder aus, die Suche nach ihm würde ihn von der Lösung des Falles nur weiter entfernen. Darauf legte er sich fest, auch wenn er für diesen Schluss keinen Beweis hatte. Sein Gefühl versicherte ihm, dass er mit dieser Entscheidung auf sicherem Boden war.

Der Fall ist tatsächlich wie ein Kreisel, sagte sich Marder noch einmal, alles und alle drehen sich um ein Zentrum, und ich drehe mich mit. Wo liegt dieses Zentrum? Ich bin in seiner Nähe, das spüre ich, aber in welche Richtung muss ich gehen, um es zu finden?

War er zu rücksichtsvoll mit den Personen umgegangen, die in Matuscheks Leben eine Rolle spielten? Konnte er sie wirklich von vornherein als Täter ausschließen, wie er es bis vor wenigen Minuten getan hatte? Er war von einem harmonischen Umfeld um Matuschek herum ausgegangen. Das hatte sich als Irrtum herausgestellt. Wenn er die Familie und die wenigen Bekannten des Kommissars kritisch betrachtete, konnte er mit ein bisschen Fantasie jedem von ihnen ein Tatmotiv unterschieben. Für jeden konnte der Tod von Matuschek einen Vorteil bringen. Aber Marder bezweifelte, dass diese Vorteile schwerwiegend genug waren, um den Tod eines Menschen, eines Vaters, eines Ehemanns, eines Kollegen, eines Kumpels zu planen und diesen Plan kaltblütig auszuführen.

Marder ließ seine Gedanken noch einmal um die Menschen kreisen, die Matuschek umgaben.

Vera liebte ihren Mann seit langem nicht mehr, auch wenn sie es nicht zugeben wollte. Warum sie Matuschek überhaupt geheiratet hatte, konnte sich Marder nicht erklären. Vielleicht war sie in ihrer Jugend eine naivere Person gewesen, als sie es heute ist? Die Ehe mit Matuschek war sicherlich eine Entscheidung gewesen, die sie hinterher bereut hatte. Er bot ihr nicht das Leben mit dem gesellschaftlichen Aufstieg, den sie sich erhofft hatte. Sie war von ihm enttäuscht worden und hatte ihr Leben unabhängig von ihrem Mann so eingerichtet, wie es ihren eigenen Vorstellungen entsprach.

Sie hatte sich bei der Erziehung von Bertram und Anja allein gelassen gefühlt. Sie hatte Erwartungen an die beruflichen Karrieren von Sohn und Tochter, die Matuschek nicht interessierten, also gab es selbst in Hinsicht auf die Kinder kaum Gemeinsamkeiten. Sie hätte sich von ihm scheiden lassen können, aber das wollte sie möglicherweise aus finanziellen Gründen nicht. Als Witwe und Erbin stand sie besser da als eine geschiedene Frau. Vera berechnet ihre Aktionen kühl, daher musste sie wissen, dass sie bei einem Mord als Erste von der Polizei unter die Lupe genommen würde. Das Risiko, als Mörderin entlarvt zu werden, war zu groß für sie, daher schien sie als Täterin nicht wahrscheinlich.

Anja stand auf der Seite ihrer Mutter bei den Auseinandersetzungen zwischen den Eltern. Brenner hatte behauptet, dass Anja eine oberflächliche Person sei, die auf Äußerlichkeiten und Aussehen fixiert sei. Marder fand bisher wenig, was dieses Urteil in Frage stellte. Ihre Probleme in den Beziehungen zu Männern hatten schon in ihrer Kindheit mit ihrem Bruder angefangen. Ihren Vater hielt sie für verschroben und stur. In ihren Augen war er der Grund für das Unglück ihrer Mutter, deswegen hatte sie sich innerlich von ihm losgesagt. Er bedeutete in ihrem Leben nichts mehr. Es wäre ihr wahrscheinlich am liebsten gewesen, wenn er einfach aus ihrem Leben verschwunden wäre. Aber ihn ermorden, nein, das war ihr nicht zuzutrauen. Dafür war sie weder bösartig noch leidenschaftlich genug.

Bertram lebte in Konflikt mit seinem Vater. Er hielt ihn für herzlos und geizig. Er fühlte sich von ihm vernachlässigt und ungerecht behandelt. Matuschek verweigerte seinem Sohn finanzielle Unterstützung, obwohl ihm bekannt sein musste, wie sehr ihn seine Geldsorgen bedrückten. Da Bertram wusste, dass sein Vater einem Außenstehenden, Knut Wotowski, Geld geliehen hatte, ihm als Sohn aber nicht half, war sein Zorn verständlich. Bertram ist sensibler als seine Schwester, deshalb hat er unter dem Konflikt seiner Eltern mehr gelitten als Anja. Bertram betrachtet die Welt aus einer pessimistischen Sicht, das war bereits in seiner Jugend so gewesen. Auch zu seiner Mutter fand er keine gute Beziehung. Er konnte nicht erwarten, dass sie ihm nach dem Tod seines Vaters das Geld geben würde, das der ihm verweigert hatte. Was wäre sein Motiv gewesen, seinen Vater zu ermorden? Vielleicht Rache für die verlorene Kindheit? Aber dafür war Bertram nicht kaltblütig genug.

Burt Brenner hegte eine Abneigung gegen Matuschek. Wie stark und ausgeprägt sie war, konnte Marder letztlich nicht beurteilen. Auf jeden Fall fühlte sich Brenner von Matuschek gegängelt und in seiner Karriere behindert. Er ist ehrgeizig, aber möglicherweise überschätzt er sich in Bezug auf seine Fähigkeiten. Vielleicht ist seine Beziehung zu Anja tiefer gewesen, als sie es beide zugeben wollten? Hetzte Anja ihn zusätzlich gegen ihren Vater auf? Nein, er kann es nicht gewesen sein. Brenners Beruf ist es, Verbrechen aufzuklären, er weiß, dass bei Morden ein Täter aus dem unmittelbaren Bekanntenkreis des Opfers fast immer aufgespürt wird. Brenner als Mörder wäre gegen alle Vernunft. Aber man kann nicht alles ausschließen, nur weil es unvernünftig ist.

Wotowski ist schlampig, intolerant und unbeherrscht. Es ist schwer einzuschätzen, wozu er fähig ist, wenn er unter Druck gerät. Die Freundschaft zwischen ihm und Matuschek war nicht so uneigennützig und innig, wie Wotowski sie gern darstellt. Eine echte Zuneigung zwischen den beiden Männern konnte sich Marder schwer vorstellen. Matuschek hatte sich Wotowski gegenüber verpflichtet gefühlt, weil dieser ihm einmal in einer gefährlichen Situation geholfen, vielleicht sogar das Leben gerettet hatte. Wotowski hätte einen triftigen Grund, den Tod von Matuschek zu wünschen. Er schuldete ihm eine erhebliche Summe und suchte einen Weg, diese Schulden loszuwerden. Aber würde er dafür ein so großes Verbrechen begehen wie einen kaltblütigen Mord an einem alten Kumpel? Marder bezweifelte es. Außerdem konnte Wotowski sich ausrechnen, dass er nicht ungestraft davonkäme. Wenn er Matuschek ermordet hatte, wäre es eine große Dummheit gewesen und Marder hielt ihn trotz seines unangenehmen Charakters nicht für dumm.

Marder konnte über die möglichen Motive nachgrübeln wie er wollte, keins davon schien stark genug für einen Mord zu sein. Die Ereignisse am See hatte er ebenfalls nicht rekonstruieren können. Und dennoch, Marder fühlte, dass er jetzt auf dem richtigen Weg in seiner Suche nach dem Rätsel um Matuscheks Tod war.

Alle Personen, mit denen er gesprochen hatte, bestanden zuerst darauf, ein harmonisches Verhältnis zu Matuschek zu haben. Als er dies in Frage stellte und sie damit konfrontierte, bestätigten sich seine Zweifel. Er hatte mit seinen beharrlichen Fragen etwas losgetreten, aber die Wahrheit noch nicht freigelegt. Es gab ein Geheimnis, das sie nicht preisgeben wollten. Davon war er überzeugt, auch wenn er noch nicht sehen konnte, was es war, was sie verheimlichten. Er musste den nächsten Schritt in das Zentrum von Matuscheks Leben gehen.

Ich werde die Wahrheit finden, die hinter Matuscheks Tod steckt, dachte Marder. Meine Suche ist wirklich ein Kreisel, aber er dreht sich nur so schnell, wie es die anderen zulassen. Ich muss diesen Kreisel unter Kontrolle bringen, ich muss ihn antreiben, das Tempo bestimmen. Er muss sich schneller drehen, als die anderen es wollen, dann wird die Wahrheit herausfallen.

Während er seinen Gedanken nachging, hatte Marder nicht auf den Weg geachtet. Er hatte den Kamm des Deisters erreicht und schaute in ein Tal, in das die Wege auf der anderen Seite hinabfielen. Er blickte auf die roten Dächer der Dörfer in der Senke unter ihm und auf die grauen Bänder der Landstraßen, die diese Dörfer miteinander verbanden. Alles ist irgendwie verbunden, kam es ihm in den Sinn, nur sieht man es nicht immer auf den ersten Blick.

In der Ferne erhob sich ein bewaldeter Bergrücken, der parallel zum Deister verlief. Das muss der Süntel sein, dachte er. Dieser Name war ihm aus den Kreuzworträtseln vertraut, die Antwort auf die Frage nach einem »nördlichen Bergzug im Weserbergland« mit sieben Buchstaben war stets »Deister« oder »Suentel«.

Die Sonne stand inzwischen am höchsten Punkt, den ein Wintertag zuließ. Dennoch fror Marder, es wehte ein kalter Wind. Er begann den Abstieg in die warme Gemütlichkeit seiner Pension »Marianne«.

22

»Ich habe Ihnen alles gesagt, was ich über Kommissar Matuschek weiß, Herr Marder.«

»Davon bin ich nicht überzeugt.«

»Was heißt, Sie sind nicht überzeugt? Wollen Sie behaupten, dass ich gelogen habe?«

»Gelogen haben Sie nicht, Sie haben nur nicht die ganze Wahrheit gesagt.«

Marder und Brenner saßen sich gegenüber, nicht in Brenners Büro, sondern im Arbeitszimmer von Volkert. Der kommissarische Kommissar war für zwei Tage auf Heimaturlaub in Holzminden. Marder hatte den Kollegen im Dezernat mitgeteilt, dass er das Zimmer für diese Zeit benötigen würde. Er legte Wert darauf, sich mit Brenner in Volkerts Raum zu unterhalten, er wollte ihm den Heimvorteil seines eigenen Büros nehmen. Aus dem gleichen Grund hatte Marder alle, mit denen er noch einmal sprechen wollte, zu einem Besuch in das Dezernat eingeladen. Vielleicht war »eingeladen« das falsche Wort, er bestand auf ihrem Erscheinen. Nur Wotowski hatte Ausflüchte gesucht, er meinte, sein Auto sei gerade zur Inspektion, deswegen sei es für ihn schwierig, zu kommen. Als Marder ihm anbot, einen Streifenwagen vorbeizuschicken, um seine Transportprobleme zu lösen, hatte Wotowski gemeint, er würde es schon irgendwie schaffen, zum gewünschten Zeitpunkt vorzusprechen.

Brenner hob seine Stimme.

»Ich finde Sie ziemlich unverschämt, Herr Marder. Sie wollen mir doch hoffentlich nicht unterstellen, dass ich etwas mit dem Tod von Matuschek zu tun habe.«

»Ich unterstelle Ihnen gar nichts, ich frage mich nur, warum Sie nicht alles erzählt haben, was Sie und Matuschek betrifft.«

»Was soll denn da noch zu erzählen sein?«

»Zum Beispiel, dass Sie vor einiger Zeit eine Versetzung beantragt haben?«

»Selbst wenn ich das getan hätte, was soll das mit Matuschek zu tun haben?«

»Es war nur eine rhetorische Frage. Sie müssen nicht antworten, ich weiß, dass Sie versetzt werden wollten und einen dementsprechenden Antrag gestellt haben.«

»Ja, aber das sind alte Geschichten. Und mit dem Tod von Matuschek hängt das schon gar nicht zusammen.«

Während er sprach, hatte Brenner den obersten Knopf seines Hemdes geöffnet und seine Krawatte gelockert.

»Herr Brenner, es mag wohl stimmen, dass Ihr Wunsch, versetzt zu werden, nicht mit dem Tod von Matuschek zusammenhängt. Aber er hängt ganz bestimmt mit ihm zusammen, als er noch lebte. Ich habe mir heute Morgen aus Ihrer Personalakte in der Polizeidirektion in Hannover vorlesen lassen. Darin steht, dass Sie eine Versetzung beantragt haben, darauf jedoch verzichteten, nachdem sie genehmigt war. Sie haben damals darauf bestanden, in Barsinghausen zu bleiben. Das fand ich seltsam. Ich habe mich gewundert, warum Sie erst zu einer anderen Dienststelle versetzt werden wollen, und es nicht akzeptieren, wenn es genehmigt wird.«

»Das war eine private Entscheidung. Dafür schulde ich Ihnen keine Erklärung.«

»Sie brauchen mir keine zu geben, weil ich die ebenfalls in Ihrer Personalakte gefunden habe.«

Brenner hatte seine Krawatte nun wieder festgezogen, wie es sich für einen korrekten Beamten gehörte, allerdings hatte er den obersten Knopf des Hemdes offen gelassen.

»Das kann nicht sein, ich habe damals keinen Grund angegeben, warum ich in Barsinghausen bleiben wollte. Also kann darüber nichts in meiner Personalakte stehen.«

»Sie haben recht. Der Grund für Ihre Entscheidung steht nicht in Ihrer Akte, trotzdem habe ich ihn dort gefunden.«

»Sie sprechen in Rätseln, Herr Kommissar.«

Brenners Krawatte war erneut nach unten gerutscht. Er war aufgeregt aufgestanden und goss sich eine Tasse Kaffee ein.

»Aus den Unterlagen geht hervor, dass Ihre Mutter eine Woche bevor Ihr Antrag genehmigt worden war, gestorben ist. Da drängt sich die Vermutung auf, dass Sie nach dem Tod Ihrer Mutter die Stadt nicht mehr verlassen wollten.«

»Warum ich hier bleiben wollte, nachdem meine Mutter gestorben war, habe ich niemanden erzählt, weil es niemanden etwas anging. Aber Sie werden mir mit Sicherheit keine Ruhe lassen, wenn ich es Ihnen nicht sage – es ist ja wirklich nichts, was die Welt bewegt: Ja, ich wollte meinen Vater nach dem Tod meiner Mutter nicht allein lassen. Ich dachte, er würde die Einsamkeit nicht ertragen. Ich war schließlich der einzige Mensch, den er hier im Ort noch hat. So einfach ist das, jetzt sind Sie bestimmt enttäuscht.«

»Warum sollte ich enttäuscht sein, das geht mich nichts an, das war Ihre persönliche Entscheidung. Es interessiert mich ohnehin nicht sosehr, warum Sie in Barsinghausen geblieben sind, sondern, warum Sie ursprünglich wegwollten.«

Brenner schwieg, blickte an Marder vorbei.

»Ich bin sicher, das hatte etwas mit Kommissar Matuschek zu tun und der Tatsache, dass er Ihr Vorgesetzter war.«

Brenner rührte mit einem kleinen Löffel in seinem Kaffee, obwohl er weder Milch noch Zucker hineingetan hatte. Dann klopfte er den Löffel am Tassenrand ab. Zwei kleine Tropfen fielen in die Tasse zurück.

»Wenn Sie schon so viel wissen, dann kann ich Ihnen auch erzählen, wie die Zusammenarbeit mit ihm wirklich war.« Bisher hatte Brenner mit abwehrenden Antworten auf Marders Fragen reagiert. Nun hatte er offensichtlich eine innere Hürde genommen und schien bereit, sich zu öffnen.

»Als Chef hat er mir jede Freude an der Arbeit genommen. Er hat mich total ignoriert. Ich bekam überhaupt keine Möglichkeit, an den Fällen mitzuarbeiten, die ihm übergeben wurden. Ich habe nur herumgesessen und Däumchen gedreht, während er sich mit ihnen beschäftigte. Er war ein verdammter Sturkopf, der sich in nichts hineinreden ließ. Er war ein Einmann-Betrieb und hat alle wichtigen Unterlagen in seiner Aktentasche mit sich herumgetragen und sie sogar abends mit nach Hause genommen. Selbst wenn er nicht im Büro war, konnte ich nicht an die Akten heran.«

»Aber er war erfolgreich in seiner Arbeit. Er hat eine Reihe von schweren Verbrechen aufgeklärt, wir haben davon sogar in Stade gehört.«

»Natürlich hat er einige Täter gefasst. Schließlich war das sein Beruf. Aber schauen Sie sich einmal die Fälle an, die er nicht zu Ende gebracht hat. Das sind eine ganze Menge, fast so viel wie die gelösten. Daran arbeite ich zum Teil heute noch. Immer, wenn Matuschek einen Fall erfolgreich abschloss, wurde es an die große Glocke gehängt, denn alle fanden es so charmant, wie dieser unscheinbare Kommissar wieder ein Verbrechen auf seine schrullige Art aufgeklärt hatte. Wie gesagt, über die ungelösten Fälle sprach man nicht.«

Brenner wechselte seine Kaffeetasse mehrmals von einer Hand in die andere. Hoffentlich trinkt er seinen Kaffee bald, dachte Marder, sonst wird er noch kalt. Laut sagte er: »Haben Sie versucht, mit Matuschek über seine Arbeitsweise zu sprechen und ihm gesagt, wie schwierig er Ihnen das Leben damit machte?«

»Natürlich habe ich das. Am Anfang immer wieder. Aber irgendwann habe ich aufgegeben. Die Meinung anderer Leute interessierte ihn nicht, und meine am wenigsten.«

»Wenn es wirklich so schlimm war, kann ich gut verstehen, dass Sie wegen Matuschek frustriert und unglücklich waren.«

»Ja, das war ich, sogar sehr, aber was hatte ich denn für eine Wahl? Ich habe in den letzten Jahren nur darauf gewartet, dass er endlich in den Ruhestand geht. Manchmal habe ich gehofft, dass er sich irgendwie in Luft auflöst und aus diesem Büro verschwindet. Deswegen war es ein Riesenschreck für mich, als ich mitbekam, dass Matuschek eine Verlängerung seiner Dienstzeit beantragt hatte. Sie können sich gar nicht vorstellen, wie erleichtert ich war, als sie abgelehnt wurde.« Jetzt hatte Brenner seinen Kaffee vergessen, seine Hände waren mit den Knöpfen an seinem Jackett beschäftigt.

»Wie war Matuscheks Verhältnis zu den anderen Kollegen hier im Dezernat? Denen muss es doch ähnlich wie Ihnen ergangen sein?«

»Nicht ganz so wie mir, weil die von ihm nicht so abhängig waren wie ich. Die haben zugeschaut, wie er vor sich hin wurstelte und haben sich heimlich über ihn lustig gemacht. Matuschek wusste das, aber es hat ihn kaltgelassen, er bekam ja seine Streicheleinheiten von seinen Vorgesetzten in Hannover. Als er in Pension ging, waren hier alle froh, dass er keine Abschiedsfeier haben wollte. Aber da habe ich mir gesagt, man kann doch einen alten Mann nach so vielen Berufsjahren nicht sang- und klanglos verschwinden lassen. Deswegen habe ich eine kleine Feier mit einem Imbiss arrangiert. Vielleicht habe ich das unbewusst getan, weil er mich manchmal an meinen Vater erinnerte oder vielleicht, weil ich sicher sein wollte, dass er wirklich ging – so genau kann ich das nicht mehr sagen. Da fällt mir noch was ein: An dem Tag von Matuscheks Abschied hatte ich Geburtstag, das wusste aber hier niemand. Da dachte ich, es sei doch nett, eine kleine Geburtstagsfeier für mich selbst zu arrangieren. Aber das behalten Sie bitte für sich, das geht im Dezernat niemanden was an.«

Brenners Krawatte saß nun wieder genau dort, wo sie hingehörte.

»Wie viel wussten Sie über Matuscheks Familienleben, bevor Sie seine Tochter trafen? Hat er wirklich in all den Jahren nie über seine Familie gesprochen? Das kann ich mir nur schwer vorstellen.«

»Da kann ich mich nur wiederholen. Es war genauso, wie ich es schon gesagt habe. Er hat uns so gut wie nichts über sein Privatleben erzählt. Wann hätte er das auch tun sollen? Er führte im Büro nie persönliche Gespräche, mit niemandem. Sogar in der Mittagspause saß er allein an seinem Schreibtisch, ich glaube, er war irgendwie krank im Kopf, so viel Eigensinn ist doch nicht normal. Er hat mich mit seiner Art oft zur Verzweiflung getrieben, und ich will nicht leugnen, dass ich ihn manchmal regelrecht gehasst habe.«

Brenner stand auf. Nachdem er sich beruhigt hatte, setzte er sich wieder. »Zu Hause war er übrigens genauso stur wie im Dezernat.«

»Das wissen Sie von Anja?«

»Ja, sie hat mir mehr erzählt, als ich wissen wollte.«

»Das müssen Sie mir erklären. Wie meinen Sie das?«

»Dass ich nicht besonders positiv über Matuschek gedacht habe, brauche ich nicht zu wiederholen. Aber wie Anja über ihn gesprochen hat, das fand ich ungeheuerlich, sie war doch schließlich seine Tochter.«

Brenner schaute zur Decke, dann auf den Boden. Mit leiser Stimme fuhr er fort:

»Ich habe manchmal auch Probleme mit meinem Vater, aber so wie Anja über den alten Mann hergezogen ist, so würde ich im Traum nicht wagen, über meinen Vater zu reden. Das ist auch ein Grund, warum ich mich von ihr getrennt habe. Mit einer Frau, die so schlecht über ihre eigene Familie redet, wollte ich nichts zu tun haben. Wer weiß, was sie über mich sagen würde, wenn wir einmal Streit miteinander hätten. Bei den Matuscheks muss es zu Hause manchmal wie im Krieg zugegangen sein.«

»Können Sie sich vorstellen, dass der Tod von Matuschek etwas mit diesen Feindseligkeiten zu tun haben könnte?«

»Die Untersuchung in den Tod von Matuschek ist zwar nicht mein Fall, und Volkert hat gesagt, ich soll mich da raushalten, aber wenn Sie mich fragen: Ich bin sicher, die Familie hat irgendwas damit zu tun. Damit will ich nicht sagen, dass sie ihn umgebracht haben.«

Brenner war jetzt ruhiger geworden, er hatte die Chance gehabt, Dinge zu sagen, die ihm offensichtlich schon lange auf der Seele lagen und die er nie losgeworden war. Marder war sicher, dass sein jüngerer Kollege die Wahrheit gesagt hatte, zumindest so weit, wie er sie erkannte.

»Meine letzte Frage, Herr Brenner, müssen Sie nicht beantworten, wenn Sie nicht wollen. Glauben Sie, dass Ihre Karriere bei der Kriminalpolizei anders verlaufen wäre, wenn Matuschek nicht Ihr Chef gewesen wäre?«

»Ich sehe keinen Grund, warum ich die Frage nicht beantworten sollte: Mit Sicherheit hätte ich mehr Erfolg gehabt, vor allem hätte ich mehr Freude an der Arbeit gehabt. Wie gesagt, Matuschek hat mich von allem ferngehalten. Darum hat mich kaum jemand bemerkt. Vielleicht haben außerdem manche Leute in den oberen Etagen falsche Schlüsse aus der Tatsache gezogen, dass ich mich zuerst versetzen lassen wollte und dann doch nicht. Ich werde jetzt neu anfangen müssen. Als Erstes musste ich meinen Arbeitsplatz modernisieren, damit habe ich gleich nach Matuscheks Abschied begonnen. Wenn ich meine ersten eigenen Fälle löse, wird man hoffentlich auf mich aufmerksam werden.«

»Glauben Sie, dass Sie eine Chance haben, Matuscheks Nachfolger zu werden?«

»Wenn es nach Volkert ginge, dann bestimmt nicht. Aber das Seminar, zu dem ich am letzten Wochenende eingeladen wurde, ist ja schon ein Schritt in die richtige Richtung. Irgendjemand in der Direktion in Hannover hat wohl gemerkt, dass es mich gibt.«

»Was hat sich nach Matuscheks Abschied für Sie hier im Dezernat geändert?«

»Also, das Wichtigste ist, dass ich jetzt arbeiten kann, ohne von Matuschek abhängig zu sein. Das ist ein großer Fortschritt. Es tut mir natürlich leid, dass er im See ertrunken ist, ganz egal wie es passiert ist, aber es wäre gelogen, wenn ich sagen würde, dass ich ihn vermisse.«

»Frau Thann, darf ich Ihnen eine sehr persönliche Frage stellen?«

»Das dürfen Sie, solange ich notfalls die Aussage verweigern kann.«

»Das können Sie, und Sie brauchen auf keinen Fall einen Anwalt. Ich würde gern wissen, wie Sie auf den Tod Ihres Mannes reagiert haben und wie es Ihnen in der ersten Zeit danach gegangen ist.«

»So direkt hat mich das noch niemand gefragt, aber ich denke, ich kann Ihnen eine Antwort geben. In den ersten Tagen nach seinem Tod war ich mit dem Planen des Begräbnisses und dem ganzen Drumherum sosehr beschäftigt, dass es unheimlich hektisch war und ich kaum Zeit zum Trauern hatte. Das war gut so. Nach dem Begräbnis marschierte die Trauergemeinde mit ernsten Gesichtern vom Grab in eine Gastwirtschaft. Dort ging es dann ziemlich lustig zu, und es wurde viel gelacht, wie meistens bei einem Leichenschmaus. Ich glaube, das ist wie eine Befreiung von einer Last auf der Seele nach der grauen und düsteren Stimmung auf dem Friedhof. Als ich wieder allein war, bin ich noch einmal auf den Friedhof gegangen, habe mich auf eine Bank beim Grab meines Mannes gesetzt und hemmungslos geweint. Ich war fest entschlossen, nie wieder aufzustehen, ich wollte dort sterben. Als ich nach zwei Stunden noch lebte und mir elendig kalt wurde, bin ich nach Hause gegangen, habe heiß geduscht und dann die Nacht durchgeweint. Am nächsten Morgen habe ich mich unter eine kalte Dusche gestellt und entschloss mich, ohne meinen Mann weiterzuleben.«

Marder dachte daran, wie unterschiedlich der Verlust eines Partners von Menschen empfunden werden kann. Für Vera war es eine Befreiung aus dem Gefängnis einer Beziehung gewesen, für Frau Thann hatte sich damals die Frage nach dem Sinn des Weiterlebens gestellt. Er sagte nichts, lächelte seiner Wirtin zu und ging nach oben in sein Zimmer.

23

Vera saß Marder aufrecht und aufmerksam gegenüber und wartete auf seinen Eröffnungszug.

»Frau Matuschek, Sie können jetzt die Beerdigung Ihres Mannes arrangieren, die Staatsanwaltschaft hat seinen Leichnam freigegeben, alle Untersuchungen sind abgeschlossen.«

»Gibt es etwas Neues? Wissen Sie nun, wie er gestorben ist, Herr Kommissar?«

»Leider nein. Wir wissen, dass er ertrunken ist, aber wir wissen immer noch nicht, wie es geschehen ist. Ob es Mord, Selbstmord oder ein Unfall war, lässt sich nicht feststellen. Das könnte uns nur jemand sagen, der dabei gewesen ist, oder jemand, der wusste, warum er zum See gegangen ist.«

»Leider kann ich Ihnen da nicht weiterhelfen.«

Vera trug heute eine Kombination aus schwarzem Rock und roter Jacke, die Eleganz und teuren Geschmack signalisierte. Die Frau seines ehemaligen Kollegen erinnerte Marder in ihrer selbstsicheren Gelassenheit an Marlene Dietrich in dem Filmklassiker *Zeugin der Anklage*. Marder hielt es für wahrscheinlich, dass diese Selbstsicherheit mehr gespielt als echt war, eine Mischung aus Sein und Schein.

»Doch, ich glaube, Sie könnten helfen, indem Sie die Wahrheit über Ihren Mann und Ihr Leben mit ihm erzählen.«

»Ich habe Ihnen alles schon gesagt. Was wollen Sie noch wissen?«

»Zum Beispiel, warum Ihr Mann ein so unglücklicher Mensch war.«

»Wie kommen Sie denn darauf?«

»Ihr Mann war ein einsamer Mensch. Er hatte keine Freunde, soweit ich es feststellen kann. Er war nicht nur in seiner Familie isoliert, auch außerhalb gab es keinen Menschen, mit dem er befreundet war.«

»Sie scheinen viele Informationen über meinen Mann gesammelt zu haben. Aber Sie haben nicht unrecht, er war tatsächlich ein Individualist. Dabei ist ›Individualist‹ eine freundliche Formulierung für seinen Lebensstil. Er war eher ein ausgeprägter Eigenbrötler.«

Vera hatte ihre Beine übereinandergeschlagen und ihre Finger trommelten auf die Tischplatte. Sie schien es nicht zu bemerken. Sie ist dabei, die Kontrolle über sich zu verlieren, dachte Marder, sie ist nervöser, als sie eingestehen will. Er setzte nach: »Jemand, der ein Individualist ist, muss allein deswegen noch nicht unglücklich sein, selbst dann nicht, wenn er, wie Sie sagen, ein Eigenbrötler ist. Ich glaube, Ihr Mann war nicht nur unglücklich, weil er einsam war. Einsam zu sein, entsprach ja weitgehend seinen eigenen Wünschen. Es muss noch einen anderen Grund geben.«

»Was denn, zum Beispiel?«

»Zum Beispiel eine unglückliche Ehe.«

»Es mag schon sein, dass wir keine besonders glückliche Ehe führten, aber das lag an meinem Mann, er war absolut fanatisch in seiner Art.«

»Was meinen Sie mit ›fanatisch‹? Wie machte sich das bemerkbar?«

»Zum Beispiel: Er hatte nie das Bedürfnis, sich mit anderen Menschen zu unterhalten, erst recht nicht über private Dinge. Dazu gehörte sogar seine Familie. Wie Sie schon gesagt haben: Er hatte überhaupt keine Freunde und auch zu seinen Kollegen im Dezernat hatte er so gut wie keinen persönlichen Kontakt.«

»Woher wissen Sie das? Ich meine das über seinen Umgang mit den Kollegen. Sie haben mir selbst erzählt, dass Ihr Mann nie über seine Arbeit gesprochen hat.«

»Anja war einmal bei einem sogenannten ›Open House‹, ich würde da nie hingehen. Sie lernte dort einen Kollegen von ihm kennen. Der hat ihr erzählt, wie sich alle im Büro über ihn lustig machten und nichts mit ihm zu tun haben wollten. Das war auch kein Wunder, wenn man sich überlegt, wie spießig und altmodisch er war. Seine Anzüge waren wie aus der Kleiderkiste vom Roten Kreuz, man konnte sich mit ihm kaum in der Öffentlichkeit zeigen.« Ein höhnisches Lächeln huschte über Veras Gesicht, gepaart mit einem Schuss Hass und einer Prise Verachtung. »Und diese lächerlichen Brötchen für die Mittagspause, die er immer allein an seinem Schreibtisch aß. Wenn er sich im Büro so aufgeführt hat wie zu Hause, kann ich gut verstehen, dass ihn seine Kollegen links liegen ließen. Aber das war ja ohnehin ganz in seinem Sinne.«

Vera hatte jetzt ihre Finger ineinander verschränkt und die Hände in den Schoß gelegt, konnte aber nicht verhindern, dass sie nervös zuckten. Ihre Augenlider bewegten sich im Rhythmus der Hände.

»Warum hat Ihr Mann Sie in den letzten Jahren so lieblos behandelt? Er musste Sie doch einmal geliebt haben, sonst hätte er Sie nicht geheiratet?«

»Das ist lange her. Als junger Mann waren seine Eigenarten nicht so ausgeprägt. Als wir uns kennen gelernt haben, hat es mir sogar imponiert, dass ein so starker Typ wie er an mir interessiert war. Ich dachte, dass er sich im Laufe der Zeit etwas abschleifen würde, aber genau das Gegenteil ist passiert, er wurde immer eigensinniger und unerträglicher. Mir war bald klar, dass ich ihn nie hätte heiraten dürfen, er war absolut der falsche Mann für mich.«

»Warum haben Sie sich nicht scheiden lassen? Sind Sie nur bei ihm geblieben, weil er Ihnen ein Leben ohne finanzielle Probleme möglich gemacht hat?«

»Ja, das war am Ende das einzig Positive an unserer Ehe. Ansonsten war das Leben mit ihm todlangweilig. Meine Wünsche haben ihn überhaupt nicht interessiert. Wir hatten keine gemeinsamen Bekannten. Am Anfang habe ich versucht, mit anderen Ehepaaren Freundschaften zu pflegen und habe sie zum Essen eingeladen. Aber Alfred ließ sie spüren, dass er sich in seiner häuslichen Ruhe gestört fühlte. Mit seinem Verhalten vergraulte er alle. Ich hätte gern mit ihm Tennis gespielt, aber über meine Freude am Sport hat er sich nur lustig gemacht.

Er meinte, ich hätte mit dem Haushalt und den Kindern genug körperliche Betätigung, und er müsse seine Energie für die Arbeit bei der Polizei und die Feuerwehr aufsparen. Er war ein paar Mal mit im Club, aber es genügte ihm, die Bälle ein bisschen hin und her zu schubsen. Er weigerte sich, Tennisstunden zu nehmen und fand den Gedanken an Wettkämpfe in einer Mannschaft lächerlich. Sport betrachtete er grundsätzlich als Belästigung, dazu war er zu faul und zu bequem. Er hatte überhaupt keinen Ehrgeiz.«

Sie fand in der Tasche ihrer Jacke ein Taschentuch, faltete es langsam auseinander, drehte ihren Kopf zur Seite und schnäuzte vorsichtig hinein. Marder hatte nicht bemerkt, dass sie verschnupft war.

»Erfolg ist wohl sehr wichtig für Sie?«

»Ja, ich mag es, gegen andere zu kämpfen und mich durchzusetzen. Wenn Alfred mich ein wenig unterstützt hätte, wäre ich bestimmt noch eine bessere Tennisspielerin geworden. Talent hatte ich genug. Mindestens in der Landesliga hätte ich spielen können; aber so habe ich es nur bis in die Bezirksklasse geschafft. Alfred war grundsätzlich gegen alles, was mir etwas bedeutete. Wenn ich Spaß haben wollte, war es nie etwas, das wir gemeinsam machen konnten.«

»Haben zu diesem Spaß auch andere Männer gehört?«

Veras Augen wurden groß, mit dieser Frage hatte sie offensichtlich nicht gerechnet. Sie schien zu überlegen, ob sie dieses Ansinnen mit Empörung von sich weisen oder sich zu einer ehrlichen Antwort bekennen sollte.

»Was blieb mir bei so einem Mann denn übrig? Nach dem zweiten Kind ist unser Eheleben völlig eingeschlafen – im wahrsten Sinne des Wortes: Im Bett haben wir tatsächlich nur noch geschlafen, sonst hat sich nichts mehr abgespielt, und da war ich gerade erst dreißig Jahre alt. Irgendwann empfand ich nur noch Ekel bei dem Gedanken, mit ihm Sex zu haben. Aber zum Glück hatte Alfred auch keinen Drang mehr nach Intimität mit mir. Über die Jahre hatte ich ein paar sympathische Doppelpartner im Verein, und mit denen verstand ich mich auch sonst ganz gut.«

Ihre Hände fanden einen Kugelschreiber auf Marders Schreibtisch. Sie klickte die Mine einige Male heraus und wieder hinein, dann steckte sie ihn gedankenlos in ihre Kostümtasche. Sie wird mich sicherlich nicht bestehlen wollen, sagte sich Marder, sie weiß vor Erregung nur nicht mehr genau, was sie tut.

»Wie haben Ihre Kinder auf diese Dauerkrise zwischen Ihnen und Ihrem Mann reagiert? Haben sie darunter gelitten?«

»Nein, ich bin mir ganz sicher, dass sie nicht gelitten haben. Mein Mann war zwar für mich kaum zu ertragen, aber er konnte sich beherrschen und seine Gefühle und Launen den Kindern gegenüber einigermaßen unterdrücken, vor allem als sie noch klein waren. Die Kinder haben, bis sie erwachsen waren, nicht gemerkt, was für eine gefühllose Person er war. Er hat ja auch nie mit ihnen geschimpft oder sie kritisiert. Es war ihm egal, wie ihre Noten in der Schule waren, was sie studierten oder wie sie später in ihrem Beruf vorankamen.«

»Glauben Sie deswegen, dass es an Ihrem Mann lag, dass Ihre Kinder in ihren Berufen nicht den Erfolg haben, den Sie sich gewünscht haben?«

»Es ist bei so einem Vater kein Wunder, dass sie es nicht besonders weit gebracht haben. In ihm hatten sie ja kein Vorbild. Ich habe immer gehofft, Alfred würde befördert werden und wir könnten aus dieser Kleinstadt nach Hannover oder in eine andere Großstadt ziehen. Aber dazu hätte Alfred zielstrebiger sein müssen und sich vor allem mit seinen Vorgesetzten besser stellen müssen.« Vera kniff ihre Lippen zusammen, als wollte sie nicht weiter sprechen. Marder wartete, ließ ihr Zeit, dann fuhr sie fort.

»Alfred war das alles nicht wichtig, er hat immer nur nach seinen verdammten Tätern gesucht. Ein oder zwei Mal hätte er Gelegenheiten gehabt, befördert zu werden, aber er hat durchblicken lassen, dass er daran kein Interesse habe, und danach hat man ihn in Ruhe gelassen. Er wollte keine Position in der Direktion mit mehr Verantwortung, während ich hier auf dem Land versauerte. Ich habe ihn jedes Jahr ein bisschen mehr gehasst.«

»Als Ihr Mann in den Ruhestand ging, wäre das nicht eine Chance gewesen, es noch einmal miteinander zu versuchen?«

»Da war es längst zu spät. Seinen Ruhestand habe ich mit Schrecken erwartet. Ich wollte den schlampigen Kerl nicht den ganzen Tag zu Hause um mich herum haben. Das hat sich ja nun erledigt. Es wird Sie nicht überraschen, wenn ich sage, dass ich ihm nicht nachtrauere, da bin ich ganz ehrlich. Genau genommen fühle ich mich nach seinem Tod wie befreit. Vor allem nach der Sache mit dem Brief.«

»Welchen Brief meinen Sie?«

Vera legte ihre Hände gefaltet vor das Gesicht, ihre Daumen drückten gegen die Lippen, als wolle sie verhindern, dass etwas Dummes zwischen ihnen herausschlüpfte. Aber dazu war es nun zu spät. Sie nahm die Hände wieder herunter.

»Der Brief spielt keine Rolle. Der hat nichts mit seinem Tod zu tun.«

»Trotzdem, was war das für ein Brief? Worum ging es darin?«

»Eigentlich will ich darüber nicht reden, aber Sie lassen mir ja sonst keine Ruhe. Kurz nachdem er in den Ruhestand gegangen war, hatte Alfred einen Brief geschrieben und jedem von uns eine Kopie davon gegeben. Er hat uns darin lächerliche Vorwürfe gemacht. Wir haben die Briefe vor seinen Augen zerrissen und im Kamin verbrannt.«

»Das war wohl an dem Abend, als die Nachbarn Ihren Streit mitbekommen haben. Ich möchte gern wissen, welche Vorwürfe er Ihnen gemacht hat.«

»Ich habe bereits gesagt, dass ich darüber nicht sprechen will. Es geht Sie nichts an, und es hat nichts mit Alfreds Tod zu tun. Das können Sie mir glauben oder auch nicht. Sie werden von mir darüber nichts weiter erfahren. Ich will Alfred endlich aus meinem Kopf haben. Ich werde mich darum kümmern, dass seine Urne ordentlich begraben wird, und dann will ich nie mehr an ihn denken müssen. Vielleicht finde ich noch einen Mann, der besser zu mir passt. Mein Leben ist schließlich noch nicht zu Ende. Auf Wiedersehen, Herr Kommissar.«

Sie lächelte wieder, das Lächeln schien Marder unecht und erzwungen. Er ließ sie gehen.

»Schatz, ich bleibe noch ein paar Tage in Barsinghausen. Aber zum Wochenende werde ich hoffentlich zu Hause sein.«

»Ich weiß, mein Lieber, du wirst nicht kommen, bis du mit dem Fall fertig bist. Mach dir wegen mir keine Sorgen, ich komme ganz gut ohne dich zurecht.«

»Das hört sich so an, als vermisst du mich nicht besonders.«

»Wenn du schon fragst, ich genieße es, das Haus einmal für mich alleine zu haben und mir die Tage so einzurichten, wie es mir passt. Ich habe inzwischen zwei Bücher gelesen, die seit langem auf meinem Nachttisch liegen. Du hast sie mir zu meinem letzten Geburtstag geschenkt. Du könntest dich wahrscheinlich nicht mehr daran erinnern, welche es waren, wenn ich dich danach fragen würde. Aber sei beruhigt, ich freue mich trotzdem darauf, wenn du wieder zu Hause bist.«

Marder musste sich eingestehen, dass seine Frau recht hatte. Er konnte sich noch erinnern, dass er ihr zwei Bücher geschenkt hatte, die er unter anderem ausgesucht hatte, weil auch er sie gern lesen wollte. Die Titel würden ihm bestimmt wieder einfallen, wenn er Zeit hätte, darüber nachzudenken.

»Iris, ich will dich noch etwas fragen und möchte, dass du ehrlich antwortest, auch wenn es dir wie eine dumme Frage vorkommt.«

»Du sagst immer, es gibt keine dummen Fragen, sondern nur dumme Antworten. Also worum geht es?«

»Wie würdest du reagieren, wenn ich plötzlich tot umfallen würde? Was würdest du den Leuten über mich erzählen?«

»Der Fall Matuschek scheint dir zuzusetzen. Ich wette, du hast mit Frau Matuschek gesprochen und sie hat dir ein paar Dinge über ihren Mann gesagt, die du nicht erwartet hast.«

»Das hast du gut erraten. Wieso weißt du eigentlich fast immer, was ich denke, bevor ich es sage? Also möchtest du meine Frage nun beantworten oder nicht?«

»Ich muss mir meine Antwort gut überlegen. Warte mal eben, ich muss erst einmal die Ofenplatte ausmachen, sonst brennt mein Nudeleintopf an.«

Marder hörte ein leises Klicken im Telefon, als Iris den Hörer neben den Apparat legte. Er fragte sich, ob das Essen auf der Platte wirklich am Verbrennen war oder ob seine Frau das nur vorgeschoben hatte, um Zeit zum Überlegen zu gewinnen.

»Da bin ich wieder. Also...was würde ich wohl sagen? Vermutlich so was wie: Er war ein guter Mann und lieber Vater, aber manchmal war ihm seine Arbeit wichtiger als seine Familie. Dann hat er uns vernachlässigt. Wenigstens hatte er hinterher meistens ein schlechtes Gewissen, und er versuchte, es wieder wettzumachen. Er hat mir nicht immer die Geschenke gemacht, die mir zustanden, aber die Kinder liebten ihn, da blieb mir nichts anderes übrig, als ihn zu akzeptieren, wie er war. Ich wollte ihn mehr als einmal verlassen, war mir aber nie sicher, ob ich einen gleichwertigen Ersatz finden würde. War das so in Ordnung, oder bist du nun sehr enttäuscht?«

»Ich liebe dich. Bis bald, Schatz. Ich bringe dir was Schönes mit.«

24

Die Strahlen der Sonne schnitten durch die Ritze der Vorhänge in Marders Büro und beleuchteten wie ein Spotlight die Kaffeetasse auf seinem Schreibtisch. Die Tasse war noch fast voll. Marder entschloss sich, sie auszuschütten, der Kaffee war für seinen Geschmack zu stark und zu bitter. Er hatte sich aus der Kaffeekanne im Sozialraum des Dezernats bedient. Wer immer hier für Kaffee zuständig war, kochte ihn nicht nach seinem Geschmack.

Die Kollegen hatten ihn verwundert angeschaut, als er den Pausenraum betreten hatte, und ihre Gespräche hörten im gleichen Moment auf.

»Was ist?«, hatte er gefragt und auffordernd in die Runde geblickt.

»Aus *dem* Raum da ist noch nie was Gutes gekommen«, hatte ein Kollege flapsig gesagt. Dabei zeigte er über den Flur auf die Tür zu Volkerts Arbeitszimmer, das früher Matuschek gehörte und zurzeit von Marder annektiert wurde.

»Weder vor noch nach dem Abgang von Matuschek«, hatte der Kollege ergänzt, der ihn am ersten Tag so freundlich am Empfang begrüßt hatte. Matuschek habe nie mit ihnen zusammen gegessen, fügte er hinzu, und Volkert verschwinde jeden Mittag aus dem Büro und komme nach einer Stunde oder auch erst später zurück. Man wisse nicht, wo und wie er seine Mittagspause verbringe. Den Rest der unfreundlichen Bemerkungen über Matuschek und Volkert versuchte Marder zu überhören. Er war nur Besucher in diesem Haus und betrachtete sich nicht als qualifiziert, die Bemerkungen über die beiden Kollegen zu kommentieren.

Marder hatte Anja für zwei Uhr dreißig einbestellt. Sie trat fast pünktlich in sein Büro ein und überraschte ihn: Ihre Haare waren erfrischend ungeordnet, sie trug kein Make-up, nicht einmal Lippenstift. Sie hatte ein T-Shirt über ihre Jeans gezogen mit der Aufschrift: *The Power comes from within.* Ob sie wohl versteht, was sie da vor sich her trägt, wunderte sich Marder, oder ist ihr Englisch noch dürftiger als meins?

»Es tut mir leid«, sagte sie, »ich hatte keine Zeit, mich zurechtzumachen. Ich bin nach dem Dienst gleich nach Hause gefahren und habe mich schnell geduscht und umgezogen, um rechtzeitig hier zu sein. Was gibt es, was so wichtig ist?«

»Ich habe noch ein paar Fragen über Ihren Vater.«

»Lassen Sie mich endlich mit den Fragen über meinen Vater in Ruhe. Ich habe Ihnen alles gesagt, was es über ihn zu sagen gibt.«

»Sie haben mir nicht die Wahrheit über Ihre Beziehung zu Ihrem Vater erzählt. Es war nicht so, wie Sie es bisher beschrieben haben.«

»Wie kommen Sie darauf? Warum bilden Sie sich ein, Sie wüssten besser als ich, was zwischen mir und meinem Vater gelaufen ist?«

»Sie haben Ihren Vater nicht geliebt. Ich denke, Sie haben ihn sogar verachtet. Deswegen wollten Sie so früh wie möglich von zu Hause fort. Ich behaupte keineswegs, dass das nur an Ihnen lag. Ihr Vater hat bestimmt seinen Teil zu dieser Situation beigetragen, vielleicht sogar mehr als Sie.«

Anja hatte ihre Augen weit aufgerissen und schüttelte heftig ihren Kopf.

»Eigentlich geht Sie das alles nichts an. Aber es stimmt leider, mein Vater war kein Mann zum Liebhaben. Wir Kinder waren ihm immer egal gewesen. Ich kann mich nicht daran erinnern, dass er uns jemals gesagt hätte, dass ihm etwas an uns liegt. Er lebte für sich. Manchmal habe ich geglaubt, er macht absichtlich Dinge, um uns wehzutun.«

Anja zog ihre Augenbrauen hoch, dann kniff sie die Augen zusammen, als wollte sie nicht sehen, was um sie herum vor sich ging. Vielleicht will sie mich nicht mehr sehen, weil ich sie zwinge, Erinnerungen an ihre Kindheit zu konfrontieren, die sie am liebsten auslöschen möchte, dachte Marder.

»So ähnlich hat sich Ihre Mutter auch ausgedrückt.«

»Wenn sie nichts Schlimmeres über ihn gesagt hat, hat sie sich sehr zurückgehalten. Meine Mutter hat am meisten unter meinem Vater gelitten. Er hat sie jahrelang schikaniert. Er quälte sie oft, indem er sie einfach ignorierte. Er hat manchmal wochenlang kaum mit ihr gesprochen, und wenn, dann nur in einer Art, als wäre er der cleverste Mensch auf der Welt und sie der letzte Dreck.«

»Wie sind Sie damit fertig geworden, dass Ihre Eltern wie Feinde miteinander umgegangen sind? Haben Ihre Eltern keine Rücksicht auf Sie und Ihren Bruder genommen?«

»Das Irre ist, dass meine Eltern lange geglaubt haben, wir würden ihren Streit nicht mitbekommen, das hat mir meine Mutter erst vor kurzem erzählt. Als ich älter wurde, habe ich natürlich gemerkt, dass sie sich ständig angemacht haben. Ich habe dann einfach abgeschaltet und so getan, als gäbe es sie nicht. Als ich die Schule hinter mir hatte, bin ich von zu Hause ausgezogen – ich wollte so schnell wie möglich weg.«

»Haben Sie sich bei den Streitereien zwischen Ihren Eltern manchmal eingemischt? Haben Sie versucht, Ihrer Mutter zu helfen?«

Bisher hatte Anja trotz der Erregung, die sie nicht verbergen konnte, kontrolliert und bewusst gesprochen, jetzt schrie sie Marder beinahe an: »Das glauben Sie doch selbst nicht, dass man als Kind was ändern kann. Und was hätte das schon genutzt? Meine Mutter hat mir zwar leidgetan, aber mir war klar, dass ich nichts ändern konnte. Trotzdem konnte ich mit ihr wenigstens manchmal über Probleme sprechen.«

»Haben Sie nie versucht, mit Ihrem Vater zu reden?«

»Das hätte überhaupt nichts gebracht. Mein Vater war, wie ich schon gesagt habe, altmodisch bis zum Gehtnichtmehr, er trieb mit seiner sturen Art die ganze Familie in den Wahnsinn. Wenn er abends aus dem Büro kam, sind wir Kinder in unsere Zimmer verschwunden und meine Mutter ist oft einfach weggegangen, zum Tennis oder irgendwo anders hin. Meistens sagte sie nicht einmal, wo sie hingeht, und mein Vater hat auch nicht gefragt, wo sie gewesen war, wenn sie nach Hause kam. Schuld an den ewigen Streitereien hatte fast immer nur er und nicht meine Mutter.«

»Konnte sich Ihre Mutter nicht gegen Ihren Vater wehren?«

»Zuerst hat sie es bestimmt versucht, aber irgendwann hat sie es aufgegeben. Meine Mutter tat mir leid, sie ist ja eine lebenslustige Frau. Kein Wunder, dass sie in den letzten Jahren nur noch das getan hat, wozu sie selbst Lust hatte.«

»Hatte sie auch Bekanntschaften mit anderen Männern? Sie wissen, was ich meine.«

Marder hatte Hemmungen, wenn er mit einer Frau sprach, »Sex« zu sagen, wenn er Sex meinte.

»Sie hat zwar nie was von andern Männern gesagt, aber ich denke, sie hatte da ab und zu jemanden, der sie tröstete, sie ist ja noch keine alte Frau.«

Anja fasste sich mit der linken Hand in die Haare und wickelte eine Strähne um ihren Zeigefinger.

»Als Ihr Vater vor einem Monat in den Ruhestand ging, veränderte sich dadurch etwas?«

»Das kann ich schlecht beurteilen, so oft war ich ja nicht mehr bei meinen Eltern zu Hause. Aber soweit ich von meiner Mutter weiß, wurde es seitdem nur noch schlimmer. Mein Vater hatte ständig schlechte Laune und hat sich immer mehr zurückgezogen. Das war für meine Mutter schrecklich, denn er war jetzt den ganzen Tag zu Hause, und das hat ihr unheimlich zugesetzt.«

»Lieben Sie Ihre Mutter?«

»Ich denke schon, jeder muss doch seine Mutter lieben, oder? Es kommt aber darauf an, was man unter Liebe versteht. Vor allem hatte ich Mitleid mit ihr, weil mein Vater ihr das Leben zur Hölle gemacht hat. Aber sie hat mich manchmal genervt, weil sie oft darauf bestanden hat, dass ich das tue, was sie wollte, und nicht das, was ich selbst wollte. Zum Beispiel mein Beruf: Sie wollte unbedingt, dass ich Medizin studiere und Ärztin werde. Ich wollte lieber Krankenschwester werden. Meine Mutter sagt immer, ich sei ›nur‹ Krankenschwester. Sie hat von Anfang an Bertram und mir vorschreiben wollen, was wir nach der Schule machen sollten und sie hat uns ständig damit unter Druck gesetzt.«

»Sie ist also auch nicht glücklich damit, was Bertram jetzt macht?«

»Nein, das ist sie nicht, aber bei meinem Bruder kann ich verstehen, dass sie enttäuscht ist: Männer sollten versuchen, mehr aus sich zu machen. Ich war schon immer der Meinung, dass Bertram ein Versager ist, und daran hat sich bis heute nichts geändert. Er traut sich nichts zu und versteckt sich im Wald. Er denkt wohl, er tut was Wichtiges für die Natur und die Umwelt als Forstbeamter. Aber wissen Sie, was Bertram macht, ist mir völlig egal. Er kann von mir aus tun oder lassen, was er will.«

Während sie sprach, klingelte ihr Handy. Sie hatte es aus der Jeanstasche gezogen, den Anruf weggedrückt, ohne auf das Display zu schauen, wer angerufen hatte und dann zu Ende gesprochen. Marder fand das gut. Weniger gut fand er, wie sie über ihren Bruder sprach.

»Sie haben offensichtlich keine hohe Meinung von Ihrem Bruder, aber das ist Ihre Sache. Ich möchte Sie etwas anderes fragen. Wie stehen Sie wirklich zu Herrn Brenner? Sie haben das letzte Mal gesagt, Sie waren mit ihm nur kurz befreundet.«

»Um es deutlich zu sagen, Brenner ist auch ein Versager. Entschuldigen Sie den krassen Ausdruck, aber der beschreibt diese Art von Männern am besten. Meine Treffen mit ihm waren totale Zeitverschwendung. Erst wollte er mir vormachen, was für einen tollen Job er bei der Kriminalpolizei hätte und welche fantastische Karriere er noch machen würde. Dann habe ich festgestellt, dass er nur so etwas wie ein Assistent von meinem Vater war, und jemand, der in seinem Alter noch nicht weiter ist, wird es nicht mehr weit bringen.«

»Ist es denn so wichtig, dass ein Mann Karriere macht?«

»Für mich schon. Das ist etwas, was ich von meiner Mutter gelernt habe. Ich habe schließlich keine Lust, mein ganzes Leben kranke Leute zu bedienen.«

»Ihre Erwartungen an Männer sind ziemlich klar.«

»Ich habe bei meinem Vater erlebt, wie Männer sein können. So einen will ich nicht.«

»Wie sollte denn der Mann sein, den Sie sich wünschen?«

»Es ist schwer, den idealen Mann zu beschreiben. Mal abgesehen von meinem Vater, der in jeder Hinsicht eine traurige Ausnahme war, sind die Männer aber im Großen und Ganzen alle gleich.«

»Gleich? Inwiefern?«

»Das Wichtigste für die meisten Männer ist, dass ihre Frauen toll aussehen, damit sie mit ihnen angeben können. Je besser eine Frau aussieht, umso größer sind ihre Chancen, einen interessanten Mann zu finden.«

»Ich befürchte, da könnten Sie recht haben. Was macht einen Mann für Sie interessant?«

Anja fuhr mit ihrer Zunge über ihre Lippen, schüttelte ihren Kopf und blickte Marder feindselig an.

»Ich weiß, Sie möchten was von Charakter und Liebe hören, aber so etwas ist nicht das einzig Wichtige für die meisten Frauen von heute. Für mich ist ein Mann dann interessant, wenn er einer Frau das Leben bieten kann, das sie sich wünscht. Er darf ruhig ein paar kleine Fehler haben. Damit meine ich nichts Schlimmes, wie zum Beispiel, dass er seine Frau schlägt oder so was, sondern eher so kleine Schwächen… wie…wie… na ja… halt so Menschliches. Das sehen Sie bestimmt anders, Herr Kommissar.«

»Warum sind Sie sich da so sicher?«

»Weil Sie auch nur ein Mann sind … Idealismus allein ist nicht mehr in, mindestens nicht in meiner Generation. Deswegen lege ich Wert auf mein Äußeres. Frauen, die schlampig sind, dürfen sich nicht wundern, wenn für sie nur die

Männer übrig bleiben, die sonst niemand will. Habe ich Sie sehr schockiert?«

Alles, was Anja in den letzten Minuten gesagt hatte, schien in krassem Widerspruch zu dem Text auf ihrem T-Shirt zu stehen.

»Ich bin nicht überrascht, dass Sie so denken, ich bin nur überrascht, dass Sie es so ehrlich zugeben. Aber lassen wir das, sagen Sie mir lieber, was in dem Brief stand, den Ihr Vater Ihnen am Tag vor seinem Tod gegeben hat.«

»Wie kommen Sie darauf? Von diesem Brief können Sie doch gar nichts wissen.«

»Ihre Mutter hat mir davon erzählt.«

Anja blickte Marder fassungslos an. Ihre Hände hatte sie zu Fäusten geballt, sie blinzelte nervös.

»Das finde ich blöd von ihr, wie kommt sie denn dazu, schließlich hatten wir abgemacht, mit niemandem darüber zu reden. Sie hat Ihnen aber bestimmt nicht erzählt, was drin stand, sonst würden Sie nicht danach fragen. Er war sowieso nicht wichtig.«

»Er muss aber wichtig genug gewesen sein, dass Sie sich darüber gestritten haben, und zwar so laut, dass die Nachbarn mithören konnten, ohne sich besondere Mühe geben zu müssen.«

»In den Briefen waren nichts als blödsinnige Beschuldigungen und sogar Drohungen. Die waren so lächerlich, dass wir die Briefe verbrannt haben, aber das hat nichts mit dem Tod von meinem Vater zu tun.«

»Das kann ich kaum glauben. Worum ging es im Einzelnen und womit hat Ihr Vater gedroht?«

»Es tut mir leid, Herr Kommissar, das ist eine Familiensache, zu der ich kein Wort mehr sagen werde, und ich glaube nicht, dass Sie mich dazu zwingen können.«

Ihre Arme waren nun fest vor dem Körper verschränkt, ihre Knie zusammengepresst, ihre Lippen zusammengekniffen.

»Nein, zwingen kann ich Sie nicht. Ich kann mir aber vorstellen, dass diese Frage eventuell noch einmal vor einem Gericht an Sie gestellt wird. Ich bin überzeugt, dass in dem Brief etwas stand, was helfen würde, zu erklären, warum und wie Ihr Vater gestorben ist – gerade weil Sie, Ihre Mutter und ihr Bruder darauf bestehen, dass nichts darin stand, was mit dem Tod Ihres Vaters zu tun hat.«

»Es ist für alle besser, wenn Sie das nicht herausfinden. Ich bin nur froh, dass mein Vater nicht mehr da ist und meine Mutter jetzt eine Chance hat, den Rest ihres Lebens zu genießen.«

Anja wirkte wie versteinert. Die Haltung ihrer Arme und ihrer Knie hatte sich während ihrer letzten Worte nicht verändert. Dann stand sie entschlossen auf. Marder sah keinen Grund, Anja am Verlassen des Raumes zu hindern.

»Wie oft sehen Sie Ihre Kinder und Enkel, Frau Thann?«

»Zwei- bis dreimal im Jahr, aber ziemlich unregelmäßig. Dabei muss man bedenken, dass sie nicht in Barsinghausen leben, der Sohn wohnt mit seiner Familie am Bodensee und die Tochter in der Eifel.«

»Sind Sie sehr unglücklich darüber, dass die Kinder nicht in Ihrer Nähe wohnen?«

»Nicht gerade glücklich, aber man muss es akzeptieren. Aber ich sehe meine Kinder und Enkel nicht sooft, wie ich es gern hätte, Herr Marder.«

»Warum besuchen Sie sich dann nicht häufiger?«

»Ich glaube, ein Grund ist, dass der Wunsch, sich zu sehen, bei Eltern größer ist als bei den Kindern.«

»Können Sie erklären, warum das so ist?«

»Ich weiß nicht, ob das überhaupt logisch zu erklären ist. Ich denke, es hat etwas mit der Angst vor dem Alleinsein zu tun, die nimmt bei uns Alten jedes Jahr zu. Das stelle ich zumindest bei mir fest. Wenn ich es allein den Kindern überlassen würde, wie oft wir uns gegenseitig besuchen, wäre es vermutlich noch seltener.«

»Wie war Ihr Verhältnis zu den Kindern, als sie erwachsen wurden, aber noch bei Ihnen zu Hause wohnten?«

»Da ging es gelegentlich hoch her und es gab auch die eine oder andere Auseinandersetzung. Es gab bei uns jedoch – wie soll ich sagen – so eine Art Basisliebe, die zwar ab und zu ins Wanken geriet, aber über die Jahre gehalten hat. Daran hatte mein Mann, als er noch lebte, einen wesentlichen Anteil, weil er schwerer aus der Ruhe zu bringen war als ich.«

»Ich bin sicher, Sie haben dazu auch eine Menge beigetragen.«

»Das hoffe ich, Herr Kommissar. Sie kommen wohl auf diese Gedanken wegen der Familie Matuschek. Ich stelle fest, dass Sie in den letzten Tagen sehr nachdenklich dreinblicken. Sie sollten sich das von den Matuscheks nicht allzu sehr zu Herzen nehmen. Die Matuscheks sind nicht typisch für alle Familien. Ich bin überzeugt, Sie selbst gehören auch nicht dazu.«

»Das hoffe ich. Ich werde meine Frau fragen, wenn ich wieder zu Hause bin.«

25

Bertram verspätete sich um eine halbe Stunde. Marder vertrieb sich die Zeit, indem er sich in den Stadtplan von Barsinghausen vertiefte, der seinem Schreibtisch gegenüber an der Wand hing. *Stadtplan* war eigentlich das falsche Wort, *Landschaftsplan* wäre korrekter. Die Stadt bestand überwiegend aus offenen Flächen: Wäldern, Wiesen oder Feldern. Der eigentliche Ort Barsinghausen war nur ein bescheidener roter Bereich in der unteren Hälfte des Plans. Den Süden der Karte beherrschte ein großer grüner Fleck, das waren die Wälder der Deisters, sie wirkten auf dem Papier undurchdringlich und endlos. Im Nordosten zog sich ein breiter grauer Balken quer durch das Gelände, das war die Autobahn, sie durchschnitt die Landschaft mit rücksichtsloser Gradlinigkeit. Ungefähr fünfzehn kleine Siedlungen verteilten sich über die Karte, das waren die Dörfer, die zur Stadt gehörten. Leuchtende gelbe Linien verbanden die Ortsteile miteinander, das waren die Landstraßen, sie unterteilten die Landkarte optisch in unregelmäßig geformte Teile wie bei einem Puzzle. Feine blaue Kurven und Bögen durchzogen die Landschaft wie Adern, das waren die Bäche, die aus dem Deister kamen und der Leine im Norden entgegentrödelten. Über dem Ganzen lag ein kaum wahrnehmbares Spinnwebennetz, das waren die Feldwege, die wie Nervenstränge alles miteinander verknüpften. Die lilafarbene Stadtgrenze zackte sich um die Dörfer und Felder, als sei sie von einem technischen

Zeichner in einer Behörde festgelegt worden. Die geografische Mitte der Stadt musste irgendwo in der freien Natur liegen.

Im Zentrum des Hauptortes steckte an der Stelle, wo Marder das Gebäude der Polizei vermutete, eine Nadel mit einem blauen Kopf. Daneben eine mit einem roten Kopf, das musste die Feuerwehr sein. Die gleiche rote Nadel fand er in den meisten Ortsteilen wieder, das waren wahrscheinlich die Außenstellen der Feuerwehr. Darüber hinaus steckten viele Nadeln mit gelben Köpfen über die ganze Karte verteilt. Marder hatte keine Ahnung, was sie anzeigten.

Bertram war gerade angekommen und saß mit nach vorn gebeugtem Oberkörper auf dem Besucherstuhl, als wollte er seine Verspätung durch erhöhte Aufmerksamkeit wettmachen. Marder ließ Bertrams Unpünktlichkeit ohne Tadel durchgehen,

»Wie hoch sind die Schulden, die Sie an die Bank zurückzahlen müssen, Herr Matuschek?«

»Ich wüsste nicht, was Sie das anginge. Wenn Sie keine anderen Fragen haben, brauchen wir uns nicht weiter zu unterhalten, Herr Kommissar.«

Bertram wippte ungehalten mit seinem rechten Fuß auf und nieder, auf und nieder, auf und nieder. Sein rechter Zeigefinger ging zu seiner linken Schläfe, als wolle er dem Kriminalkommissar einen Vogel wegen seiner unverschämten Frage zeigen. Marder nahm es als Zeichen von innerer Erregung, nicht als Beleidigung seiner Autorität.

»Sie haben Ihre Schulden mit Ihrem Vater an dem Tag vor seinem Tod so laut diskutiert, dass alle Nachbarn wissen, dass Sie Geldprobleme haben. Ich frage mich, ob diese Schulden etwas mit seinem Tod zu tun haben.«

»Diese Unterstellung ist unverschämt. Meine Schulden haben überhaupt nichts mit seinem Tod zu tun. Über meinen Vater will ich nicht mehr sprechen, am besten nie wieder. Er hat genug Unheil auf dieser Welt angerichtet.«

Bertram presste seinen Oberkörper gegen die Rückenlehne des Stuhls.

»Ich kann nicht glauben, dass alles, was Ihr Vater gemacht hat, schlecht und böse gewesen sein soll. Es geht mir nicht in den Kopf, dass er allen, die um ihn herum waren, ständig das Leben schwer machen wollte. Er war doch bestimmt kein Bösewicht.«

»Ob er es immer absichtlich getan hat, weiß ich nicht, aber getan hat er es. Es kann schon sein, dass er ein guter Kriminalbeamter war, damit hat er vielleicht der Allgemeinheit einen Dienst erwiesen. Für seine Familie war er aber ein Schrecken.«

»Meistens ist es doch so, dass jeder in der Familie einen Teil Schuld hat, wenn die Atmosphäre zu Hause unerträglich ist. Dass wird bei Ihnen nicht anders gewesen sein.«

»Wenn Sie damit mich oder meine Schwester meinen, irren Sie sich gewaltig. Wir hatten daran mit Sicherheit keine Schuld. Als Kinder waren wir unseren Eltern schließlich ausgeliefert. Wir hatten nicht darum gebeten, geboren zu werden. Wenn man bedenkt, wie sehr sich unsere Eltern gehasst haben, ist es sowieso ein Wunder, dass sie uns in die Welt gesetzt haben. Ich kann mir kaum vorstellen, dass sie sich irgendwann einmal geliebt haben.«

»Vermutlich doch, sonst hätten sie nicht geheiratet.«

»So lange ich mich erinnern kann, gab es zwischen Ihnen immer Streit oder böses Schweigen. Ich wünschte mir, sie hätten sich einfach scheiden lassen. Als sie merkten, dass sie sich nicht ausstehen konnten, waren Anja und ich vermutlich schon auf der Welt, und sie haben nicht den Mut gehabt, sich zu trennen. Ein Leben in einem Waisenhaus könnte ich mir fröhlicher vorstellen als die Kindheit bei uns zu Hause.«

Bei den letzten Worten hatte Bertram in seine Jackentasche gegriffen und zu Marders Überraschung eine Schachtel Zigaretten herausgeholt.

»Sie rauchen?«, fragte Marder verblüfft, »das habe ich noch gar nicht bemerkt.«

»Eigentlich rauche ich nicht, aber hin und wieder brauche ich unbedingt eine Zigarette.«

Immer wenn der Druck zu groß ist, wie im Moment, dachte Marder, behielt den Gedanken aber für sich.

Bertram kramte wieder in seinen Taschen, er suchte wohl etwas, mit dem er seine Zigarette anzünden konnte. Da er nichts fand, blickte er suchend auf Marders Schreibtisch. Marder wollte gern behilflich sein und begann die Schubladen des Tisches aufzuziehen, in der Hoffnung ein Feuerzeug oder Streichhölzer zu finden. Er griff mit der Hand tief in die mittlere Schublade, die auf den ersten Blick leer aussah, dann bemerkte er eine Zeitschrift, die sich in der Tiefe der Schublade verbarg. Er zog sie ein Stück nach vorne, ohne dass sein Gegenüber sie sehen konnte. Es war ein Pornoheft mit einer Frau mit einem enormen freigelegten Busen auf der Umschlagseite.

Marder fragte sich, ob dieses Heft noch aus Matuscheks Zeit in der Schublade schlummerte oder ob Volkert es dort deponiert hatte. Vielleicht war es in irgendeinem Fall als Beweisstück von Bedeutung gewesen und versehentlich im Schreibtisch liegen geblieben. Marder wollte sich von seinem

Gespräch mit Bertram nicht ablenken lassen und schloss die Schublade. Der Sache mit dem Pornoheft würde er später nachgehen und dann das verdächtige Stück genauer in Augenschein nehmen. Schließlich fand er zwischen den Kugelschreibern in der obersten Schublade links ein Billig-Feuerzeug mit dem Logo der lokalen Sparkasse und reichte es Bertram.

»Haben Sie jemals darüber nachgedacht, warum Ihre Eltern so zornig aufeinander sind?«

»Natürlich habe ich das. Aber als Kind ist man nicht in der Lage, seine Eltern so zu sehen, wie sie wirklich sind.«

»Wie haben Sie Ihren Vater damals gesehen und wie denken Sie heute über ihn?«

»Zwischen damals und heute hat sich nicht viel verändert. Ich habe früher nie an ihm gehangen und trauere ihm auch heute nicht nach. Er hat der Welt mit seinem Verschwinden einen Gefallen getan, denn er lebte mit allen in Unfrieden. Ich glaube, alle anderen Menschen waren ihm gleichgültig und es war ihm egal, was sie über ihn dachten. Deswegen habe ich nie verstanden, dass er dem Wotowski einen Kredit gegeben hatte, damit der ein Lokal aufmachen konnte. Und mich als seinen eigenen Sohn hat er abblitzen lassen. Es machte ihm nichts aus, dass ich nachts wegen meiner Schulden kaum noch schlafen konnte. Er hat nur höhnisch gelacht, wenn ich ihn darauf angesprochen habe. Einmal habe ich ihn aus Verzweiflung sogar ins Gesicht geschlagen, aber da hat er nur gegrinst.«

Bertram hatte schnell gesprochen und vergessen, zwischen den Worten zu atmen. Beim letzten Satz war ihm die Luft ausgegangen, sodass er kaum zu verstehen gewesen war. Er war auf dem Stuhl hin und her gerutscht und ließ nun seine

Schultern nach vorne hängen. Er zog zweimal hastig und tief an seiner Zigarette.

»Und Ihre Mutter?«

»Die ist anders, aber nicht viel besser. Sie ist eine eitle Person, meistens auf ihren eigenen Vorteil aus, und sie ist unheimlich frustriert, weil sie gern zu den oberen Zehntausend gehören möchte. Deswegen wollte sie uns immer vorschreiben, was wir werden sollten. Sie wollte, dass Anja und ich die große Karriere machen, die Ihr Mann nicht gemacht hatte. Als sie ihn kennen lernte, hatte sie wahrscheinlich geglaubt, er würde als Beamter so weit aufsteigen, dass sie mit wichtigen Leuten zu tun hätten – das ist der einzige Grund, den ich mir vorstellen kann, warum sie gerade ihn geheiratet hat.

Unseren Vater hat ihre Gier nach Karriere kaltgelassen. Ich bin sicher, das ist der wichtigste Grund, warum sie sich ständig gestritten haben. Später hatte sie wohl gehofft, bei ihren Freundinnen und Tennispartnern wenigstens mit den tollen Karrieren ihrer Kinder angeben zu können, aber daraus ist ja auch nichts geworden.«

Behutsam, als wolle er ihr nicht wehtun, drückte Bertram den Rest der Zigarette in die Untertasse, die Marder ihm als Aschenbecher hingestellt hatte.

»Als Ihre Schwester Krankenschwester werden wollte, war Ihre Mutter da von ihr genauso enttäuscht wie von Ihnen, als Sie ihr sagten, dass Sie Forstbeamter werden wollten?«

»Ganz bestimmt. Leider hat sich Anja trotzdem in vielem ein Beispiel an ihr genommen. Sie ist genauso oberflächlich und eitel geworden. Ich glaube, dass Anja und meine Mutter mit dieser Einstellung keine großen Ausnahmen sind. Daher bin ich auch nicht besonders scharf darauf, eine Freundin zu haben. Bei Frauen weiß man nie, woran man ist. Am wohlsten fühle ich mich im Wald.«

Es schien, als ob Bertram von seinen Gefühlen überwältigt wurde, in seinen Augen schimmerten Tränen. Marder war überzeugt, dass Bertram in diesem Moment nicht die Kraft zum Lügen hatte.

»Warum haben Sie sich, am Tag bevor ihr Vater ertrunken ist, mit Ihren Eltern getroffen? Ich meine den Abend, an dem es zu dem großen Streit um Ihre Schulden kam.«

Der junge Mann atmete einige Mal ganz tief ein und schien sich wieder gefasst zu haben.

»Mein Vater hatte uns alle angerufen und gesagt, dass er uns etwas Wichtiges mitzuteilen hätte. Da er kurz vorher in den Ruhestand gegangen war, hatte ich gehofft, dass er nun einsichtiger geworden war und vielleicht Frieden mit uns machen wollte. Im Geheimen hatte ich sogar geglaubt, dass er mir mit meinen Schulden helfen würde. Aber da hatte ich mich gewaltig getäuscht.«

»Was wollte er dann von Ihnen?«

»Nichts Besonderes, er hat uns nur so ganz allgemein Vorwürfe gemacht, was wir alle falsch gemacht hätten.«

»Die Vorwürfe standen in einem Brief, den er Ihnen gegeben hat.«

»Wie kommen Sie darauf?«

»Ihre Schwester und Ihre Mutter haben mir davon berichtet.«

»Wie konnten die das bloß? Wir hatten doch abgemacht, niemandem was davon zu erzählen. Aber es wundert mich nicht, auf Frauen kann man sich eben nicht verlassen.«

Bertrams Atmen wurde wieder hastig.

Marder hob seine Stimme, es war sonst nicht seine Art, seine Gesprächspartner durch Lautstärke einzuschüchtern, aber hier schien es angebracht.

»Was hat in dem Brief gestanden? Jeder von Ihnen hat doch den gleichen Brief bekommen.«

»Ja, es waren vier Kopien vom gleichen Brief. Was genau drin stand, geht Sie nichts an. Aber so viel will ich sagen: Es waren unverschämte Lügen und Beleidigungen. Aber nicht nur das, er hat sogar versucht, uns zu erpressen. Die wahre Natur von meinem Vater kam in diesem Brief ans Tageslicht, aber sein Tod hat damit nichts zu tun.«

»Wieso waren es eigentlich vier Kopien? Es gibt doch nur drei Personen in der Familie, an die der Brief gerichtet war.«

»Oh … mmh … habe ich ›vier‹ gesagt? Das war Quatsch. Ich habe drei gemeint. Es gab nur drei Kopien, das ist ja logisch.«

»Ich finde es merkwürdig, dass keiner von Ihnen etwas über den Inhalt des Briefes sagen will, wenn er nichts mit dem Tod von Ihrem Vater zu tun hat. Vielleicht finde ich eine Durchschrift davon, wenn ich sein Arbeitszimmer durchsuche. Es würde mich nicht überraschen, dort die vierte Kopie zu finden, von der Sie erst sagen, dass es sie gibt, und dann doch nicht …«

Bertram hatte sich vom Kommissar abgewandt, er schaute gegen die Wand und biss die Zähne aufeinander. Marder glaubte sogar zu hören, wie sie mahlten. Keiner von beiden sagte etwas für ein paar Sekunden. Dann drehte sich Bertram zurück und blickte Marder ins Gesicht.

»Die Arbeit mit dem Suchen können Sie sich sparen. Also, Sie haben recht, es gab tatsächlich eine vierte Kopie, die habe ich gesehen, als er uns die Briefe gegeben hat. Wir haben bereits in seinen Sachen gesucht, aber sie ist nirgends zu finden. Er hat sie bestimmt vernichtet. Das ist auch gut so. Und jetzt, Herr Kommissar, lassen Sie mich endlich in Ruhe. Ich will nichts mehr mit meinem Vater zu tun haben, und den Brief will ich erst recht vergessen.«

In der Nacht hatte Marder wieder einen Traum. Seltsamerweise war er weder wirr noch beängstigend, wie es seine Träume oft waren. Er saß in diesem Traum auf einer Bank an dem See, in dem Matuschek ertrunken war. Es regnete in Strömen und gleichzeitig schien die Sonne. Eine Katze, die Brisbane sein musste, obwohl sie die Tigerstreifen von Tatze trug, lag neben ihm und sprach zu ihm.

»Du hast Angst. Du bist aus dem Gleichgewicht. Dich bedrückt eine Last, die du nicht kontrollieren kannst. Was du über die Matuscheks erfahren hast, peinigt dich. Ertrage die Welt, wie sie ist, du kannst sie nicht ändern. Den Matuscheks dieser Welt kannst du nicht helfen. Du suchst Gemeinsamkeiten, die es nicht gibt. Vertraue mir.«

Als er sich daran erinnerte, fühlte er sich getröstet. Etwas Ähnliches hatte auch Frau Thann gesagt.

26

»Haben Sie ein Glas Wasser für mich, Herr Kommissar?«, fragte Knut Wotowski, nachdem er sich vorsichtig auf dem Besucherstuhl niedergelassen hatte. Die Seitenlehnen des Stuhles drückten von beiden Seiten auf seine Hüften.

Wotowski wirkte angespannt. Wahrscheinlich lag es daran, dass er keine Ahnung hatte, was in diesem Gespräch auf ihn zukommen würde. Marder sagte, dass er ihm, gegen alle Dienstvorschriften, ein Bier anbieten könne. Für Notfälle lagerten immer einige Flaschen im Kühlschrank des Dezernats.

»Nee, lassen Sie es gut sein, Wasser tut es auch. Wenn ich bei der Kripo verhört werde, will ich lieber einen klaren Kopf behalten. Also, was wollen Sie von mir wissen?«

»Erzählen Sie doch mal, wie das war, als Sie Matuschek das Leben retteten, Herr Wotowski.«

Als Wotowskis ins Zimmer gekommen war, war Marder aufgefallen, dass der Mann anders aussah als bei ihren früheren Gesprächen. Er war beim Friseur gewesen, sein Haar war kurz geschnitten und adrett gescheitelt. Der fettige Glanz, den es sonst ausstrahlte, fehlte. Er hatte es offensichtlich frisch gewaschen. Ob sich Wotowski das aus Respekt vor der Polizei angetan hatte? Noch etwas war nicht so wie sonst, aber Marder kam nicht darauf, was es war.

»Ob ich ihm das Leben gerettet habe, weiß ich nicht, das habe ich auch nie behauptet. Er hätte es vielleicht auch selbst aus der Scheune geschafft. Ich habe nur getan, was unter Kameraden bei der Feuerwehr selbstverständlich ist.«

»Trotzdem, was ist genau passiert?«

»Also … das ist inzwischen zwölf oder dreizehn Jahre her, das war damals bei Großgoltern, da brannte eine Scheune in den Feldern, so ungefähr einen halben Kilometer vom Dorf entfernt. Dort hatten Jugendliche mit Feuer gespielt und die Scheune abgefackelt.«

Jetzt fiel Marder auf, was sich an Wotowski noch verändert hatte: der Pullover. Er war nicht quergestreift und abgetragen, sondern sah geradezu elegant aus, einfarbig dunkelblau. Er roch nach der Frische eines neu eröffneten Kaufhauses.

»Konnten Sie herausfinden, wer schuld daran war.«

»Die Jungens hatten wahrscheinlich nie die Absicht, die Scheune in Schutt und Asche zu legen, es war bestimmt nur jugendlicher Leichtsinn. Die Polizei hatte einen Verdacht, wer es gewesen war, aber beweisen konnte sie nichts, wie das oft in solchen Fällen ist. Es spielte aber keine große Rolle, es war niemand ernsthaft verletzt worden, und die Versicherung kam für den Schaden auf. Wenn Matuschek oder ein anderer Feuerwehrmann umgekommen wäre, hätte sich die Kriminalpolizei sicherlich intensiver auf die Hinterreifen gemacht, um die Täter zu finden.«

»Wie war das nun mit Matuschek?«

»Nachdem wir mit dem Löschzug bei der Scheune ankamen, brachten wir das Feuer schnell unter Kontrolle, allerdings war das Gebäude schon zum größten Teil zerstört – Holz und Stroh brennen eben wie toll und lichterloh, so wie Romeo in Liebe zu Isolde.«

Er meint sicherlich Julia, vermutete Marder.

»Wir sind mit ein paar Leuten in die Scheune hineingegangen oder in das, was davon übrig war, um zu prüfen, ob es versteckte Brandherde gab, wo das Feuer eventuell wieder anfangen könnte. Auf einmal ist ein halb verbrannter Dachbalken heruntergestürzt und auf Matuscheks Bein liegen geblieben. Wie sich hinterher herausgestellt hat, war das Bein glücklicherweise nicht gebrochen, sondern es hatte nur ein paar Schrammen abbekommen. Aber auf jeden Fall war Matuschek eingeklemmt.«

Als Wotowski den Balken auf Matuscheks Bein erwähnte, hatte er unbewusst seinen rechten Fuß nach vorne gestreckt. Das Hosenbein rutschte hoch, und Marder konnte erkennen, dass Wotowski bunte Ringelsocken trug. Unten drunter ist er sich treu geblieben, dachte er.

»Er konnte sich nicht selbst befreien?«

»Jedenfalls sah es so aus. Ich denke schon, dass er es geschafft hätte. Manchmal geben Todesängste selbst einem alten Feuerwehrmann wie Matuschek überirdische Kräfte.«

»Was haben die anderen Kollegen gemacht?«

»Die haben als verantwortungsvolle Familienväter erst einmal an sich selbst und ihre Kinder gedacht und sich in Sicherheit gebracht. Es hätten ja noch mehr Balken herunterkommen können.«

»Außer Ihnen hat sich also niemand um Matuschek gekümmert?«

»Die anderen haben hinterher behauptet, sie hätten nicht mitbekommen, dass er eingeklemmt war. Sonst hätten sie ihn selbstverständlich herausgeholt, haben sie gesagt. Was sollten sie auch sonst sagen?«

»Das haben Sie dann alleine gemacht?«

»Ich war unmittelbar neben ihm, er war ja mein Ausbilder, deswegen habe ich genau gesehen, was geschehen war, und habe den Balken zur Seite geschoben und ihm auf die Füße geholfen. Als wir ein paar Schritte gegangen waren, ist tatsächlich noch ein Balken heruntergeknallt, genau dorthin, wo Matuschek noch vor ein paar Sekunden gelegen hatte. Daraus hat sich dann diese Geschichte entwickelt, ich hätte ihm das Leben gerettet. Vielleicht stimmt das sogar, aber am Ende hat es ihm wenig genutzt, nun ist er trotzdem tot.«

Wotowski zupfte sich an den Augenbrauen und zog ein einzelnes Haar heraus.

»Warum hat gerade Matuschek Sie unter seine Fittiche genommen, als Sie zur Feuerwehr kamen? Das hätte genauso gut ein anderer tun können.«

»Darüber habe ich mir damals natürlich keine Gedanken gemacht, als Neuling kannte ich weder Matuschek noch die anderen. Später habe ich gemerkt, dass Matuschek nicht viele Freunde bei der Feuerwehr hatte, er war damals schon ein Außenseiter.«

»Dann ist es doch erstaunlich, dass er überhaupt bei der Feuerwehr mitgemacht hat. Er war zu diesem Zeitpunkt ja auch nicht mehr der Jüngste.«

»Darüber habe ich mich damals auch gewundert. Es hieß, er sei seit Ewigkeiten dabei, er war schon Mitglied in der Jugendfeuerwehr gewesen und hätte wohl den rechten Zeitpunkt verpasst, auszusteigen. Niemand in der Truppe wusste genau, warum Matuschek so an der Feuerwehr hing, er sprach nie mit jemandem darüber. Wie ich später erfahren habe, weigerte er sich immer, neue Leute einzuweisen, und als ich kam, meinten die Kollegen, jetzt sei er endlich mal dran, und da musste er sich fügen.«

»Und wie war er als Ausbilder?«

»Er hat die Sache ordentlich gemacht. Wir sind zwar nicht gerade dicke Freunde wie Max und Moritz geworden, das war mit ihm nicht möglich, aber wir sind gut miteinander ausgekommen.«

»Hat die Freundschaft zwischen Ihnen und Matuschek nach der Zeit bei der Feuerwehr gehalten?«

»Freundschaft ist nicht das richtige Wort. Wir haben gelegentlich ein paar Bier auf unsere gegenseitige Gesundheit getrunken und über die alten Zeiten geplaudert. Matuschek hat, wie ich, am liebsten gute deutsche Küche gegessen und keinen Wert auf exotische Experimente auf seinem Teller gelegt. Deswegen hat er mir geholfen, als ich ihm sagte, ich würde gern ein Restaurant mit einheimischer Küche aufmachen.«

Wotowski stützte seine Arme auf der Stuhllehne ab, er war nun gelassener, bisher war das Gespräch angenehmer verlaufen, als er befürchtet hatte.

»Mit Hilfe meinen Sie den Kredit von fünfzigtausend Mark?«

»Ja, erst wollte er mir kein Geld geben, aber am Ende meinte er, er schulde mir wegen der Sache in der Scheune noch einen Gefallen. Da hat er sich dazu durchgerungen, mir mit ein paar Scheinen auszuhelfen.«

»Kann es sein, dass Sie ihn an die Sache in der Scheune erinnert haben?«

»Ich weiß, was Sie mir unterstellen wollen, aber er hat nie vergessen, was in der Scheune passiert war, daran brauchte ich ihn nicht zu erinnern.«

»Er vergaß später auch nicht, die Schulden einzufordern, als es Zeit war, das Geld zurückzuzahlen.«

»Wie ich schon gesagt habe, es lief mit dem Restaurant nicht so, wie ich gehofft hatte. Vielleicht war ich zu blauäugig, als ich es aufgemacht habe, aber ich war überzeugt, dass ich es am Ende schaffen würde. Ich wollte Matuschek nur bitten, etwas Geduld zu haben, sein Geld würde er auf jeden Fall zurückbekommen, eben etwas später als ursprünglich vereinbart.«

»Davon wollte Matuschek nichts wissen, trotz der Sache mit der Scheune, nehme ich an.«

»Er hatte mir zuerst noch einen Aufschub gegeben, aber als er in den Ruhestand ging, meinte er, die letzte Frist sei nun abgelaufen. Er bestand darauf, dass ich ihm sofort ein paar Groschen aushändige und dann regelmäßig die vereinbarten Beträge abzahle. Jetzt, nach seinem Tod, lässt seine Frau als Erbin überhaupt nicht mit sich reden. Sie hat mir bereits mit dem Gericht gedroht. Da habe ich die Konsequenzen gezogen.«

Bei diesen Worten stemmte er beide Hände in die Seiten, als wolle er unterstreichen, wie ernst er es mit den Konsequenzen meine.

»Was meinen Sie damit? Welche Konsequenzen haben Sie gezogen?«

»Ich werde am Ende des Jahres, nach dem Weihnachtsgeschäft, *Knuts Gute Stube* zumachen. Wenn die Leute gutes deutsches Essen nicht zu schätzen wissen, werde ich ihnen servieren, was sie verdienen. Ich will nicht für den Rest meines Lebens den Schulden an einen toten Mann hinterherrennen.«

»Also keine deutschen Gerichte mehr. Was dann?«

»Da habe ich mich noch nicht festgelegt, da bin ich flexibel. Vielleicht mache ich ein China-Restaurant auf, wenn ich einen preiswerten chinesischen Koch finde. Oder ich übernehme die Lizenz von einem Fastfood-Restaurant. Ich weiß, dass die alle wild darauf sind, im Ort einen guten Standort zu finden, bisher haben sie sich nur an der Autobahnausfahrt niedergelassen. Und die helfen bei der Finanzierung.«

»Und wenn das nicht klappt?«

»Im Notfall kann ich das Haus und das Grundstück immer noch an eine Supermarkt-Kette verkaufen. Es gibt in der Stadt zwar schon jede Menge Supermärkte, aber das schreckt sie nicht ab, immer noch neue Läden aufzumachen.«

Wotowski blickte kummervoll auf das Wasserglas, das vor ihm auf dem Tisch stand und aus dem er noch nicht getrunken hatte. Vielleicht wartet er darauf, dass ich mein Angebot für ein Bier wiederhole, dachte Marder, entschied sich jedoch dagegen, weil er den Fluss der Unterhaltung nicht unterbrechen wollte.

»Und wie wollen Sie Ihre Schulden an die Familie Matuschek loswerden, wenn sie das Geld für *Knuts Gute Stube* in ein neues Restaurant stecken?«

»Meine Frau hat vor ein paar Jahren eine kleine Wohnung im Ort geerbt. Bisher hat sie sich geweigert, die zu verkaufen, um mit dem Geld unsere Schulden zu bezahlen. Sie hat immer gesagt, sie wolle ihr Erbe nicht in einen Laden ohne Zukunft stecken, wie sie *Knuts Gute Stube* nennt. Sie hat aber nichts dagegen, in einen zukunftsweisenden Restaurationsbetrieb zu investieren. Was sie genau darunter versteht, ist mir nicht klar, aber jedenfalls gehören Hamburger-Restaurants dazu. Vielleicht hat sie damit sogar den richtigen Riecher. Außerdem gibt es dann in Zukunft hoffentlich weniger Zoff zu Hause.«

Jetzt nippte er zum ersten Mal an dem Wasser, stellte es aber schnell wieder auf den Tisch zurück, als hätte er sich die Zunge verbrannt.

»Ich wünsche Ihnen, dass Sie mit Ihrem neuen Lokal mehr Erfolg haben als mit *Knuts Gute Stube*, Herr Wotowski. Noch etwas, zeigen Sie mir doch bitte einmal den Brief, den Ihnen Matuschek am Tag vor seinem Tod gegeben hat.«

»Den habe ich nicht hier, sondern in der Wohnung … Moment mal, was wissen Sie eigentlich von dem Brief… wer hat Ihnen davon erzählt? Der Brief, den Sie meinen, Herr Kommissar, ist überhaupt kein Brief an mich. Matuschek hat ihn mir nicht einmal persönlich gegeben, sondern nur eine Kopie davon bei Nacht und Nebel in unseren Briefkasten gesteckt. Der Inhalt des Briefes hat überhaupt nichts mit mir zu tun.«

»Das habe ich nicht behauptet, aber wenn Sie nicht wollen, dass ich Sie wegen Behinderung bei der Aufklärung eines Todesfalls beim Staatsanwalt vorführen lasse, gehen wir jetzt in Ihre Wohnung oder wo immer Sie den Brief liegen haben, und Sie geben ihn mir.«

Wotowski trank das Glas Wasser mit großen Schlucken. Ihm war heiß geworden.

»Sie lassen mir kaum eine Wahl, kommen Sie mit.«

In seiner Wohnung fischte er den Brief aus einem Korb mit Papieren auf dem Küchentisch. Er hatte wohl eingesehen, dass es in seinem eigenen Interesse war, mit diesem hartnäckigen Kommissar zu kooperieren. Die beiden Männer saßen sich wie Kumpel in der Küche gegenüber. Die Einrichtung der Küche entsprach der Ausstattung von *Knuts Gute Stube*, die Möbel waren aus dunklem Eichenholz. Marder war aufgefallen, dass es hier nicht nach Essen roch. Die Wotowskis kochten und aßen ihre Mahlzeiten vermutlich in ihrer Gaststätte. Marder las den Brief, faltete ihn zusammen und steckte ihn in seine Jacke.

»Warum haben Sie mir diesen Brief nicht gezeigt, als wir uns zum ersten Mal unterhalten haben, Herr Wotowski? Dann hätte ich mir nicht so viele Lügen und Halbwahrheiten anhören müssen.«

»Warum ich Ihnen den Brief nicht sofort gezeigt habe, verstehe ich heute auch nicht mehr. Irgendwie hatte ich das Gefühl, es sei besser, wenn niemand diesen Brief kennt. Ich konnte ja nicht einmal sicher sein, ob Matuschek das Original davon tatsächlich seiner Familie gegeben hatte. Vielleicht hatte er nur diese Kopie in unseren Briefschlitz geworfen, um seine Familie im Nachhinein aus Rache in ein schlechtes Licht zu bringen. Was da drin steht, ist ja weder für seine Frau oder seine Kinder besonders schmeichelhaft.«

»Wann haben Sie den Brief zum ersten Mal gelesen?«

»Das war an dem Abend, an dem Matuschek gestorben ist. Ich bin sicher, er wollte, dass ich den Brief erst finde, wenn es zu spät war, um etwas zu unternehmen. Er wusste, dass wir das Restaurant so zwischen elf und zwölf zumachen, wenn die letzten Gäste gegangen sind, und dann erst in die Wohnung zurückgehen. Wenn er gewollt hätte, dass wir den Brief früher finden, hätte er ihn in den Briefkasten vom Restaurant werfen können.«

»Aber Sie haben den Brief dann doch früher gefunden.«

»Ja, zufällig ist meine Frau gegen neun Uhr noch einmal in die Wohnung gegangen, weil sie sich Soße über ihre Bluse geschüttet hatte und sich eine neue anziehen wollte. Dabei hat sie den Brief im Hausflur liegen sehen und hat ihn ins Restaurant mitgebracht.«

»Haben Sie ihn sofort geöffnet?«

»Ja, ich fand den Briefumschlag merkwürdig, er hatte keinen Absender, nur mein Name war handschriftlich darauf geschrieben. Das hat mich neugierig gemacht. Als ich ihn gelesen hatte, bin ich sofort zum Teich gefahren. Meiner Frau habe ich erzählt, ich müsse mal kurz weg, um jemanden zu treffen. Als ich bei dem See ankam, war es zu spät, überall blinkten schon die blauen Lichter der Polizei. Die zwei jungen Leute, die, wie ich später in der Zeitung gelesen habe, die Leiche im See entdeckt hatten, unterhielten sich mit einem Polizisten. Die Feuerwehr und der Notarzt waren auch schon da.«

Wotowski schnaufte einmal tief durch seine Nase.

»Ich habe mich zwischen die Büsche gestellt, wo es dunkel war und man mich nicht sehen konnte. Ich war völlig verwirrt und wusste nicht, was ich tun sollte. Dann habe ich beobachtet, wie der Körper von Matuschek abtransportiert wurde. Das war wie eine Szene im Fernsehen – ich hatte das Gefühl, dass das alles nicht wirklich passierte. Dann bin ich zurück ins Restaurant gegangen. Meiner Frau habe ich nichts davon erzählt, sie hätte bestimmt darauf bestanden, dass ich sofort zur Polizei gehe.«

Wotowski wirkte verunsichert. Er schaute abwechselnd zu Boden und an die Decke und wusste nicht recht, was er mit seinen Händen anfangen sollte. Er hielt sich mit ihnen an seinem Bauch fest, dann steckte er sie in die Hosentaschen, holte sie wieder heraus und legte sie kurzfristig hinter seinen Kopf, schließlich ließ er sie einfach in seinem Schoß liegen und wartete auf Marders nächste Frage.

»Warum wollten Sie den Brief nicht der Polizei zeigen?«

»Es hätte für Matuschek keinen Unterschied mehr gemacht, er war tot, und niemand konnte daran etwas ändern.

Der Brief hätte ihn auch nicht wieder lebendig gemacht. Ich wollte einfach nicht mit Matuscheks Tod in Verbindung gebracht werden. Außerdem war mein erster Gedanke: Wenn Matuschek tot ist, bin ich meine Schulden los.«

»Das haben Sie wirklich gedacht? Das kann ich kaum glauben.«

»Ja, ich weiß, das war naiv, das ist mir heute klar, aber an dem Abend war ich zu schockiert, um logisch zu denken. Ich hatte kurze Zeit vorher einen Streit mit Matuschek gehabt, in dem er mich wegen meinen Schulden stark unter Druck setzte. Deswegen war ich in diesen Tagen ziemlich nervös und verzweifelt. Ich hoffte insgeheim, dass niemand außer Matuschek etwas von unseren Geldgeschäften wusste und meine Schulden in der Aufregung nach seinem Tod übersehen werden würden.«

»So unrealistisch konnten Sie doch nicht ernsthaft sein.«

»Sie haben keine Ahnung, woran man sich klammert, wenn man nicht weiter weiß, Herr Kommissar. Außerdem wollte ich nichts mit der Polizei zu tun haben. Da gibt es eine Sache mit einem Unfall, deswegen hatte man mir meinen Führerschein für ein paar Monate weggenommen. Ich bin nach wie vor überzeugt, dass ich keine Schuld hatte, aber vor Gericht waren alle gegen mich, und ich sah keinen Grund, freiwillig der Polizei zu helfen.«

Während er das sagte, war Wotowski aufgestanden und unruhig in der Küche hin und her gegangen. Er blickte für einen Moment aus dem Fenster, als suche er einen Weg, dieser Unterhaltung mit seinem Peiniger von der Kriminalpolizei zu entfliehen.

»Haben Sie sich jemals mit Matuschek über sein Familienleben unterhalten?«

»So gut wie nie, Alfred sprach nie über seine Familie. Ich werfe den Leuten meine Intimitäten schließlich auch nicht hinterher. Die Familie war im Allgemeinen kein Thema zwischen uns. Nur einmal, bei einem Feuerwehrfest, sind wir beide noch eine Weile hängen geblieben und haben gegen den Brand in unserer Kehle gekämpft. Aber das ist schon Jahre her. So genau kann ich mich nicht mehr an jedes Wort erinnern, was Matuschek da gesagt hat.«

»Erzählen Sie einfach, woran Sie sich erinnern können.«

»Wie gesagt, wir waren beide nicht mehr stocknüchtern und kamen auf unsere Frauen zu sprechen. Ich weiß nur noch, dass ich mich ein bisschen über meine Frau beklagt habe und Matuschek erzählt habe, womit sie mir manchmal auf die Nerven geht. Da hat er sich wohl genötigt gefühlt, auch etwas von zu Hause auszuplaudern. Er hat so was gesagt wie, dass ihn seine Frau von Anfang an nie verstanden hat und schon seit längerem nebenher Bekanntschaften mit anderen Männern habe, er sei nicht einmal sicher, ob die Kinder wirklich von ihm sind.«

Marder war sich bewusst, dass er beim Kern der Probleme der Familie Matuschek angekommen war.

»Wenn man bedenkt, dass Matuschek mit anderen Leuten nie über seine Familie gesprochen hat, dann ist es erstaunlich, dass er Ihnen gegenüber das erwähnt hat. Wie haben Sie reagiert, als er es Ihnen erzählt hat?«

»Ich hatte damals keine Ahnung, wie ernst es Matuschek damit meinte, wie gesagt, es war schon spät und wir waren wirklich nicht mehr ganz nüchtern. Dabei hatte der Alkohol bei Matuschek stärkere Auswirkungen als bei mir, ich bin da etwas mehr abgehärtet. Ich erinnere mich noch, dass ich gesagt habe, er könne doch einen Vaterschaftstest machen lassen.«

»Wie hat er darauf reagiert?«

»Er hat gesagt, daran sei er nicht interessiert. Er meinte, darauf komme es nicht mehr an, das wäre ihm inzwischen egal, er habe seine Konsequenzen gezogen und das Problem auf seine Weise gelöst, aber das ginge mich nichts an. Später ist er nie wieder auf das Thema zurückgekommen, und ich habe ihn auch nie mehr danach gefragt.«

27

»Ich bin ruhig und gelassen.
Ich bin ruhig und gelassen.«

Marder versuchte vergeblich, sich diesen Zustand des inneren Friedens einzureden. Er fühlte sich weder ruhig noch gelassen. Er quälte sich durch seine erste Yogastunde nach seiner Rückkehr nach Stade. Seine Gelenke und Muskeln waren nachtragend und ließen ihn spüren, dass sie nach den ausgefallenen Übungseinheiten nur unter Schmerzen bereit waren, die komplizierten Stellungen Indiens einzunehmen. Er lag erschöpft auf dem Boden und wartete auf die Phase der Entspannung, die ihn normalerweise die Anstrengungen der Yoga-Übungen vergessen ließ. Heute jedoch ignorierten seine Gedanken die Aufforderungen nach Ruhe und Gelassenheit. Selbst die sinnliche Stimme der Übungsleiterin konnte seinen Körper und seinen Geist nicht ins Gleichgewicht bringen.

Meine Seele ist noch nicht angekommen, dachte er, sie schwebt irgendwo zwischen den Wäldern des Deisters und den Ufern der Elbe.

Vor der Rückkehr in seine Stadt und die Umarmungen seiner Frau musste Marder in Barsinghausen noch einige Gespräche führen, um den Fall Matuschek abzuschließen. Nun wollte er die Erinnerungen an das Ende seines Kollegen und an die Familie Matuschek aus seinen Gedanken verdrängen. Er musste sich eingestehen, dass ihm das schwerer fiel, als es bei einem abgeklärten Kommissar kurz vor seiner Pensionierung der Fall sein sollte.

Am Freitag, dem Tag nach seiner letzten Unterhaltung mit Wotowski, hatte er sich von den Kollegen der Kriminalpolizei in Barsinghausen verabschiedet. Volkert war aus seinem kurzen Urlaub zurückgekommen und saß ohne viel Interesse an seinem Besucher hinter seinem Schreibtisch. Er war nicht aufgestanden, als Marder den Raum betreten hatte. Marder wusste nicht recht, ob er sich bei ihm für die Zusammenarbeit bedanken sollte. Er kam zu dem Schluss, dass es keinen Grund dafür gab. Ebenso unterließ er einen Hinweis auf die Zeitschrift mit den anregenden Fotos in der Schublade des Schreibtisches, die er zufällig geöffnet hatte. Allerdings war er inzwischen überzeugt, dass Matuschek wegen seiner Gründlichkeit das Heft bei seinem Abschied weder übersehen noch vergessen haben konnte.

Volkert wünschte ihm eine gute Heimfahrt und sagte, er hoffe, er selbst könne auch bald an seinen eigentlichen Arbeitsplatz in Holzminden zurückkehren. Er könne es kaum erwarten, aus dieser Stadt abzureisen. Sie läge zwar sehr romantisch am Deister, sei sauber, adrett und für Wanderer einen Besuch wert, und nichts gegen die Leute im Allgemeinen, aber es wäre ihm nicht gelungen, Freunde vor Ort zu finden. Das kann ich gut verstehen, dachte Marder, aber das liegt bestimmt nicht an den Leuten, sondern an dir – auch ich habe kein Bedürfnis, dein Freund zu werden. Natürlich behielt Marder das für sich.

»Der Fall Matuschek ist gelöst, ich werde morgen früh abreisen«, hatte Marder seinen Kollegen mit unverbindlichem Lächeln informiert.

»Was haben Sie herausgefunden? Wie ist Matuschek gestorben?«, hatte Volkert gefragt.

Marder sah keinen Anlass, dem Kollegen die Ergebnisse seiner Untersuchungen im Detail mitzuteilen. Volkert hatte von Anfang an betont, dass Matuscheks Tod nicht sein Fall sei und er sich nicht damit befassen wolle. Marder erklärte ihm, dass er Anweisung hatte, Erich Falkenberg als Ersten und persönlich zu informieren, wenn die Untersuchungen beendet waren.

»Ich werde im Anschluss daran einen ausführlichen Report über den Fall anfertigen, und Falkenberg wird entscheiden, wem er diesen Bericht zukommen lässt. Sie als vorübergehender Dienststellenleiter vor Ort werden bestimmt in den Verteiler eingeschlossen werden.«

Volkert nahm diese Information hin, ohne sich aufzuregen, er schien nicht einmal überrascht zu sein und sagte mit leichtem Sarkasmus in der Stimme: »Falls Sie vor Ihrer Abreise schnell noch jemanden verhaften möchten, stehen Ihnen die Kollegen natürlich zur Verfügung. Aber das scheint nicht der Fall zu sein.«

»Das ist richtig, Verhaftungen stehen nicht an. Bevor ich gehe, möchte ich mich gern von Herrn Brenner verabschieden. Ist er in seinem Büro?«

»Nein, leider nicht. Brenner ist heute Morgen zu einer Konferenz im Landeskriminalamt nach Hannover gefahren, es geht um die Zusammenarbeit zwischen den Dienststellen in der Region über das Internet. Eigentlich hätte ich selbst gehen sollen, aber ich habe Brenner geschickt, denn wenn ich hier weg bin, wird er vermutlich mein Nachfolger oder – besser – der Nachfolger von Matuschek. Da kann er jetzt schon mal die Kollegen aus den anderen Dezernaten kennen lernen. Übrigens, meine erste Wahl als Chef hier wäre er nicht, aber bei der Beamtenmentalität unserer Behörde wird man Brenner wegen seiner Jahresringe im Dienst nicht übergehen wollen. Er ist bisher ja auch nicht unangenehmer aufgefallen als andere Anwärter auf diese Position.«

»Wir sollten so fair sein und ihm eine Chance geben. Möglicherweise macht er sich besser, als wir denken. Vielleicht gehört er zu den Leuten, die erst dann zeigen, was in ihnen steckt, wenn sie selbst die Verantwortung tragen müssen«, sagte Marder. »Er hat aus den Jahren unter Matuschek einen Nachholbedarf an Anerkennung. Er wird alles versuchen, sie sich jetzt durch Erfolge zu verdienen.«

Mit einem förmlichen Händedruck verließ Marder seinen Kollegen. Irgendetwas gefällt mir an seinen Augen nicht, dachte er, als er das Büro verließ, er hat keinen ehrlichen Blick. Er würde Volkert nicht in die Liste der Personen aufnehmen, die er regelmäßig wiedersehen wollte.

Er entschloss sich, am Sonnabend nach dem Frühstück abzureisen. Er hatte kein Verlangen, sich mit Vera, Anja oder Bertram noch einmal zu unterhalten. Er fühlte sich nicht an sein Versprechen gebunden, bei dem Begräbnis von Matuscheks Körper oder Asche anwesend zu sein. Als er diese Zusage gemacht hatte, kannte er die Familie Matuschek noch nicht, wie er es jetzt tat.

Seiner Frau versicherte er am Telefon, dass er am Samstag zum Abendessen wieder zu Hause sein werde und dass er sich freue, sie zu sehen, ja, dass ihm jede weitere Stunde ohne sie schwerfalle. Er hätte in der Fremde festgestellt, dass sie eine gute Ehe führten, aber bilde dir nichts darauf ein, das liegt an uns beiden, und außerdem sollten sie sich bald wieder eine Katze anschaffen.

»Das mit der Katze musst du mir erklären, wenn du wieder hier bist, aber ich vermute, du hast den Fall Matuschek gelöst, deswegen sagst du so komische Sachen. Ich weiß, du willst am Telefon nicht darüber sprechen, aber irgendetwas im Zusammenhang mit den Matuscheks ist dir ganz schön an die Nieren gegangen. Komm nach Hause, schlafe eine Nacht darüber, und dann kannst du mir erzählen, was du loswerden willst.«

»Du bist die beste Ehefrau, die ich habe. Gute Nacht, mein Herz.«

Danach ließ er Erich Falkenberg wissen, dass er den Fall Matuschek abgeschlossen habe und ihn gern mündlich über die Ergebnisse informieren wolle, bevor er nach Stade zurückfuhr. Einen ausführlichen Bericht würde er später nachliefern. Außerdem habe er ein wichtiges Dokument, das er ihm im Voraus zeigen wolle. Es sei der Schlüssel zu diesem Fall.

»Ich habe nicht vor, am Wochenende in meinem Büro zu sitzen und auf dich zu warten. Ich habe einen besseren Vorschlag«, hatte Falkenberg geantwortet. »Du musst ohnehin durch die Heide auf dem Weg zu dem großen Fluss, komm morgen Vormittag bei uns zu Hause vorbei. Du kennst ja unser Kaff, ich versichere dir, dass so ein Heidedorf selbst zu dieser Jahreszeit seinen besonderen Charme nicht verliert. Du fährst vom Deister am Steinhuder Meer vorbei und dann über Rehburg-Loccum weiter in Richtung Nienburg. Kurz vor der Stadt fährst du rechts ab in die Einsamkeit, bis du zu unserem Dorf kommst.«

Die Unterhaltungen mit den Matuscheks, Brenner und Wotowski, die er in den letzten Tagen geführt hatte, bedrückten ihn, aber er hatte das gute Gefühl, etwas Wichtiges zu Ende gebracht zu haben. Den letzten Abend in Barsinghausen wollte er allein verbringen. Zum Abendessen holte er sich im Supermarkt ein Paket Sushi als Fertiggericht. Er aß es in seinem Zimmer, während er auf dem Bett lag und den Laptop auf seinem Bauch mit Informationen fütterte, die er für seinen abschließenden Bericht über den Fall nicht vergessen wollte. Die letzten beiden Reisbällchen mit Thunfisch legte er auf einen Unterteller und stellte sie als Abschiedsgeschenk für Brisbane vor seine Zimmertür. Am Morgen war der Teller leer, nur ein paar Reiskörner waren über den Teppich verstreut.

Frau Thann verwöhnte ihn zum Abschied mit einem prachtvollen Frühstück. Während er sich mit Frau Thann unterhielt, spürte Marder, dass sie darauf brannte, die Ergebnisse seiner Untersuchungen zu erfahren, sich aber nicht traute, ihn zu fragen. Marder fand, dass ihr Auskünfte bis zu einem gewissen Grad zustanden, schließlich hatte sie mit ihrem Hinweis auf den Streit bei den Matuscheks einen wichtigen Anstoß gegeben, der ihn auf die richtige Fährte gebracht hatte. Sicher würde sie sein Vertrauen nicht enttäuschen, wenn er ihr gegenüber die Regeln des Schweigens, die in seinem Beruf notwendig waren, großzügig auslegte. Deswegen erzählte er ihr einige Einzelheiten über die Familie Matuschek, die er eigentlich nicht hätte weitergeben dürfen.

Brisbane ignorierte den Kommissar. Als Marder zum Frühstück erschien, hob er weder den Blick noch seinen Kopf, den er unter seine rechte Vorderpfote geschoben hatte. Er hatte über die Jahre Gäste kommen und gehen gesehen. Der Kater spürte, dass der Kommissar dabei war, seine Welt wieder zu verlassen und nahm den Abschied gelassen hin – es war alles in Ordnung, er würde wieder der unangefochtene Herr im Haus sein, und dann war da ja auch noch die Frau, die ihm täglich zweimal den Futternapf hinstellte.

Dr. Strohmeyer war am Tag zuvor abgereist. Marder hatte in den letzten Tagen nur wenig mit ihm gesprochen.

Nach dem Frühstück verabschiedete sich Marder von Frau Thann. Er war nicht sicher, ob ihre Augen beim letzten Händedruck feucht schimmerten. Eigentlich konnte das nicht sein, sie war schließlich eine Pensionswirtin, die mit dem ständigem Kommen und Gehen ihrer Gäste leben musste.

Er entschloss sich, ein letztes Mal zu dem Teich zu gehen, in dem Matuschek ertrunken war. Eine junge Frau und ein kleines Mädchen im Kindergartenalter standen am Ufer. Sie schauten zu, wie ein Junge Steine und Stöckchen in das Wasser warf. Jedes Mal wenn sich die Wellenkreise bildeten, klatschte das Mädchen in die Hände und lachte glücklich. Zwei Jogger bogen von der Straße auf den Weg ein, der den See umgab. Zum ersten Mal fand Marder diesen See menschlich und liebenswert – als Teil des täglichen Lebens der Stadt hatte er ihn bisher noch nicht wahrgenommen. Trotzdem, hier war das Leben von Matuschek zu Ende gegangen, dachte er, er hat die Freuden und Leiden des Alters nicht mehr erlebt. Wenn ich an diesem Punkt ankommen werde – und es ist ja nicht mehr weit bis dorthin – hoffe ich, dass für mich etwas Neues und Aufregendes beginnt.

Auf dem Weg in die Südheide fuhr Marder über Landstraßen und durch Dörfer. Felder, auf denen im Herbst die Zuckerrüben geerntet worden waren, prägten die Landschaft mit ihren braunen Flächen, auf denen jedoch bereits das zarte Grün der Winterbepflanzung schimmerte. Die Rüben lagerten an den Ackerrändern in lang gestreckten Haufen und warteten auf den Transport in die Zuckerfabrik.

In einem Dorf, das noch zum Stadtgebiet von Barsinghausen gehörte, fuhr er an einer Fabrik vorbei, deren Schornsteine weiße Wolken in den Himmel schoben. Selbst ohne das Schild am Eingangstor hätte er gewusst, was in diesem Werk produziert wurde, da der süßliche Geruch von kochendem Rübensirup alle anderen Düfte des dörflichen Lebens überlagerte.

Traktoren mit Anhängern, auf denen Rüben aufgetürmt waren, fuhren durch ein eisernes Tor auf das Gelände und kippten ihre Ladung auf den Hof. Marder musste aufpassen, auf den matschigen Resten von Rüben, die von den Wagen auf die Straße gefallen waren, nicht ins Schleudern zu geraten.

In dieser Gegend spielten Obstbäume kaum eine Rolle in der Agrarwirtschaft. In den Dörfern seiner Heimat waren Äpfel und Kirschen das wichtigste Produkt für die Landwirte – vor allem im *Alten Land* zwischen Stade und Hamburg lebten viele Bauernhöfe von diesen Früchten. Hier, am Südrand der Heide, standen nur hin und wieder struppige Apfelbäume am Straßenrand. Sie wirkten wie vergessene Relikte aus der Zeit, als sich jeder Bauer selbst mit allem versorgte, was er zum Leben für Mensch und Tier brauchte. Die Bäume waren seit langem nicht beschnitten worden, an ihren Früchten schien niemand interessiert zu sein. Die herabgefallenen Äpfel verrotteten im Gras und dienten einem Heer von Insekten als Speisekammer. Im Krieg und in der Nachkriegszeit hätten sich die Leute um das Obst gebalgt, dachte er, ließ diesen Gedanken aber so schnell wieder fallen, wie er gekommen war. Er hielt das verklärende oder klagende Zurückschauen auf die eigene Jugendzeit, das sich manche seiner Altersgenossen angewöhnt hatten, für ein Zeichen von sinkendem Interesse an der Realität der Gegenwart. Außerdem war der Krieg vor mehr als sechzig Jahren zu Ende gegangen, für die jungen Leute lag das so weit in der Vergangenheit wie für seine Generation der Kaiser – er dachte dabei nicht an Beckenbauer, sondern an Wilhelm.

In einem Dorf auf dem Weg zu den Falkenbergs kaufte Marder in einem ökologischen Hofladen einen Heidschnuckenschinken als Geschenk für seine Frau. Er war sicher, sie würde sich darüber freuen, da sie wusste, wie gern er Schinken aß.

Das Ehepaar Erich und Karin Falkenberg hatte sich ein ehemaliges Bauernhaus gekauft, es restauriert und auf den neuesten sanitären Stand gebracht. Sie empfingen Marder wie einen alten Freund, der er auch fast war. Er fand, Erich hatte mit Karin eine gute Frau erwischt, und Marder war überzeugt, dass Falkenberg genauso über seine Frau Iris dachte.

»Eigentlich essen wir mittags meistens nur einen Salat oder was Leichtes, aber Erich hat darauf bestanden, dass wir etwas Typisches aus der Heide servieren, wenn du schon den Umweg über unser Dorf machst. Ich habe einen Hammelbraten im Ofen, der passt zu dieser Jahreszeit. Wenn du dann noch Hunger hast, kann ich dir eine Buchweizentorte zum Nachtisch anbieten, von unserem Biobäcker mit ökologischer Liebe gebacken«, begrüßte ihn die Frau seines Chefs.

»Heute ist ein schlechter Tag für meine Diät. Das Frühstück in der Pension in Barsinghausen war vom Feinsten, jetzt ein üppiges Mittagsmahl, und wenn ich heute Abend nach Hause komme, wird meine Frau zeigen, dass sie das Kochen nicht verlernt hat, während ich weg war. Aber da muss ich durch, nach dem Abendessen werde ich fasten und die ganze Nacht nichts mehr essen.«

Erich Falkenberg blickte Marder mit einem mitleidslosen Lächeln an, dann wurde er dienstlich.

»Wenn es dir recht ist, Manfred, können wir vorher noch über Matuschek reden. Bis der Hammel zart ist, dauert es sowieso noch eine Weile.«

»Das ist ganz in meinem Sinne, Matuschek drückt mir auf Gemüt und Magen, ich würde diesen Druck gern etwas lindern, bevor wir uns dem Braten zuwenden.«

»Du hast am Telefon von einem wichtigen Dokument gesprochen, das du mir zu lesen geben willst.«

»Ja, ich habe hier die Kopie eines Briefes von Matuschek an seine Familie. Wenn du ihn gelesen hast, weißt du das Wesentliche über den Fall, er erklärt fast alles. Nimm dir Zeit damit, ich gehe inzwischen einmal über dein Grundstück und schaue mir an, wie ein typischer Heidegarten aussieht.«

Als Marder ins Wohnzimmer zurückkam, hielt Falkenberg den Brief in der Hand, die über die Lehne des Sessels hing. Das Papier berührte den Boden. Falkenbergs Miene verriet eher Ratlosigkeit als Bestürzung.

Falkenberg fragte: »Manfred, als Erstes muss ich dich fragen, wer dir diesen Brief gegeben hat. Wie glaubwürdig ist er?«

»Du kannst davon ausgehen, dass er absolut authentisch ist. Alles was über den Inhalt des Briefes im Detail zu sagen ist, werde ich in meinem Bericht ausführlich schildern. Matuschek hat diesen Brief seiner Frau, seinem Sohn und seiner Tochter am Abend vor seinem Tod gegeben. Das haben alle drei bestätigt. Es gab einen lauten Streit darüber, den einige Nachbarn mitbekommen haben, ohne zu verstehen, worum es dabei ging. Dann haben Matuscheks Frau und Kinder ihre

Kopien des Briefes verbrannt, sie haben ihn einfach nicht ernst nehmen wollen.«

»Und woher kommt dann diese Kopie?«

»Am Abend, an dem er ertrunken ist, hat Matuschek einem Bekannten, Knut Wotowski, diese Kopie in den Briefkasten geworfen. Seine Absicht war, dass Wotowski den Brief erst lesen sollte, wenn er schon tot war. Wotowski betreibt ein Restaurant und hätte diesen Brief erst um Mitternacht finden sollen, wenn er normalerweise nach Hause kommt. Durch einen Zufall hat seine Frau das Schreiben früher entdeckt, als Matuschek es beabsichtigt hatte. Nachdem Wotowski es gelesen hatte, ist er sofort zu dem See gefahren. Als er dort ankam, hatte man die Leiche von Matuschek bereits aus dem Wasser geborgen und war dabei, sie abzutransportieren. Gestern Abend habe ich noch einmal mit der Frau von Wotowski gesprochen und mir die Namen von Gästen geben lassen, die in dem Restaurant waren, als sie Wotowski den Brief gab und er sich dann zu dem See aufmachte. Ich werde mich mit ihnen in den nächsten Tagen in Verbindung setzen, um zu überprüfen, ob sie mir den Zeitpunkt bestätigen können, an dem Wotowski angeblich das Restaurant verlassen hat – aber ich habe eigentlich keinen Zweifel daran, dass er die Wahrheit gesagt hat.«

»Und warum hat dieser Wotowski dir den Brief gegeben?«

»Ich habe mich mit Wotowski mehrmals unterhalten. Da er Matuschek Geld schuldete, hatte er ein mögliches Tatmotiv, das ich überprüfen wollte. Aber wie du siehst, ihn trifft keine Schuld an Matuscheks Tod. Ich war nach den Gesprächen mit Matuscheks Familie ziemlich sicher, dass es noch eine weitere Kopie des Briefes gab. Wotowski war der Einzige, von dem ich mir vorstellen konnte, dass er sie haben könnte. Matuschek hatte außer ihm keine anderen Bekannten und erst recht keine Freunde. Ich habe ein bisschen geblufft, und Wotowski gab zu, den Brief zu haben.«

Falkenberg fiel in Schweigen. Er war sich offenbar unsicher und überlegte, was er als Nächstes unternehmen sollte. Dann fragte er:

»Was meinst du, Manfred, haben wir in diesem Fall überhaupt einen Schuldigen?«

»Du fragst wahrscheinlich nach Schuldigen im Sinne des Strafrechts, Erich. Wotowski können wir von vornherein ausschließen. Die Frage ist höchstens, ob er sich damit schuldig gemacht hat, dass er mir den Brief nicht gezeigt hat, als ich das erste Mal mit ihm gesprochen habe. Da konnte ich aber auch nicht danach fragen, weil ich nicht wusste, dass dieser Brief existierte. Ob er sich dadurch strafbar gemacht hat, müssen die Juristen entscheiden.«

Der Duft des Bratens aus der Küche wurde intensiver, er füllte die Wohnung mit Festtagsstimmung. Marder hatte Schwierigkeiten, sich zu konzentrieren, fuhr jedoch fort: »Soweit es die Familie angeht, ist es eher eine Frage der Moral als des Gesetzes. Hass ist schließlich nicht strafbar. Trotzdem sind Matuscheks Frau und Kinder meiner Meinung nach mitschuldig, obwohl sie keine Hand angelegt haben, ihn zu töten. Ob sie den Brief in allen Konsequenzen ernst nehmen mussten, ist eine Frage, die der Staatsanwalt oder ein Richter bewerten soll. Ich glaube, dass Matuschek selbst Täter und Opfer war. Das ist zu kompliziert, um es jetzt in allen Einzelheiten zu erklären. Ich brauche ein paar Tage, um die ganze Geschichte auszusortieren und aufzuschreiben. Verstehen werde ich die Beziehungen der Matuscheks untereinander ohnehin nie ganz. Wenn du meinen Bericht gelesen hast, musst du entscheiden, was in Bezug auf Matuscheks Tod unternommen werden soll.«

»Es ist mir schon klar, dass es dein Job ist, Tatsachen zu liefern. Aber so wie ich dich kenne, wirst du deine Meinung zwischen die Zeilen in den Bericht schreiben.«

»Werde ich. Dennoch bin ich froh, dass die Entscheidungen nicht bei mir liegen.«

Marder und Falkenberg nahmen am Esstisch Platz. Der Braten war aus dem Herd, er sah genauso appetitlich aus wie er roch.

»Bevor ich es über das gute Essen vergesse, Erich, ich hoffe, du kommst zu meiner Verabschiedung im Frühjahr nach Stade. Dann wird über Matuschek und seinen Tod bereits etwas Gras gewachsen sein. Ich befürchte, dass ihm kaum jemand nachtrauert.«

Mit einem schweren Magen, aber leichterem Gemüt verabschiedete sich Marder nach dem Espresso von den Falkenbergs. Am späten Nachmittag, kurz bevor die Dunkelheit vollkommen wurde, kam er zu Hause an.

Marder spürte Bewegung auf dem Boden um sich herum. Die Teilnehmer des Yoga-Kurses waren dabei, ihre Decken und Matten einzurollen. Er hatte die sanften Worte zur Entspannung kaum wahrgenommen, während die Ereignisse der letzten Tage in ihm vorübergezogen waren. Dennoch, endlich fühlte er sich ruhiger. Bald würde er mit mehr Gelassenheit auf die Ereignisse zurückblicken können, die ihn bei der Aufklärung des Todes von Kommissar a. D. Alfred Matuschek mit Schmerz und manchmal mit Depressionen erfüllt hatten. Er freute sich auf einen Spaziergang über den Deich und hoffte, seine Frau würde dabei seine Hand halten.

28

Memorandum an die Staatsanwaltschaft
von Erich Falkenberg

Herrn
Staatsanwalt
Dr. Detlev Mühsal

Betr. Tod des Kommissar i. R. Alfred Matuschek

Sehr geehrter Herr Dr. Mühsal,
wie ich Ihnen gestern telefonisch angekündigt habe, übersende ich Ihnen hiermit die Unterlagen für den Fall Matuschek. Sie bestehen im Wesentlichen aus dem Bericht des Kriminalkommissars Manfred Marder, der die Umstände des Todes von Kriminalkommissar i. R. Alfred Matuschek in Barsinghausen untersucht hat. Außerdem füge ich die Kopie eines Briefes des Verstorbenen an seine Familie bei. Dieser stellt m.E. nach den entscheidenden Faktor zur Aufklärung des Todes von Kommissar Matuschek dar. Die Umstände, die zur Sicherstellung dieses Briefes geführt haben, gehen aus dem Bericht von Kommissar Marder hervor.

Für die Kriminalpolizei gilt der Fall Matuschek als abgeschlossen, daher werden zurzeit keine weiteren Untersuchungen durchgeführt. Ich bitte um Bestätigung dieser Entscheidung, falls Sie ihr zustimmen. Wie Sie mir in unserem Gespräch mitgeteilt haben, interessiert Sie meine persönliche Einschätzung der Angelegenheit. Diesem Wunsch komme ich gern nach:

Die Fähigkeiten und Erfolge von Kommissar Matuschek sind unbestritten. Es liegt mir fern, ein umfassendes oder endgültiges Urteil über die Person des Verstorbenen abgeben zu wollen. Dazu wäre eine tiefere persönliche Beziehung oder eine gründliche psychologische Analyse notwendig.

Dennoch glaube ich feststellen zu dürfen, dass Herr Matuschek unter sozialer Isolation gelitten hat, was ihm ohne Zweifel nach dem Eintritt in den Ruhestand verstärkt bewusst geworden ist.

Das Verhalten der Mitglieder der Familie von Herrn Matuschek ist schwer nachzuvollziehen. Es kann möglicherweise unterstellt werden, dass die Angehörigen die Entschlossenheit hinter seiner Androhung nicht erkennen konnten, vielleicht auch nicht wollten. Sie waren zu diesem Zeitpunkt in höchstem Grad erregt und vermutlich nicht in der Lage, die Situation rational einzuschätzen.

Der Verstorbene hat durch die Beschimpfungen seiner Angehörigen in seinem Brief weitgehend zu deren Erregung beigetragen. Ich vermute, die Familienmitglieder sahen in dem Schreiben lediglich einen psychologischen Terrorakt.

In Bezug auf Schuld bzw. Motive möchte ich auf den Teil des Berichts von Kriminalkommissar Marder hinweisen, in dem er seine Erkenntnisse zusammenfasst und zu folgendem Schluss kommt: »Ich bin zu der Überzeugung gekommen, dass keinem einzelnen Mitglied der Familie strafrechtlich eine Beteiligung an dem Tod von Kommissar Matuschek anzulasten ist. Keiner von ihnen war individuell ausreichend motiviert oder kaltblütig genug, einen Mord zu planen und auszuführen. Die Frage, die sich stellt, ist, worauf das destruktive Verhalten von Kommissar Matuschek zurückzuführen ist. Ich bin der Ansicht, alle Beteiligten haben ihren Teil zu dieser Situation beigetragen, wobei allerdings die persönliche Schuld von Herrn Matuschek als hoch bewertet werden muss. Auch sein Wunsch, seinen Dienst über das Pensionsalter hinaus zu verlängern, stand sicherlich im engen Zusammenhang zu seinen Familienverhältnissen. Meiner Kenntnis nach gab es dafür jedoch keine arbeitsrechtliche Grundlage.« (Ende des Zitats)

Dem Protokoll von Kommissar Marder möchte ich folgende Überlegungen hinzufügen: Was die Entfremdung des Ehepaars Matuschek so früh in ihrer Ehe verursacht hat, ist für Außenstehende kaum zu beurteilen. Wenn Herr Matuschek überzeugt war, dass ihn seine Frau betrogen hat, dann könnte das der wesentliche Grund für den Konflikt gewesen sein. Ob Vera Matuschek tatsächlich außereheliche Beziehungen gehabt hat, ist nicht entscheidend, entscheidend ist, dass Herr Matuschek überzeugt war, dass sie es getan hat. Warum er nicht versucht hat, die Vaterschaft seiner Kinder zu klären, ist schwer verständlich. Der Grund dafür lässt sich wahrscheinlich vor allem in seinem Charakter finden. Es kann durchaus sein, dass er froh war, einen Anlass gefunden zu haben, sich von den Kindern innerlich zu lösen, da Kinder wohl grundsätzlich nicht in sein Lebensbild passten. Darauf hat er vermutlich angespielt, als er Herrn Wotowski gegenüber sagte, er habe seine Konsequenzen gezogen und das Problem mit den Kindern auf seine Art gelöst.

Wir haben nach der Abreise von Kommissar Marder aus Barsinghausen noch einmal versucht, mit Frau Matuschek

Kontakt aufzunehmen. Sie hat uns über ihren Anwalt wissen lassen, dass sie nicht mehr bereit sei, über den Tod ihres Mannes zu sprechen. Das müssen wir akzeptieren und sehen keine rechtliche Grundlage, sie dazu zu zwingen.

Zur Durchführung des Selbstmordes möchte ich anmerken, dass es aus kriminaltechnischer Sicht durchaus möglich ist, Selbstmord durch Ertrinken zu begehen, wenn eine Person dazu fest entschlossen ist. Eine nachträgliche Messung der Wassertiefe an der Abflussstelle des Teiches hat ergeben, dass die Tiefe dort zwei Meter zehn beträgt. Bei dieser Messung hat die örtliche Polizei auf dem Seeboden die Aktentasche von Kommissar Matuschek gefunden, die mit Sand und Steinen gefüllt war. Wir gehen davon aus, dass Herr Matuschek an dieser Stelle in das Wasser gesprungen ist und sich durch die Tasche zusätzliches Gewicht geben wollte.

So wie Kommissar Marder komme ich zu dem Schluss, dass der Familie des verstorbenen Kommissars juristisch keine schuldhafte Aktivität in Bezug auf den Tod ihres Vaters nachzuweisen ist. Es dürfte daher kaum möglich sein, sie strafrechtlich zu verfolgen. Ich schlage vor, keine Anklage zu erheben und den Fall zu den Akten zu legen.

Hochachtungsvoll

Erich Falkenberg
Kriminaldirektor

Anlage: Kopie des Schreibens von Kommissar Matuschek an seine Familie

Anlage zum Memorandum an die Staatsanwaltschaft

Vera, Bertram, Anja,

ich schreibe euch diesen Brief, obwohl ich es vorziehen würde, mit euch zu sprechen. Ich weiß aber, dass ihr mir nicht zuhören werdet, wenn ich euch die Wahrheit sage. Was in diesem Brief steht, muss ich gesagt haben, sonst versteht ihr die Konsequenzen nicht, die ich daraus gezogen habe.

Ihr schuldet mir nichts und ich schulde euch nichts, nichts, nichts – vor allem nicht mein Leben. Mein Leben ist an dem Tag zu Ende gegangen, als ich das letzte Mal das Büro des Dezernats verlassen habe. Das Leben als Polizist war das Einzige, das sich für mich zu leben gelohnt hat. Meine Arbeit hat sich oft um den Tod anderer gedreht, jetzt suche ich meinen eigenen. Ich werde mein Leben zu Ende bringen. Ich erwarte nicht, dass ihr um mich trauert. Dazu seid ihr zu selbstsüchtig und nehmt immer nur euch selbst wahr. Ich habe euch stets gestört in eurer Arroganz und Selbstherrlichkeit.

Du, Vera, hast mich von Anfang an mit deiner Sucht nach oberflächlichem Erfolg beleidigt. Du hast mich mit anderen Männern betrogen, als du merktest, dass ich mich nicht zu einem Leben nach deinen Vorstellungen zwingen ließ. Du hast dich wie ein Flittchen benommen. Deine Kinder sind nicht meine Kinder. Du hast geglaubt, ich würde es nicht wissen, aber das stimmt nicht, ich habe es immer gewusst. Das ist dir ohnehin egal gewesen. Für dich hast nur du selbst Bedeutung. Du suchst deine Befriedigung, wo du sie am leichtesten findest.

Du, Anja, bist wie deine Mutter geworden. Du bist ihr Abbild, eine hohle Puppe, die an nichts anderes denkt als an ihre schöne Oberfläche. Du wirst viele Männer in deinem Leben unglücklich machen, das will ich nicht miterleben.

Du, Bertram, hast dich in dich selbst vergraben, bist ein unglückliches Nichts geworden, läufst ziellos durchs Leben, suchst keine Verantwortung. Du hast mein Geld mit unsinnigen Plänen verschwendet, verlangst mehr davon und würdest es doch nur wieder verschwenden.

Ihr vergeudet euer Leben und macht mir meins zur Hölle. Ich bin nicht Teil von euch und ihr seid nicht Teil von mir. Ich habe mich entschlossen, freiwillig zu gehen, der Tod kann mich nicht sosehr erschrecken wie ein Leben mit euch. Den Platz und die Zeit für meinen Tod habe ich bereits festgelegt. Es wird morgen Abend sein, um acht Uhr an dem See im Stadtpark. Ich erwarte euch dort nicht.

Alfred Matuschek
26. November

Der Autor

Wolfgang Teltscher, Jahrgang 1941, hat sein Arbeitsleben für eine deutsche Fluggesellschaft als Fachmann für Marketing und Verkauf in einigen zentralen Städten der Welt verbracht. Nun, im Ruhestand, lebt er mit seiner Frau in Barsinghausen am Deister und schreibt.

Weitere Kriminalromane

herausgegeben von Susanne Mischke

Bodo Dringenberg
Kleiner Tod im Großen Garten
Kurzkrimis

191 Seiten, Hardcover · ISBN 978-3-86674-045-7

Grün ist die Farbe des Lebens. Im Hannover der kurzen Krimis von Bodo Dringenberg wird das üppige Grün der Parks und Gärten zur Farbe des Todes.

Bodo Dringenberg
Mord auf dem Wilhelmstein
Ein historischer Kriminalroman

175 Seiten, Hardcover · ISBN 978-3-86674-041-9

Major Rottmann hat den Wilhelmstein, die genial konstruierte Festung im Steinhuder Meer, erfolgreich verteidigt – und stirbt doch von fremder Hand. Wer macht das Leben auf der Festung nach dem Krieg gefährlicher als im Krieg?

Günter von Lonski
BlattSchuss – Die ungewöhnlichen Fälle des Ludger Lage
Kurzkrimis
127 Seiten, Hardcover · ISBN 978-3-933156-95-2

Ludger Lage lebt in einem alten Campingwagen am Arnumer See. Eine unvorteilhafte Scheidung hat ihn aus der Bahn und seiner Wohnung geworfen. Sein Hobby: Als selbsternannter Detektiv hinzuhören, wo andere wegsehen.

Egbert Osterwald
Schwarz Rot Blond
Kriminalroman
288 Seiten, Hardcover · ISBN 978-3-933156-96-9

Kommissarin Wilke fahndet nach einem Serienmörder, dem drei Frauen zum Opfer gefallen sind. Wird sie die Ermittlungen überleben?

Heinrich Thies
Schweinetango
Kriminalroman

224 Seiten, Hardcover · ISBN 978-3-86674-044-0

Der Maskentanz in der Dorfkneipe ist derb. Und doch lassen sich beim »Schweinetango« zarte Bande knüpfen. Cord Krögers neue Geliebte aber hat nicht mehr lange zu leben …